só

mais um

poema

épico

de amor

PARISA AKHBARI

só mais um poema épico de amor

Tradução
Angélica Andrade

PITAYA

Rio de Janeiro, 2025

Título original: *Just Another Epic Love Poem*

COPIDESQUE Rebeca Benjamin
REVISÃO Alanne Maria
ARTE DE CAPA Beatriz Ramo (@naranjalidad)
DESIGN DE CAPA Kelley Brady
ADAPTAÇÃO DE CAPA Guilherme Peres
DIAGRAMAÇÃO Abreu's System

Dados Internacionais de Catalogação na Publicação (CIP)
(Câmara Brasileira do Livro, SP, Brasil)

Akhbari, Parisa
Só mais um poema épico de amor / Parisa Akhbari; tradução Angélica Andrade. – Rio de Janeiro: Pitaya, 2025.

Título original: Just another epic love poem.
ISBN 978-65-83175-71-7

1. Poesia norte-americana I. Título.

25-281461 CDD-811.3

Índice para catálogo sistemático:
1. Poesia : Literatura norte-americana 811.3
Bibliotecária responsável: Eliane de Freitas Leite – CRB 8/8415

Rua da Quitanda, 86, sala 601A – Centro
Rio de Janeiro/RJ – CEP 20091-005
Tel.: (21) 3175-1030
www.harpercollins.com.br

Para Taraneh, minha irmã mais velha, que se assumiu aos 16 anos e pintou o cabelo de azul no último dia de aula da escola católica: você foi um exemplo incrível para mim. Dizem que ninguém "vira" gay, mas tenho certeza de que aquele show da Gossip a que você me levou no meu aniversário de 14 anos virou uma chavinha aqui. Este livro é para você.

Há tesouros dentro de você.
Parta o melão. Compartilhe.

— *Rumi*

O POEMA SEM FIM

Sempre que ficava nostálgica, Bea me perguntava: "Você se lembra de como tudo começou?".

E eu nem precisava perguntar "Tudo o quê?", porque já sabia do que ela estava falando. Mas ela me persuadia mesmo assim: "A primeira coisa que escrevi para você".

Eu lembro como o poema começava, é o que quero dizer para Bea nesse momento. *Eu lembro, eu lembro.* Mas acho que ela preferiria que nós duas esquecêssemos.

O COMEÇO

Eu e Bea nos conhecemos aos 13 anos, quando fui transferida para a sala dela no nono ano da escola Santa Trindade. Bea discordaria de mim quanto a isso, mas nossa amizade — e tudo o que aconteceu depois — começou com ela jogando uma bolinha de papel na minha cabeça.

Não que eu não estivesse acostumada a ser alvo dos outros. Mas meu primeiro dia já tinha começado bem mal, sobretudo por causa do uniforme, que era uma salopete. O tecido grosso, que parecia de tapete, tinha um caimento pesado no meu corpo e uma estampa xadrez vermelha e amarela que dava até dor de cabeça, terminando em uma saia plissada.

Este é o primeiro dia do restante da minha vida, pensei. E eu parecia um enfeite humano de árvore de Natal. Mas talvez o objetivo de uma escola católica fosse aquele mesmo. Como é que eu iria saber?

Tínhamos acabado de nos mudar para Crossroads, o único bairro quase acessível de Bellevue, uma cidade podre de rica em Washington. Eu tinha amado o bairro novo, porque era muito perto do shopping, onde ficava a única pizzaria de donos iranianos de que eu já tinha ouvido falar. Também adorei o fato de estarmos cercados por outras pessoas não brancas. Crossroads era como um cantinho familiar em uma cidade nova gigante e desconhecida.

Mas a escola nova não ficava em Crossroads. Ficava em Medina, onde todo mundo tinha uma quadra de tênis ou uma piscina em casa. E não era como a minha antiga escola, que meu pai chamava de lugar "hippie e natureba" quando descobriu que eu passava a aula de ciências vasculhando o lixo para criar um sistema de compostagem. A Santa Trindade era uma escola católica particular. Uma escolha esquisita, já que meu pai havia sido criado como muçulmano.

No caminho para recebermos as instruções aos novos alunos, eu e Azar, minha irmã de 11 anos, escutamos meu pai discursar com empolgação sobre como os católicos valorizavam a educação acima de tudo e como os professores só se importariam com o fato de estudarmos bastante. Acho que ele acreditava que boas notas nos protegeriam — ninguém notaria que éramos claramente descendentes de iranianos e não sabíamos nada de nada sobre catolicismo —, afinal o intelecto nos transformaria em massas amorfas de conhecimento.

Ao pensar em uma escola católica, eu me imaginava sendo transportada para uma encenação de *A noviça rebelde*, com freiras e tudo mais. Pelos folhetos, todo o corpo discente da Santa Trindade consistia em um mar radiante de crianças da família Von Trapp. Eu meio que esperava que todas rodopiassem com suas salopetes e terninhos combinando e cantassem "Dó-Ré-Mi" para mim quando eu chegasse.

Mas não foi nada disso.

Naquele dia, meu pai estacionou na frente da escola e atacou minha testa e a de Azar com um beijo roubado.

— Façam desse um bom dia — gritou ele enquanto saíamos do carro, e o sotaque chamou a atenção de alguns meninos altos de blazer. — Façam desse o melhor dia da vida de vocês!

Era assim que o meu pai se despedia de nós todos os dias desde que havíamos deixado minha mãe — era um desafio para que aproveitássemos tudo, mesmo em épocas difíceis.

Azar e eu caminhamos para o conjunto de prédios de tijolo, e ela logo se afastou de mim, indo em direção a um grupo de meninas do sétimo ano que estavam no gramado. Mantive os olhos fixos nas folhas espalhadas à minha frente, sem erguê-los até chegar ao arco na entrada da escola, onde estavam gravadas as palavras: *Que Deus te guarde na palma da mão.*

Cada prédio da escola tinha o nome de um padre ou santo jesuíta, e os rostos deles estavam estampados acima das portas, ou seja, sempre havia um cara branco, velho e morto encarando você na entrada.

O prédio Xavier — ou o Esquisitão do Cavanhaque, como eu o apelidei na minha cabeça — parecia uma caverna, com um corredor longo e escuro que separava duas fileiras de armários. O lugar estava lotado de alunos amontoados em frente aos respectivos armários, todos grudados no celular. A porta principal bateu atrás de mim, e alguns deles ergueram o olhar, fazendo cara feia, depois voltaram a enviar as últimas mensagens antes da primeira aula. Eu nem sequer tinha um celular só meu; Azar e eu dividíamos o Galaxy antigo do meu pai, o que significava que ela estava sempre o arrancando das minhas mãos para poder jogar *Pet Rescue Saga* ou fazer uma chamada de vídeo com os milhões de amigos que ficaram em Sacramento. Eu não precisava de um celular só meu, afinal não tinha ninguém com quem conversar.

A caminho da sala de aula, dei uma olhada nas meninas da Santa Trindade. Todas pareciam reluzentes e *saudáveis*, como se comessem torta de maçã todas as noites, rezassem e passassem fio dental antes de dormir. Algumas usavam colares com pingentes de cruz por cima do uniforme, e todas usavam meias até o joelho; bem diferentes das meias de cano médio que meu pai havia comprado na loja de artigos esportivos. Eu teria que pedir a ele um crucifixo para conseguir passar despercebida pelo maior tempo possível. Fiquei me perguntando quanto tempo levaria até que todo mundo descobrisse que Azar e eu não éramos católicas.

Quando abri a porta da sala do nono ano da sra. Byrne, trinta e três pares de olhos se fixaram em mim. Este era o problema de mudar para uma escola nova em outubro: todo mundo já tinha criado uma rotina, e ali estava eu, acabando com toda a normalidade com meu rosto desconhecido e minhas meias esquisitas de cano médio. Eu me acomodei em uma carteira no canto da sala e encarei o crucifixo na porta. Jesus, de olhos azuis e sangrando, estava preso na cruz. Gotas de tinta vermelha circundavam os pregos em suas mãos e pés. A cabeça pendia para um lado, sob uma coroa de espinhos. Achei bastante explícito para uma escola onde não era permitido expor as clavículas nem pintar as unhas.

"Jesus foi um cara legal", comentara meu pai quando perguntei por que estávamos indo para uma escola católica.

Muitos cristãos não sabem disso, mas Jesus é reverenciado como profeta no islã, e há até mesmo um capítulo inteiro no Alcorão com o nome de Maria. Mas eu nunca tinha visto um cadáver como aquele antes, escultura ou não. O que me fez repensar a ideia do crucifixo.

— A paz esteja convosco, turma.

Uma mulher de pele clara e cabelo castanho liso quebrou minha linha de raciocínio. Ela usava um blazer dourado, com uma gravata vermelha e amarela e uma saia que ia até o joelho. Só de ver aquela roupa, percebi que ela não era nada parecida com meu antigo professor Edgar. Ele cheirava a fumaça de cachimbo e sua calça jeans estava sempre manchada de lama por nos ajudar a coletar minhocas para o projeto de compostagem. Sempre que alguém pegava uma minhoca do jardim, ele dizia algo ridículo do tipo "Cuidado pra não cavar até o outro lado do mundo".

A sra. Byrne pegou uma prancheta para a chamada, e eu me permiti dar uma olhada nos outros alunos enquanto os nomes eram lidos em voz alta. "Tristan? Leah? Savannah? Matthew? Spencer?" Todos usavam salopetes ou blazers vermelhos, e se misturaram no meu cérebro como uma das vitaminas de frutas vermelhas que às vezes Azar tentava fazer.

— Beatrice?

Meus olhos se voltaram para a fileira atrás de mim. Beatrice estava inclinada nas pernas de trás da cadeira, cuja estrutura de metal rangia. Ela usava óculos arredondados, as meias até o joelho eram de pares diferentes, e o corte de cabelo foi sem dúvida feito em casa. Mesmo assim, de algum jeito, eu sabia que ela era mais descolada que eu. Não *popular*, imaginei, mas memorável. Os outros alunos olharam para ela quando a professora a chamou.

Ela me encarou de volta.

— Bea — disse ela para a sra. Byrne... e para mim, pelo menos foi o que pareceu.

— Não usamos apelidos na escola, Beatrice — observou a sra. Byrne, voltando à chamada. — Ah, sim, é verdade. Temos uma aluna nova. — A professora passou os olhos pelo fundo da sala e parou em mim. — Mitra... — Ela hesitou. — Como se pronuncia isso?

Minha voz estava presa na barriga, em algum lugar abaixo do *shir berenj* que eu tinha comido no café da manhã.

— Esfahani.

Bea ainda estava me fitando. A pele dela era marrom-âmbar, como a minha, mas ela tinha sardas escuras no nariz.

— Es-fa-*rrã*-ni. — A sra. Byrne anotou a pronúncia na folha de chamada. Estava tentando ser solícita, mas já havia se concentrado em mim dez segundos a mais do que eu podia suportar. — Que tipo de nome é esse?

Enquanto ela perguntava, pensei que devia ter treinado em casa como responder àquele tipo de questionamento. Assim, eu seria uma profissional em desviar de qualquer pergunta sobre minha vida. Tipo a Mulher-Maravilha quando usava os braceletes para desviar centenas de balas.

Mas eu não tinha os braceletes mágicos das amazonas, então improvisei.

— É, hum... um sobrenome?

Bea riu tanto que beirou o inapropriado.

— Certo — falou a sra. Byrne, tomando a decisão misericordiosa de deixar o assunto de lado. — Seja bem-vinda, Mitra.

Ela colocou a folha de chamada na mesa e ficou de frente para a turma.

— Vamos continuar na unidade sobre poesia. Página 181, "Litania", de Billy Collins.

Todo mundo, menos eu, pegou um livro didático grosso e folheou as páginas. Olhei para a garota ao meu lado, que tinha cachos vermelhos sobre os olhos. Dava para ver parte do poema na página do livro dela, mas, quando ela me viu espiando, bloqueou minha visão com o cotovelo.

— Acompanhem a leitura — pediu a sra. Byrne.

Cravei a unha do polegar na madeira da mesa. O poema começava assim:

Você é o pão e a faca,
a taça de cristal e o vinho.

O eu lírico continuava a descrever o tema por meio de metáforas como essa, evocando imagens de pássaros, de padeiros e do brilho do sol em minha mente. O poema também dizia o que o tema *não* era: as ameixas no balcão, e "sem dúvida não o ar com cheiro de pinho".

Quando terminou, a sra. Byrne ergueu as sobrancelhas para nós.

— Comentários?

Bea levantou a mão.

— Sim, Beatrice.

— Gostei das imagens. O "círculo ardente do sol" e tal. Mas, tipo, quem esse cara pensa que é?

— Perdão?

— Ele fica dizendo "Você é *isso*, você é *aquilo*, você *sem dúvida não é aquilo outro*". E se eu *for* o ar com cheiro de pinho? Como ele acha que pode me dizer o que eu sou? Ele não sabe nada da minha vida!

Um garoto atrás de mim soltou uma risadinha.

— Tudo bem, srta. Ortega. Acalme-se — clamou a sra. Byrne, apertando a ponte do nariz. — É hora de discutir em pequenos grupos. Formem duplas com seus colegas e compartilhem suas impressões sobre "Litania". Quero que identifiquem como Billy Collins usa os elementos da poesia que estamos aprendendo: forma, som, imagens, metáforas.

Um auxiliar de classe bateu à porta e a sra. Byrne saiu da sala.

Todo mundo se virou para a pessoa ao lado, e eu fiquei lá parada, sem saber quem deveria ser minha dupla.

— Vou ter que ficar com a garota nova — falou a ruiva perto de mim, em voz alta, para uma garota do outro lado do corredor.

A amiga gemeu.

— Não faz dupla com *ela* — reclamou. — Faz dupla *comigo*.

Meu queixo afundou no peito e meus olhos se fixaram no crucifixo de novo. Seria muito mais fácil me encaixar se eu tivesse pelo menos um livro didático. Fiquei ouvindo a voz do meu pai na minha cabeça: "Jesus foi um cara legal".

E aí, *vup*. Algo leve acertou minha nuca. *Ótimo*. Era meu primeiro dia na Santa Trindade, e minha cabeça já estava servindo de tabela para um jogo particular de basquete. Os alunos a meu redor pararam de tagarelar e eu inspirei devagar. Em seguida, girei no assento e o encontrei: um pedaço de papel amassado. Mantive-o fechado na palma da mão e me recostei na cadeira.

— Ham. — Alguém pigarreou. — *Haaam*!

Era Bea. Quando olhei para trás, sem entender nada, ela revirou os olhos e fez um gesto com as mãos, como se estivesse desenrolando um pergaminho.

Eu a encarei por tempo demais. Depois abri a mão e alisei o papel na borda da mesa. Uma caligrafia minúscula escrita em roxo surgiu do interior da folha.

Disseram que você é a garota nova
Mas eles não sabem de nada
Você tá mais pra geleia
Que no sanduíche dá uma turbinada
Já eu sou um baita trovão
E não uma taça de vinho,
A Santa Trindade é tipo uma cova,
Mas meu poema rima um pouquinho.

— Bea-lly Collins

A sra. Byrne voltou, e eu escondi o bilhete de Bea em uma dobra da saia. Ninguém nunca tinha escrito um poema para mim. A menos que eu considerasse as rimas improvisadas que Azar gostava de gritar quando estava brava comigo, tipo "Mitra tá sozinha, no paralelepípedo, soltando um grande P-E-I-D-O!". Mas aquelas eram mais performances de poesia falada do que poemas de fato. Quando enfim criei coragem para olhá-la de novo, Bea inclinou a cabeça para um lado e ergueu uma caneta invisível na mão, rabiscando no ar como se escrevesse.

Ela queria que eu respondesse.

Quando a sra. Byrne se voltou para a lousa, tirei o poema de Bea da dobra da saia e fiz um rascunho. Quando consegui uma brecha, joguei a bolinha de papel de volta para a Bea, que a desdobrou no mesmo instante.

Você é o trovão
E o clarão no horizonte
Eu sou o coelho lá embaixo
Observando tudo defronte,
Sinto muito informar
Mas acho que acabou pra gente...
Conseguiram nos aprisionar
na Palma da Mão de Deus.

Um sorriso surgiu no rosto de Bea, levantando a armação dos óculos dela.

Houve um lampejo, mesmo naquela época, um pequeno lampejo de sentimento na concha vazia que era meu peito. Eu chamei aquilo de alívio.

Não sabia como chamar de amor.

TERCEIRO ANO

Mitra: você tá atrasada

Bea: sempre

Mitra: você não se arrepende?

Bea: nunca

Bea: negócios importantes

Mitra: a missa é obrigatória.

Mitra: assim como não abandonar sua melhor amiga

Mitra: no primeiro dia do ÚLTIMO SEMESTRE DO NOSSO TERCEIRO ANO

Bea: VOCÊ SABE O QUE EU ACHO DE USAR MAIÚSCULA EM TUDO

Bea: É CONTAGIOSO

Mitra: para

Bea: NÃO CONSIGO, MITRA. FUI INFECTADA!!!

Mitra: ...

Bea: O DIA VAI SER LONGO PRA VOCÊ

Mitra: estou entrando na capela agora

Mitra: guardando meu telefone

Mitra: se você chegar antes da comunhão, eu te perdoo

Bea: LOUVADA SEJA

MISSA

É o primeiro dia de volta às aulas depois das férias de inverno e estou enclausurada na capela junto ao corpo estudantil vermelho e dourado da Santa Trindade, com "Aleluia! Cante para Jesus" soando em meus ouvidos. A missa é um pesadelo sem Bea, ainda mais depois que ela me convenceu a fazer uma maratona de filmes de terror católicos durante as férias. Não era assim que eu queria começar o último semestre: sem minha amiga e com meus olhos navegando entre o rosto das estátuas dos santos, tentando detectar qualquer sinal de possessão demoníaca.

— Está se lembrando de *A maldição da freira*? — A voz de Bea chega a meu ouvido vinda do banco de trás.

— "Lembrar" sugeriria que eu de fato assisti a alguma parte do filme — digo. — Mas boa parte da minha visão estava bloqueada pelo seu cobertor de crochê.

— Justo — sussurra ela.

Se Bea fosse uma bruxa, sua magia estaria na voz. Ela pode entoá-la alto e baixo sempre que quer, como quando expulsava meninas más no fundamental com apenas uma palavra. Eu conseguia lidar bem com aqueles rosnados, mas fico inquieta quando ela usa a voz baixa: é suave demais, próxima demais. Envia uma onda de arrepios pelo meu pescoço.

Bea deve ter percebido, porque um pequeno sopro de risada atinge minha pele.

— Eu não queria traumatizar você — responde ela.

Vou deixá-la acreditar que os pelos da minha nuca estão arrepiados de medo.

— Da próxima vez, eu escolho o filme — falo. — Algum que envolva gatinhos e arco-íris. Diversão para toda a família.

A voz do padre Mitchell persegue as notas agudas do hino, oscilando em um tom quase desafinado.

— O que falta em treinamento vocal, ele compensa com autoconfiança — comenta Bea solenemente. — Mas será que ele poderia cantar para Jesus um pouco mais baixo?

— Fica quieta — murmuro.

Bea odeia os hinos, os salmos e coisas assim, mas eu não ligo. Se eu prestar atenção, é fácil encontrar poemas neles.

SALMO 91

A pessoa que procura segurança no Deus Altíssimo e se abriga na sombra protetora do Todo-Poderoso pode dizer a ele: "Ó Senhor Deus, tu és o meu defensor e o meu protetor. Tu és o meu Deus; eu confio em ti". Deus livrará você de perigos escondidos e de doenças mortais. Ele o cobrirá com as suas asas, e debaixo delas você estará seguro. A fidelidade de Deus o protegerá como um escudo. Você não terá medo dos perigos da noite nem de assaltos durante o dia. Não terá medo da peste que se espalha na escuridão nem dos males que matam ao meio-dia. Ainda que mil pessoas sejam mortas ao seu lado, e dez mil, ao seu redor, você não sofrerá nada. Você olhará e verá como os maus são castigados. Você fez do Senhor Deus o seu protetor e, do Altíssimo, o seu defensor; por isso, nenhum desastre lhe acontecerá, e a violência não chegará perto da sua casa. Deus mandará que os anjos dele cuidem de você para protegê-lo aonde quer que você for. Eles vão segurá-lo com as suas mãos, para que nem mesmo os seus pés sejam feridos nas pedras. Com os pés você esmagará leões e cobras, leões ferozes e serpentes venenosas. Deus diz: "Eu salvarei aqueles que me amam e protegerei os que reconhecem meu nome. Quando eles me chamarem, eu responderei e estarei com eles nas horas de aflição. Eu os livrarei e farei com que sejam respeitados. Como recompensa, eu lhes darei vida longa e mostrarei que sou o seu Salvador".

você
abriga milhares
debaixo da segurança
das suas asas

você
manda na noite
e é meu escudo,
me defende

do meu medo escondido, vem
me livrando dos males, protegendo
meu nome em suas mãos

Bea coloca um dos fones sem fio dela na minha orelha antes que eu possa brigar e lembrá-la que estamos na igreja.

— É auditivamente impossível que alguém escute a gente com esse órgão de tubos tocando — diz ela. — Dá pra sentir até nos ossos.

— *Auditivamente?* — repito, sem emitir som.

Ela deve estar desesperada para dar o fora se está recorrendo a palavras que parecem inventadas. Meu cabelo bagunçado faz um bom trabalho em esconder o fone de ouvido, mas Bea sempre insiste em tocar a música no volume máximo, porque "a gente não escuta *de verdade* se não estiver bem alto".

Naquela manhã, a igreja está lotada porque a missa não é facultativa — em homenagem à volta às aulas, nossas células estremecem com o gemido fúnebre do órgão. A capela está dividida por anos escolares, com os alunos do terceiro ocupando os últimos bancos, o que talvez seja um lembrete do fato de que estamos de saída. Nossos corpos estão aqui, mas nossas almas estão presas em alguma dimensão atemporal, aguardando as cartas de admissão à faculdade.

Quando comecei a estudar na Santa Trindade, minha única missão era sobreviver por tempo suficiente para chegar à última fileira de bancos. Estudar muito, ficar quieta e dar o fora. A parte de *dar o fora* foi o que uniu Bea e eu desde o início. Para ela, a escola católica é uma punição prolongada dos pais. Mas ficar quieta é uma regra só minha. O silêncio nunca fez o estilo de Bea. Ela começa a cantarolar a música da King Princess que está tocando no fone de ouvido, e Jason, um garoto da aula de francês, vira a cabeça para olhar feio para ela.

— Você quer limpar banheiro de novo? — sussurro por cima do ombro.

Na Santa Trindade, não há detenções; aqui, o que existe é serviço comunitário. Não que eu já tenha precisado fazer. Mas Bea já limpou mais banheiros do que devia por causa de suas façanhas. Antes das férias de inverno, ela recebeu uma semana de serviço comunitário por "vandalizar a propriedade da escola" quando cobriu as placas de indicação de gênero dos banheiros com fita adesiva de arco-íris.

— A música é uma distração saudável — argumenta ela.

Bea anda precisando de muitas distrações nos últimos tempos.

Do outro lado da nave da igreja, Cara Liu folheia um hinário, e seu cabelo preto encobre o rosto bronzeado. Mas isso não impede Bea de olhar, afinal ela adora procurar sarna para se coçar. Cara foi o primeiro amor dela, e também a decepção amorosa mais brutal. Percebo todos os traços da alegria pelo seu mau comportamento na igreja se esvaírem do rosto de Bea.

Mais para a ponta do banco onde Cara se encontra, estão Max Jasinski e Ellie O'Reilly. A cabeça de Ellie balança com o sono iminente, e Max, que está com a Bíblia aberta no colo, a cutuca com a mão livre.

Não costumávamos precisar de uma nave para nos separar na igreja. Nós cinco sempre sentávamos juntos nas missas obrigatórias. Ellie e Bea resmungavam durante todo o sermão, Max e Cara cantavam diligentemente todos os hinos e refrões, e eu tentava não espirrar quando o padre Mitchell balançava o incenso pungente. Mas isso foi antes do término.

Bato os dedos no encosto de madeira do banco na tentativa de tirar Bea do torpor, e ela volta a cabeça para mim, forçando um sorriso.

— Espera um pouco — sussurro. — Assim que a missa acabar, a gente foge desse purgatório.

— A oficina de poesia! — sibila ela, com um sorriso.

Bea me apresentou a oficina no nono ano, e faz quatro anos que nos agarramos a isso, um prêmio que vai fazer toda a maluquice que é a Santa Trindade valer a pena. Só os alunos do último ano do ensino médio podem participar, e a professora, a sra. Acosta, exige que todos enviem um portfólio de escrita para avaliação. Nossa primeira aula começa assim que sairmos daqui. Isso se Bea não for expulsa da Santa Trindade por ficar ouvindo música gay durante a missa.

Quando nos levantamos para a comunhão, ela passa a mão por baixo do meu cabelo para pegar o fone de ouvido e o guarda no bolso.

— Vai rolar. Se você prefere mesmo ouvir o padre Mitchell, não vou atrapalhar. Você sabe que ele já deve estar se preparando para entoar: "Ó vinde, Espírito Criador".

Bea lança um último olhar para Cara e entra atrás de mim enquanto marchamos pela nave na procissão de alunos.

Ninguém reclama de ela furar a fila. As pessoas aqui agem como se fôssemos seres intercambiáveis, talvez porque somos duas garotas sáficas e não brancas neste bastião conservador, e os uniformes combinando não ajudam em nada. Mas a família dela é do México, não do Irã, e Bea é introvertida só até se sentir confortável, enquanto eu ainda acho que "ficar de bobeira" no intervalo do almoço significa que vamos passar um tempo lendo em silêncio na capela vazia.

— Então — começa Bea, entre os acordes do órgão —, você não quer saber por que me atrasei?

Abro um sorriso logo de cara, uma lanterna iluminando o corredor escuro. Eu já sei.

— Eu trouxe uma coisinha para você — continua Bea, tirando algo da mochila.

O Livro.

O LIVRO

Não é a Bíblia, mas nosso livro — o décimo terceiro de uma série de cadernos em que temos escrito uma para a outra desde aquela troca de poemas improvisados no meu primeiro dia de aula no nono ano. Um poema longo, sem fim. Minhas mãos estão formigando de vontade de abri-lo. Mas não vou me permitir ler ainda. Sempre que é minha vez com o Livro, sinto vontade de devorar a escrita de Bea e, de alguma forma, também saboreá-la, como se fosse o último pedaço do bolo, que é sempre o mais doce. Cada um dos poemas dela é um presentinho brilhante.

Mesmo quando está embebido de mágoa.

Regras do poema sem fim

Por que você colocaria um ponto-final nesse poema??

Eu não vou fazer isso!!

1. *Estritamente confidencial!!!*
2. Todas as estrofes têm que começar com a ~~verso~~ palavra com que a última pessoa terminou. *(Nunca — Como eu poderia?!)*
3. Pontuação de caráter final está, por meio desta regra, PROIBIDA. Nada de pontos de interrogação, pontos de exclamação, pontos-finais ou qualquer coisa que sinalize um final... porque isto aqui é uma coisa sem fim. (!!!)
4. *Fale o que precisa falar, e não ~~conte~~ se arrependa! Não é permitido reescrever, arrancar páginas nem pedir desculpas pelo que escreveu.*
5. Não é permitido criticar a escrita da outra — nem a outra. O Livro é para a gente se incentivar.
6. *Honestidade total — qual é o sentido do Livro (ou da nossa amizade) se não dissermos a verdade uma para a outra?*

E por último uma regra tácita, que só vale para mim:

7. Você pode ser sincera em tudo, exceto na única coisa que destruiria a amizade de vocês. Não deixe seu amor por Bea transparecer.

CONFISSÃO

Amar Bea não é uma escolha. O amor é um reflexo automático à simples existência dela. É como semicerrar os olhos para ver o sol ou sentir um arrepio quando ela toca minha nuca. Meu corpo apenas reage. Não posso controlar um reflexo, e isso me petrifica.

No passado, Bea estava fora de questão. Ela sempre tinha algum tipo de envolvimento romântico em andamento. Era a Cara; e, antes dela, era a Harper; e, antes dela, era a Natalie, com quem ela meio que namorou ao mesmo tempo que namorava a Harper.

Bea atrai rolos românticos da mesma forma que rolos adesivos atraem pelos de gato. Ela não consegue evitar, é o jeito dela. E como Bea estava sempre comprometida, eu podia isolá-la atrás de uma parede de tijolos de "Melhor Amiga" na minha mente. Criei barreiras intransponíveis. Mas, agora que ela está solteira, todos os meus sentimentos estão começando a vazar.

Se eu tivesse que especificar quando tudo começou, seria no verão após o segundo ano do ensino médio: Bea foi lá para casa para uma das nossas noites de conversa, leitura e lanches, que ela tinha começado a chamar de "festa da insônia", porque éramos péssimas em lembrar de dormir. Por volta das onze da noite, Bea apontou para a janela do meu quarto.

— Tá a fim de ver as estrelas?

A janela formava um portal perfeito para a parte plana do telhado; nós só tínhamos ido lá durante o dia, para tomar sol. Mas a noite estava linda, e Bea fez aquela cara de cachorro pidão.

Arrastamos cobertores, livros e uma garrafa térmica de *chai* pela janela e fizemos um ninho no telhado. O ar de junho me invadiu com seu aroma terroso pós-tempestade. Bea, enrolada no cobertor, parecia relaxada e aconchegada, e a noite suspirava a brisa.

A escuridão me permitiu fazer a pergunta que pairava no fundo da minha mente desde que tínhamos 13 anos.

— Por que você falou comigo naquele primeiro dia?

Eu foquei o rosto dela. Os cachos de Bea se expandiam proporcionalmente ao tempo que demorávamos para dormir. A ponta do nariz dela estava corada por causa do *chai*, e os olhos castanhos, iluminados pelo brilho vindo da luz do meu quarto.

— Eu poderia ser literalmente qualquer tipo de pessoa — falei. — Você não sabia no que estava se metendo.

— Você parecia uma leitora.

Bea deu de ombros. Como se tivesse achado muito fácil me escolher. Aquela primeira escolha catalisou milhares de outras, e então lá estávamos nós, ainda balançando na ondulação do bilhetinho dela.

— Eu pensei… — Os olhos dela encontraram os meus. — Acho que pensei que a gente iria se entender. E foi o que aconteceu. — Ela enfiou a mão no emaranhado de cobertores e brandiu o Livro. Era o primeiro, tinha uma capa preta esfarrapada e um fitilho vermelho. — A gente podia ler um pouco juntas.

Bea tirou os óculos e aproximou o rosto da nossa caligrafia de 13 anos. Eu esperava que ela fizesse careta ao ler nossas rimas bregas, mas ela abriu um sorriso de quem compartilha um segredo e se aninhou mais perto de mim debaixo do cobertor. Eu me inclinei ao lado dela e apoiei a cabeça em seu ombro, mantendo minha bochecha encostada em sua clavícula enquanto Bea lia.

Talvez eu tenha sido a única pessoa a testemunhar aquela Bea: a Bea da madrugada, estelar e admirável.

— Olha só a gente — disse ela.

Quando ela leu as passagens para mim, sua boca transmitia tudo. Toda a estranheza, todos os tesouros. A voz dela me envolveu por completo.

Naquele momento, entendi: eu amava Bea. E não do modo que eu devia amá-la se fosse apenas minha melhor amiga. Era um sentimento totalmente novo, como se aquela noite tivesse dissipado toda a névoa ao redor.

E, em meio à escuridão profunda daquela noite, amá-la parecia possível. Como se eu tivesse encontrado um jeito de ir além da amizade e alcançar algo mais profundo. Como se talvez, apenas talvez, ela pudesse me amar também.

Mas aí Bea largou o Livro e começou a dissecar uma conversa de trinta segundos que havia tido com a moça da pipoca que ficava no cinema de Crossroads, de quem ela sempre desconfiara que gostasse de meninas.

— Acho que pode rolar — comentou ela. — Sabe do que eu estou falando? Talvez eu devesse tentar.

E, em um piscar de olhos, a possibilidade evaporou.

Quando voltamos para o quarto, havia evidências da nossa amizade por toda parte: fotos nossas com Azar, todas de uniforme, no último dia de aula; canhotos de ingressos da nossa ida ao borboletário; e uma xícara tão feia a ponto de ser trágica que fizemos em uma oficina de pintura. O pânico fez minha espinha gelar. Bea era tudo para mim. Sem ela, eu não teria ninguém.

Eu não podia apostar nossa amizade na improbabilidade de que a gente se tornasse algo mais. Para Bea, o amor tinha um significado diferente do que tinha para mim: ela se apaixonava perdida e rapidamente por qualquer garota, como se caísse de cara no asfalto. Meu sentimento era um tipo de amor lento, que afundava aos poucos. Como relaxar em uma banheira de água quente até ficar tonta e mole. Se eu me deixasse afundar ainda mais, nunca mais emergiria. Eu não podia dar mais espaço àquele sentimento sem freios. Precisava aceitar o fato de que Bea não sentia a mesma coisa por mim.

Naquela noite, dormi com os braços e as pernas rígidos colados no resto do corpo ao passo que Bea se remexia na cama ao meu lado. Os dedos dela tocavam vez ou outra no meu braço quando ela sonhava.

Tudo havia mudado para mim. Mas nada havia mudado para Bea.

Depois disso, não me permiti desejar mais nada quando se tratava dela. Exceto uma coisa: queria poder amá-la nem que fosse só um pouquinho menos.

Mitra

nossa igreja criou raízes
anos atrás, fundada
sobre aquele papel

que você jogou no meu cabelo
um coro sem fim
iniciado

no espaço entre
nossa mente, um fio
oratório interminável

que sempre encontra
sua resposta, um ritual
de sins

mais caloroso do que
qualquer hino — um ministério
de ver

e ser vista, essa coisa
construída além de nós mesmas,
um santuário de palavras

BEA

palavras são tijolos em nossas mãos, nos observe
moldar a argila tranquilas e constantes para que nossos
pés pousem nela e deem um passo atrás do outro

até percorrermos toda a estrada desconhecida
daqui até as estrelas que
habitam nossos olhos — atentos

e brilhantes demais, um reflexo impossível que ainda
existe — diga a eles que estamos
chegando, Mitra, diga a eles

que nossos planos podem roubar o brilho
dos seus rostos estáticos e estelares,
diga a eles tudo que suportamos —

as palavras reprimidas que não podiam
ser ditas, o canino da mágoa
roendo meus calcanhares — tudo isso, enfrentamos

para escapar do punho da mão de deus, diga a eles
que nossas vidas já estão brilhando com
a poeira de tudo que ainda não tocamos

DEUS RI DOS PLANOS DAS GAROTAS

Dentro do Calvo com Auréola, o prédio antigamente conhecido como Inácio de Loyola, Bea e eu nos preparamos conforme entramos no elevador. Quando chegamos ao subsolo, preciso respirar fundo antes de estender a mão para a maçaneta da sala de poesia. Estou tentando disfarçar o nervosismo. *A gente conseguiu*. Sei que Bea nunca vai sentir o que sinto por ela, mas pelo menos podemos desfrutar juntas essa coisa preciosa: a oficina de poesia.

Entramos na sala, que parece um habitat de poltronas antigas. Pilhas de livros se equilibram nas mesas de apoio, e há blocos de anotações e canetas espalhados pelo carpete felpudo. O Calvo está situado em uma encosta íngreme, portanto, até mesmo esta sala no subsolo tem uma janela enorme com vista para as margens da baía de Meydenbauer. O espaço é apertado e iluminado, e tem cheiro de chuva. É tudo.

Faz tempo que a poesia é minha companheira de viagem — começou quando eu lia, e continuou quando passei a escrever também. É uma coisa perfeita, escorregadia e misteriosa que estou sempre tentando alcançar. Como um peixe se contorcendo ou uma brasa, ela tem vida própria e muda, sempre uma surpresa atrás da outra.

Quando eu era pequena e as coisas ficavam difíceis com minha mãe, eu me escondia no quarto com Azar, debaixo de um monte de cobertores, e lia poetas persas antigos para ela, como Hafez, a quem meu pai recitava nos feriados. Os poemas de Hafez eram uma espécie de encantamento, um feitiço de cores e sons que criava uma realidade melhor do que aquela que estávamos vivendo.

Se eu voltar bastante no tempo, antes do acidente de carro da minha mãe e antes que os analgésicos a transformassem em outra pessoa, consigo me lembrar dela nos lendo poesia também. Ela me puxava para o colo e me deixava fazer uma pergunta sobre o futuro, depois virava as páginas do *Divān* de Hafez até que uma resposta se revelasse sob a ponta de seus dedos.

Faz anos que não falo com ela, mas ainda busco respostas em Hafez. E escrevo minha própria realidade: palavras que se aconchegam em mim, bloqueiam o barulho, me arrancam da minha própria cabeça e me aterram em um cenário precioso.

— Sentem-se, por favor — pede a sra. Acosta.

Nunca tivemos aula com essa professora, mas ela é uma figura notória na escola. Atualmente, está quase na casa dos 80 anos, mas, quando tinha 20 e poucos, era uma daquelas freiras radicais que percorriam o país em um ônibus para defender a reforma prisional e os direitos das mulheres.

Um globo de cabelo branco como neve envolve o rosto claro da sra. Acosta, e seus óculos de leitura estão pendurados por uma corrente de prata no pescoço. Os lábios finos se separam em um sorriso bem-humorado eterno. Ela está vestida toda de preto: gola alta, colete de malha e calça. Os professores têm que se vestir com as cores do uniforme, como todos nós, mas a única cor da escola no corpo dela são os tênis Keds vermelhos. A ausência de dourado e xadrez é como férias para meus olhos.

Sorrio para Bea enquanto nos acomodamos em poltronas adjacentes perto da janela.

Max se senta ao meu lado, desenrolando um cachecol do pescoço rosado e sacodindo algumas gotas de chuva do cabelo loiro-claro.

— Oi! — Elu aperta minha mão e acena para Bea. — Eu estava torcendo pra que vocês também participassem.

Nós não nos falamos direito desde antes das férias de inverno. Eu deveria ter enviado uma mensagem para Max quando descobri que Bea e eu tínhamos conseguido uma vaga na oficina de poesia, mas ninguém manda mensagem no nosso grupo desde que Bea e Cara terminaram.

Sinto falta de Max. Nós nos conhecemos no primeiro ano, quando Bea conseguiu um papel secundário em *Mulherzinhas*. Max ajudou com a sonoplastia, Ellie foi uma das técnicas de iluminação júnior, e Cara interpretou Amy. Eu era responsável por dar apoio moral e ensaiar as falas com Cara. Logo começamos a almoçar todo dia no auditório vazio, experimentando os chapéus cenográficos estranhos e brincando com a comida de plástico. Quando não estávamos juntos, estávamos enviando memes e fazendo piadas internas no grupo.

Por mais doloroso que tenha sido ver Bea apaixonada por Cara, sinto falta do que nós cinco tínhamos. Mas, quando o divórcio aconteceu, Cara ficou com Max e Ellie. Afinal, eram um trio antes de sermos um grupo, e acho que isso é contratualmente vinculante quando se trata da custódia da amizade. Por isso, eu quase nunca passo um tempo com eles.

— Bea nos obrigou a passar as férias de inverno inteiras melhorando os portfólios de escrita para a gente conseguir uma vaga — digo. — Considerando que você odeia a Santa Trindade com o fogo de mil sóis, até que sabe ser uma verdadeira mestre da lição de casa quando quer — acrescento para Bea.

— Eu *obriguei* você? — zomba ela. — Foi você quem quis mandar um e-mail para a assistente da professora para ver se a gente podia ter acesso ao programa do curso mais cedo.

Reviro os olhos e me volto para Max.

— Ela diz isso como se já não tivesse tatuado a lista de leitura no bíceps.

— Vocês duas nunca vão ganhar uma da outra na competição de nerdice — comenta Max. — É melhor desistirem agora.

— Vamos começar. — A sra. Acosta pigarreia e se coloca em frente à mesa. — Vocês conseguiram entrar para a oficina de poesia do último ano. Não é pouca coisa! Têm muito do que se orgulharem.

Enquanto a professora fala, passo os olhos pela pequena sala de aula. Há apenas dez alunos aqui, mas reconheço todos, se não pelo nome, pelo menos pelo rosto. Tem a Tala, que sofreu em silêncio comigo durante as aulas de vôlei do ano anterior; Rashad, que é o atual campeão das Olimpíadas de Conhecimento Geral da Santa Trindade; e Lilith, que tenho certeza de que é gótica quando não é obrigada a usar o vermelho e dourado da Santa Trindade. Há mais alguns alunos que não conheço direito, mas, pelo que parece, são exatamente os ratos de biblioteca que se esperaria de uma oficina de poesia.

— Agora, vou compartilhar com vocês meu objetivo para esta oficina — continua a sra. Acosta. — Pretendo incentivar cada um de vocês a traçar o próprio caminho para a verdade, para um mundo melhor e mais justo. Fé e comunidade são as ferramentas. A poesia é o veículo. Tudo bem até aqui?

Não entendi bem o que ela quis dizer, mas estou dentro.

— Para demonstrar o que quero dizer, vamos começar com uma leitura.

A professora pega um livro com uma capa familiar e lê em voz alta.

Antes de saber o que é mesmo a bondade,
é preciso perder,
sentir o futuro se dissolver em um segundo,
como sal em um caldo ralo.
Aquilo que você tinha em mãos,
aquilo que acumulou e guardou com cuidado,
tudo isso precisa desaparecer para que você saiba
como a paisagem pode ser desoladora
entre as terras da bondade.

Sei qual é o poema antes mesmo que ela termine o primeiro verso, e recito os outros junto com a sra. Acosta na minha cabeça. Naomi Shihab Nye, a autora, é uma das minhas escritoras favoritas. Ela dizia que a linguagem "vai te encontrar e enrolar suas pequenas sílabas ao seu redor e, de repente, haverá uma história na qual você pode morar". Foi desse mesmo jeito que me senti quando Bea e eu começamos nosso poema sem fim. Como se, juntas, estivéssemos construindo um mundo no qual eu poderia morar para sempre.

Quando a sra. Acosta termina o poema, ela fica em silêncio por um momento, saboreando as últimas palavras. Ela se senta no braço de uma cadeira bordô.

— "Bondade" — diz ela. — De Naomi Shihab Nye.

Bea me dá uma cotoveladinha ao ouvir o nome.

— Como a paisagem pode ser desoladora! — repete a sra. Acosta. — É por isso que o mundo precisa da voz de vocês. Da poesia de vocês.

Ela distribui caderninhos vermelhos pelo círculo de alunos.

— Esses vão ser seus diários até o final da oficina. Vocês vão escrever poemas baseados em vários temas todas as semanas e me entregar, e eu vou anotar uma devolutiva. — Ela brande o último diário vermelho. — Escrever a verdade não é fácil, mas vale o esforço. Nas palavras do papa Francisco, "a realidade é mais importante do que as ideias". Abrir nosso coração para a verdade, para a dor, a tristeza, a beleza confusa da vida, e escolher agir com compaixão e bondade? É disso que trata a nossa fé católica.

Nunca ouvi ninguém da Santa Trindade falar sobre fé dessa maneira. A maioria das pessoas aqui está tão concentrada no pecado, no sacrifício e na penitência que a *compaixão* não é levada em conta. Mas não sou corajosa nem sincera como o eu lírico do poema de Naomi. Não estou acumulando nem guardando nada. Se houver a possibilidade de perder algo, eu prefiro nem ter, para começo de conversa. Já perdi o suficiente para saber que não vale a pena depositar a esperança em nada.

— Concordo com a sra. Nye — continua a sra. Acosta. — A perda está sempre conosco, mesmo quando estamos felizes, está do outro lado do véu. Então vamos afastar esse véu. O que vocês perderam? Quando sentiram o futuro se dissolver?

O rosto da minha mãe surge de algum lugar, rindo e iluminado pelo sol de Sacramento, balançando os cachos cor de carvão. Quando eu era pequenininha, adorava tocar a argola de ouro no nariz dela, que estava sempre quente por causa do sol e da respiração.

Enquanto eu me esforço para arrancar a imagem da cabeça, a porta da sala se abre. O rosto de Bea perde a cor. Eu sigo o olhar dela e agarro com força o braço da poltrona quando vejo quem está na soleira da porta.

Cara.

— Peço mil desculpas. — Ela tira o cabelo dos olhos e entrega uma folha de papel à sra. Acosta. — Teve uma confusão na secretaria. Acabei de organizar minha grade.

A respiração de Bea fica mais rápida. Sinto algo corroer a boca do meu estômago. Ao mesmo tempo, Max acena para Cara, aparentemente alheio ao minivulcão de pânico que acabou de entrar em erupção dentro de mim e Bea.

— Não se preocupe. — A sra. Acosta aponta a poltrona vazia ao lado de Bea para Cara. — Você pode atualizar nossa nova colega do que conversamos?

Os olhos de Bea encontram os meus. As palavras da sra. Byrne, nossa professora do nono ano, dançam nos meus ouvidos: "Se quiser fazer Deus rir, conte a ele seus planos".

CARA

Quando minha cabeça está a fim de uma autossabotagem extrema, lembro do Halloween.

O Halloween é o feriado favorito de Bea, e, ano passado, nós tínhamos ido à casa de Cara para nossa festa à fantasia anual Santo Horror. Começou com a exibição de sempre de *The Rocky Horror Picture Show*, o clássico musical cult dos anos 1970 que subverte os papéis de gênero. A tradição tinha quatro anos, então já sabíamos qual era o papel de cada um: Cara enchia a sala de estar com fumaça de gelo seco, Bea coordenava as fantasias, Ellie fazia a maquiagem e Max ficava responsável pela comida. Fiquei encarregada de passar em lojas de um dólar para comprar pistolas de água e os lança-confetes para o público participar. Os pais de Cara eram muito de boa com tudo aquilo, e de tempos em tempos o pai dela entrava na sala para gritar as falas.

Quando o filme estava se aproximando da parte da música "Time Warp", eu me levantei para ir ao banheiro. Nem tinha percebido que Bea e Cara não estavam na sala até que ouvi Bea chorando.

No final do corredor do banheiro, a porta do quarto da Cara estava aberta e Bea estava jogada na cama, vestindo a fantasia com lantejoulas da Columbia. As lágrimas borravam o delineador preto.

Eu me aproximei dela como um médico novato que se depara com um desastre. Não fazia ideia do que deveria fazer, mas sabia que precisava estar com ela. A única coisa que parecia acalmar o choro de Bea era minha mão em suas costas, e esse foi o único motivo pelo qual me permiti mantê-la ali. Tentei juntar os pedaços de informação para entender o que havia acontecido. A única palavra que consegui decifrar foi "acabou".

Antes, eu achava que Bea era intocável — extrovertida, radiante, autoconfiante. Se a Santa Trindade não tinha apagado o brilho dela, nada poderia. Mas Cara mudou isso.

Quando Bea enfim me contou o que aconteceu, soou muito pragmático. Cara tinha dito que estava apenas tentando se antecipar ao sofrimento inevitável de quando elas se separassem e fossem para faculdades diferentes. Ela não queria ficar presa a um relacionamento com prazo de validade pelo resto do terceiro ano.

— Ela falou que me acha incrível — Bea passou as mãos pelo rosto —, mas que sou uma distração. Disse que, de qualquer forma, não achava que nosso lance era tão sério assim.

Bea era perdidamente apaixonada por Cara desde o comecinho do namoro, e ficava preocupada com a possibilidade de que a namorada não levasse o relacionamento a sério ou não a visse como alguém que se apresenta aos pais porque Bea havia traído uma pessoa no passado. Como se Bea fosse só alguém para beijar e se divertir, não alguém para amar.

Eu não odiei Cara na época, e não odeio agora. Éramos amigas e, em um lugar como a Santa Trindade, aprendemos a nos apegar muito uns aos outros. Mas nunca vou entender o que ela fez.

Cara ganhou na loteria cósmica que lhe concedeu toda a força do amor de Bea, e simplesmente foi embora.

CONFISSÃO

Durante a maior parte de novembro, fiquei deitada no chão do meu quarto com Bea, ingerindo uma tonelada de sobremesas geladas. Ela jurava que o frio entorpecente do sorvete de manga tinha um efeito anestésico em sua dor. Já eu acho que ela estava se autopunindo por meio do congelamento do cérebro.

Eu me sentia um lixo humano enquanto a via se recuperar daquele coração partido. Nem todas as palavras de consolo, as noitadas e os sorvetes do universo poderiam apagar a verdade: eu queria que elas terminassem.

Parte de mim, lá no fundo, tinha torcido para que aquilo acontecesse, e aconteceu.

QUINTA-FEIRA

Bea: o que você acha do sr. Frederich?

Mitra: a gente tá brincando de É Gay ou Não?

Mitra: ele tem muitas gravatas--borboleta

Mitra: tipo, uma quantidade ímpia

Mitra: todos os sinais apontam para gay

Bea: boa

Bea: mas estou falando no geral

Bea: tipo, o que você acha dele como professor

Mitra: ?

Bea: ele tá dando aula para uma optativa de escrita criativa

Mitra: você quer fazer duas optativas de escrita?

Mitra: pensei que sua grade estivesse cheia...

Bea: e tá

Bea: mas se a gente desistisse da oficina de poesia, poderia fazer a disciplina dele

Mitra: do que você tá falando??

Mitra: BEA.

Mitra: você esperou anos por isso

~~**Mitra:** não deixa ela tirar isso da gente.~~

Mitra: não deixa ela tirar isso de você.

UMA COISA QUE VOCÊ NUNCA FEZ

Na quinta-feira, depois da oficina de poesia, Bea e eu nos sentamos na praça, em um banco perto da estátua do santo Inácio de Loyola. As roseiras atrás de nós foram podadas até o caule e despontam da terra como dedos cheios de espinhos. Bea se encosta na estátua, puxando os joelhos para o peito e se moldando ao metal. Uma gota de chuva desgarrada cai na bochecha dela. A luz obscurece a lente de seus óculos, então, por um momento, não consigo saber se ela ainda está acordada. Até que ela xinga.

— Merda!

Ela coloca o polegar entre os dentes, mordendo o esmalte de confete que restou da véspera de Ano-Novo. É proibido usar esmalte na escola, mas Bea está sempre fazendo essas minirrebeliões pela autonomia corporal.

Quero acreditar que ela está irritada por minha causa. Porém, por mais que eu queira isso, a verdade é mais forte. Ela só se importa com *Cara*.

Para a aula de hoje, a sra. Acosta pediu que todo mundo trouxesse um poema que evocasse uma emoção em nós, e nós nos revezamos para lê-los em voz alta. Cara escolheu um poema de Pablo Neruda. Bea deveria ter ficado furiosa — afinal foi ela quem deu aquele livro para Cara, no aniversário dela. É preciso ter um nível alto de agressividade passiva lésbica para fazer uma serenata para a ex-namorada com o poema de amor que ela te deu de presente, enquanto finge que é só uma lição de casa. Mas, pela cara de Bea, ela está ocupada demais tentando não chorar para reunir energia para ficar brava.

Foi isso a semana inteira. Cara se senta do outro lado do círculo de poltronas, perfeitamente alinhada com a visão de Bea. Está sempre fazendo algo que chama a atenção para ela — rindo com Max, tamborilando a caneta durante o tempo de escrita livre e dando respostas inteligentes às perguntas da sra. Acosta. Se ainda fôssemos amigas dela, Bea e eu riríamos com Cara, e os comentários inteligentes dela ativariam nosso modo nerd com força total.

Eu adorava ficar viajando com Cara quando ela lia roteiros. Mergulhávamos juntas na análise da motivação e da história dos personagens. Nos últimos tempos, a impressão que dá é que ela está se exibindo, esfregando sal nos pedacinhos do coração ferido da ex.

A oficina de poesia era para ser um momento em que Bea e eu poderíamos apenas *existir*. Mas agora Bea passa todas as aulas tensa feito uma corda de violão. Como se estivesse esperando que Cara extraísse uma melodia triste dela. Parece perdida como eu nunca vi, e, para mim, isso é pior do que ter todos os meus sonhos sobre esta oficina destruídos.

Nossa próxima tarefa é fazer algo que nunca fizemos antes e escrever um poema sobre a experiência. Já estou me preparando psicologicamente para o próximo poema da Cara, e para a reação de Bea.

— Como é que vou fazer isso? — Bea se levanta do pé da estátua e descansa a cabeça no meu colo. O sol brilha em seus olhos castanhos. — Não vou conseguir ver ela todos os dias na oficina de poesia até a formatura.

Com o coração disparado, levo a mão à testa dela e afasto o cabelo do rosto. Ela não tira os olhos dos meus, batida após batida. Estou me esforçando ao máximo para ignorar o que sinto por dentro e ficar aqui com ela. Sempre que Bea me olha assim, é como se eu segurasse um fósforo aceso com a ponta dos dedos. Sei que devo soltar, mas algo em mim quer vê-lo queimar até o fim.

— A Santa Trindade *devia* essa pra gente — diz ela.

Travo os braços ao lado do corpo para evitar mexer mais no cabelo dela. Não posso dizer o que já sei: a culpa é minha. Queria morar para sempre dentro de um casulo, só com Bea e poesia. Esse é o remédio rápido do universo para meu egoísmo, e a dor agonizante dela é apenas um dano colateral.

Sinto minha voz desaparecer na garganta.

— Desculpa.

— O que a gente vai fazer?

Ela faz a pergunta como se fosse uma oração, e isso me tira o chão. Bea nunca foi a que não sabe o que fazer.

Quero acariciar a bochecha dela e prometer que vou desfazer tudo de ruim que está acontecendo, mas só pergunto:

— O que você quer fazer?

Bea fixa os olhos nos meus de novo.

— Você acha mesmo que seria má ideia mudar para a optativa do sr. Frederich?

A poesia é o único lugar dentro de mim que faz sentido. É uma teia que liga tudo: os antigos poetas persas, o belo caos que é a mente de Bea, e eu e Azar, pequenininhas, enroladas no cobertor à sombra de um livro.

E apenas Cara poderia destruir tudo.

— Não.

Um sentimento quente e urgente se forma sob minha pele. Em vez de reprimi-lo como faria com qualquer outro, deixo que me inunde. *Isso é nosso.* Afasto a cabeça de Bea do meu colo e me levanto do banco, encarando-a.

— Que foi?

Ela se ajusta para me olhar.

— Você não vai desistir. Vem.

Estendo a mão. Sinto o coração saltar enquanto espero a mão dela.

Bea cutuca minha mão, e o sorriso dela me quebra da melhor forma possível.

— O que está acontecendo? — pergunta ela.

— A gente não vai se esconder nem desperdiçar nosso último semestre. Você quer mesmo se resignar às escolhas de outra pessoa? — questiono.

— Não?

Ela está sorrindo de orelha a orelha.

— Então vamos fazer as nossas próprias escolhas. Vamos *fazer* alguma coisa.

Bea desliza a mão na minha, por fim. E sinto uma corrente elétrica percorrer minha espinha quando nossa pele se toca.

— O que você quer fazer? — indaga ela, já de pé e preparada para o que der e vier.

Parte do meu cérebro irrompe na liberdade de ser quem está tomando a frente da situação. Sem esperar que Bea decida o caminho que devemos seguir, sem esperar que Cara acabe com todas as nossas esperanças.

O resto do meu cérebro está que nem um golfinho serelepe, pensando no momento anterior ao que Bea soltou minha mão, quando os dedos dela ainda se entrelaçavam nos meus.

— A lição de casa — digo.

UM MEIO MILAGRE

O sinal para o segundo período toca assim que chegamos ao complexo esportivo. Pela primeira vez na vida, sou eu que guio, com Bea atrás. Passamos pela quadra de basquete, cercadas pelo barulho de dezenas de tênis.

— Você sabe que tá atrasada para o francês, né? — Bea olha para mim. — E sua sala é para o outro lado.

— *C'est la vie.* — Abro a porta dos fundos do vestiário feminino. — Não vou. Mas a gente pode praticar enquanto cabula, se você quiser.

Há um indício de orgulho no modo como as sobrancelhas dela se erguem e os lábios seguram o sorriso. Bea poderia montar um álbum inteiro só com notificações de atraso que recebeu, mas eu nunca faltei à aula antes. Desviamos dos armários abertos e dos sapatos abandonados e, por fim, me vejo na porta que dá para a piscina.

— Não!

O rosto dela se acende com um sorriso. Só de ver a hesitação anterior desaparecer das feições dela, cada centímetro de mim sabe que, seja qual for a punição que possa resultar disso, vai valer a pena.

— A piscina só abre para a natação às três da tarde — informo. Apenas a luz azul da piscina brilha através da janela embaçada. — Vou entrar.

Bea se detém para me observar.

— Que foi? — pergunto.

Ela está vendo algo em mim. Quero que ela veja, mesmo assim sei que não posso deixar.

— Tem que admitir. — Ela gesticula para meu corpo como se estivesse percebendo minha aura ou algo do tipo. — Isso é meio novo para você. Você deixou bem claro que se opõe em grau e número à água. Até nas ocasiões mais sagradas.

— Até onde eu sei, o papa não considerou um milagre o dia que você tirou a carteira de motorista.

— Mas é um meio milagre, certo?

Ela enruga o nariz para mim.

Nas férias de verão depois do segundo ano, quando Bea enfim conseguiu vencer o Departamento de Trânsito pelo cansaço e eles emitiram sua carteira de motorista, ela me levou até o lago Sammamish para comemorar. Era um anoitecer fresco no final de agosto, depois que todas as crianças, os corredores e o pessoal do piquenique já haviam pegado as coisas e ido embora. Bea parou bem na frente do lago e desligou o carro. Eu deveria ter detectado o alerta de problema só pela expressão dela: os olhos bem semicerrados quando está prestes a fazer alguma loucura. Mas não percebi o que nos aguardava, até que ela começou a tirar o macacão verde.

Importante dizer: Bea não liga para ficar pelada. Eu ligo. Se ela morasse sozinha, provavelmente passaria o dia todo só de shortinho justo e meia felpuda. Eu uso camiseta por baixo do uniforme escolar para que meu umbigo nunca fique exposto. Portanto, para Bea, tirar o macacão e pular no lago foi uma escolha válida. E ficar dentro do carro cuidando das roupas dela para que ninguém roubasse era meu jeito de curtir muito a vida.

Apesar disso, nunca me esqueci de como ela era: pele marrom e macia, adornada pelos óculos e uma coleção de anéis na mão direita, nada mais. As sardas da bochecha ecoavam no peito, nos ombros e na parte superior dos joelhos. Ela nem sequer usou sandália. Apenas acenou para mim pelo para-brisa, depois correu para o lago e mergulhou. Como se estivesse em casa.

Às vezes, quando meu cérebro está cansado demais para afastá-la, aquela imagem me pega, o sorriso dela brilhando mais que a água.

Agora, Bea dá um passo à frente e abre a porta para a área da piscina. Eu nunca estive aqui antes. É úmido e escuro, marcado pelo cheiro de cloro quente e pelo zumbido do aquecedor. Os jatos borbulham em correntes abaixo da superfície da piscina, refletindo raios azuis que dançam nos óculos de Bea.

Assim que tiro os mocassins, o medo se revira na minha barriga.

— Com medo de ser pega?

Bea olha para mim.

Sim, quero dizer. Aterrorizada. Estou me metendo em algo sem volta, e sei disso. Mas balanço a cabeça para ela e deixo a saia cair no azulejo. Quando tiro o blazer vermelho, Bea faz o mesmo.

— Só para lembrar... em quatro anos, nunca consegui convencer você a entrar em qualquer corpo d'água. — Bea pula em um pé só, tirando um sapato. — E agora você está se despindo em um dia de aula porque eu disse que a gente deveria largar a oficina de poesia?

— É por causa da lição de casa. — Eu desabotoo a blusa. — E lembra daquela frase do papa que a sra. Acosta citou? Algo do tipo "Viva a realidade e para de pensar demais, cacete"? É isso que estamos fazendo.

Ela dobra as pernas dos óculos e os coloca dentro do sapato.

— Acho que o papa ficaria escandalizado com sua interpretação radical do que ele disse.

Quando Bea tira a saia xadrez, estou apenas com a camiseta cinza de baixo e a calcinha boxer que ela chama de "roupa íntima de batalha" — não é minha culpa que os militares também apreciem peças básicas e práticas. Todos os pelinhos dos meus braços se eriçam em direção à pele dela. E então fico presa nessa atração polar entre olhar e não olhar para Bea.

Já a vi sem roupa três vezes. Uma vez em um acampamento, quando tínhamos 14 anos; outra quando ela me arrastou para comprar roupas de banho no shopping; e aquele dia no lago Sammamish. Três vezes, mas nunca assim. E o que mudou não foi sua postura tranquila, mesmo nua. Foi eu. Minhas bochechas sugam todo o calor do meu corpo.

A pele dela se camufla com o brilho oscilante da piscina, marrom-âmbar iluminado por feixes de luz em movimento. Sua pele se parece muito com a minha, mas é nova e bonita.

A expressão de Bea se torna um pouco mais séria quando ela tira a blusa e abre o sutiã amarelo.

— Eu sei o que você está pensando.

Cravo as unhas na bainha da minha regata.

— Ah, é?

— E não vai rolar. — Ela está nua agora. Meus pés descalços no azulejo são a única coisa que me segura e, de repente, não parece ser suficiente. Bea aponta para a piscina vazia. — *Você* vai entrar primeiro, Mitra.

— Eu?

— O que é que a sra. Fournier sempre fala quando alguém reclama mesmo? — Bea joga seu sutiã em mim. — "*Ce n'est pas la mer à boire.*" — *Não é como se você fosse beber o mar.*

Tiro a regata e o top pela cabeça e corro para a piscina, mergulhando sem pensar duas vezes. Sou engolida de imediato. Antes que eu possa subir à superfície, antes que meu cérebro se recupere do choque, Bea pula ao meu lado. Meus olhos se abrem debaixo d'água para encontrá-la. Ela afunda como uma cápsula e, em seguida, seus braços e pernas se esticam para me alcançar. Um trem de bolhas sai da boca dela, enroscando-se no cabelo.

Bea sobe para respirar primeiro.

— Tá mais quente que o lago! — Ela está com os olhos semicerrados por causa da água que pinga do cabelo. Evitar que minha atenção se desvie do rosto dela é a coisa mais difícil do mundo. — Você se safou muito fácil, amiga.

Ela bate os braços na água, que se choca em uma ondinha na minha clavícula. Tudo o que ela toca reverbera na minha direção. Eu achava que a água deveria diluir, mas só amplifica o desejo que se acumula nos meus membros. Bea nada até meu lado.

— Como tá o seu umbigo? — pergunta ela. — Vai sobreviver a essa tortura congelante?

Minha barriga não parou de dar cambalhotas desde que ela tirou a roupa.

— Você pode, por favor, lembrar que é um umbigo californiano? Ele não está acostumado a ambientes insanamente frios como o seu.

— É só dar um tempo.

Sua mão roça minha cintura quando ela abaixa os braços na água. Não sei se já fui tocada ali antes. Minha pele ganha vida, como se estivesse esperando por ela.

Foi sem querer, repreendo a reação ao me afastar.

— Ei. — Bea percebe alguma coisa em mim de novo. — O que está acontecendo com você?

Não, não, não. Estou me embananando para reconstruir as defesas que acabei de derrubar.

— Como assim?

Meu coração bate forte.

Bea não tira os olhos dos meus, e o contato se prolonga por mais tempo do que consigo suportar.

— Você está agindo diferente.

A expressão dela fica séria, como se Bea estivesse tentando resolver algum quebra-cabeça mental.

A cada centímetro que ela se aproxima de mim na água, eu flutuo outro para longe.

— Não estou agindo diferente — digo.

Tecnicamente, é verdade. Faz anos que eu a amo. Isso não mudou. Só ficou mais difícil esconder.

— Seja o que for, você sabe que pode me contar.

A voz dela é tão suave que enche toda a sala.

— Não tem nada pra contar.

— Você não conseguiria mentir nem se sua vida dependesse disso, Mitra. — Bea afasta o cabelo molhado do rosto, e o gesto espalha gotículas de água pelas bochechas dela. Sardas de água. — Você não pode se esconder de mim. — Ela aponta os dedos úmidos para mim. — Eu vou descobrir um dia desses.

Não vai, eu juro, e então mergulho na água, onde ela não pode ver o vermelho revelador nas minhas bochechas.

REGRAS DA PISCINA

É necessário tomar banho antes de entrar na piscina ou no spa.
Nade por sua conta e risco.
O uso da piscina é restrito à presença de duas ou mais pessoas.
Nade apenas quando o salva-vidas estiver de plantão.
Não é permitido pular, correr nem dar um caldo na outra pessoa.
Não é permitido comer, beber nem manusear recipientes de vidro perto da piscina.
Visitantes e crianças não podem usar a piscina sem supervisão.
Se você sofre de alguma doença do coração, pressão baixa ou outro problema de saúde, não use o spa sem antes consultar um médico. Não é permitido permanecer no spa por mais de quinze minutos por vez.
A superexposição à água quente pode causar tontura ou desmaio.

o coração nada, tonto
sem supervisão
você: apenas uma pessoa
superexposta
o risco é pular
ou permanecer restrita

MÃE

Na sexta-feira de manhã, eu acordo antes de o despertador tocar. Pelo jeito, meu corpo não precisa mais de descanso. Pensar sem parar em Bea é minha nova rotina de sono.

Sempre que fecho os olhos, me pego de novo na piscina com Bea, tão próxima da pele dela e das gotas de água brilhando em suas bochechas. Repasso toda hora o momento na minha cabeça, imaginando todos os desfechos possíveis. Por exemplo, e se eu não tivesse me afastado quando ela se aproximou? E se eu tivesse sido sincera quando ela perguntou o que estava acontecendo? E o que é que ela está percebendo em mim agora?

Ela consegue ver que eu a amo? Isso a assusta?

Minha barriga revira. Estou brincando com fogo, e sei disso.

Estou me transformando no tropo mais batido de todos: aquele que diz que garotas queer sempre se apaixonam pelas melhores amigas. Não quero ser um estereótipo. Sou inteligente demais para isso.

— Mitra *joon*! — A voz do meu pai me tira do ciclo viciante de lembranças de Bea e eu afasto todos os pensamentos sobre ela. — Café da manhã.

Meu nome do meio não é "*joon*". Essa é uma daquelas palavras em fársi com um zilhão de significados: *alma, espírito, vida* e *querida*. Eu sou tudo isso para meu pai.

Sinto o cheiro de cúrcuma e tomate antes mesmo de chegar à metade da escada. A culinária do meu pai sempre foi ousada, com vapor espesso e o tipo de tempero perfumado que deixa um rastro. Esses aromas eram as únicas coisas que conseguiam me tirar da cama quando nos mudamos para Crossroads: uma panela com manteiga, aquecendo água de rosas para o *shir berenj*, um pudim de arroz, ou pimenta-do-reino e cúrcuma refogando no óleo fervente. Minha irmã e eu costumávamos nos sentar à mesa de jantar para tomar o café da manhã antes mesmo de o sol nascer, depois nosso pai nos deixava na escola a caminho do trabalho, a start-up que nos levou a Bellevue. A empresa, que desenvolvia um aplicativo de identificação de planetas para astrônomos amadores, faliu, mas nosso ritual matinal de misturas mágicas sobreviveu.

Cúrcuma e tomate significam que o café da manhã de hoje é omelete iraniana: ovos mexidos com cebola frita e tomate italiano. Azar é uma formiga, então adora o pudim de arroz e as conservas de ginja no pão ázimo, mas a omelete é minha favorita. Talvez meu pai esteja me preparando para mais um sermão motivacional sobre a faculdade. Ainda faltam oito meses, mas ele já começou a inserir algumas pérolas de sabedoria sobre a vida universitária no meio das conversas. Algumas são compreensíveis, como "sempre leia o programa do curso". Mas outras vêm do nada, como quando ele estava nos levando para a escola na semana passada e me fez jurar que eu usaria chinelo no chuveiro da moradia estudantil. "Você não quer pegar um fungo!"

Faz anos que Bea e eu consolidamos nosso plano de fuga universitário. Vamos para a Universidade de Washington juntas, onde ela vai se matricular em todas as aulas de escrita criativa que conseguir, e eu vou ter uma desculpa para ler meus poetas favoritos como se minha vida dependesse disso. Nós duas nos inscrevemos para algumas opções secundárias, como a Universidade de Western Washington e a Universidade do Oregon, e eu me inscrevi em uma pequena faculdade particular, a Reed, de brincadeira. Mas ambas já decidimos que vamos para a UW, em Seattle. Isso supondo que as duas conseguirão entrar, e supondo que eu não estrague nosso futuro com meus sentimentos.

Quando chego à sala de jantar, meu pai e Azar já estão reunidos em torno de uma panela cheia de ovos mexidos com tomate, mas nenhum deles se serviu. Estão com os cotovelos apoiados na mesa, e meu pai sussurra algo para Azar através do vapor. Ele para de falar assim que os dois me notam.

Por um segundo, eu me pergunto se ele recebeu uma ligação de alguém da Santa Trindade sobre a minha falta injustificada, mas isso não combina com uma escola que gosta de condenar os alunos bem na cara deles. Já recebi uma advertência e um monte de olhares estranhos da professora de francês quando cheguei atrasada e com o cabelo úmido. Bea insistiu em ficar com minha notificação e a colou na parte interna do armário.

— Bom dia — digo.

Meu pai coça a barba, me analisando. Ele tem a mesma barba espessa desde que eu me entendo por gente, só que agora ela está realçada por duas mechas brancas. Seu cabelo castanho ondulado é longo a ponto de cobrir a parte superior da orelha.

— Sente-se.

Ele dá um tapinha na cadeira vazia entre ele e Azar. Está com um aspecto cansado. Há grandes olheiras ao redor dos olhos, escurecendo a pele marrom-oliva.

Azar serve um pouco de omelete para nós três, em silêncio. Já está de uniforme, e seus cachos pretos estão espalhados sobre o suéter vermelho.

— O que tá rolando?

A primeira mordida derrete em um redemoinho de sal e acidez na minha língua.

— Vão acontecer algumas mudanças e quero conversar com vocês sobre isso — explica meu pai.

O tom dele me teletransporta para o café da manhã de três anos atrás, quando nos disse que a start-up fecharia e que ele tinha aceitado um emprego em uma empresa local de smartphone.

Continuo enfiando os ovos na boca, tentando adiar qualquer discussão familiar que estejamos prestes a ter. Aparentemente, Azar está fixada no tablet. No verão passado, começou a gostar muito de editar e rabiscar fotos, então nosso pai comprou um tablet com um aplicativo de arte digital para iniciantes durante as férias de inverno. Agora, todas as postagens no Instagram dela mostram os amigos com lasers de neon saindo dos olhos ou linhas geométricas psicodélicas girando atrás deles. Espio a tela do tablet por cima do ombro dela e vejo que Azar está desenhando um megafone na mão de uma de suas amigas, uma loira que reconheço das palestras motivacionais da escola.

— Você devia pintar o fundo de verde — sugiro. — Vai ficar legal com a roupa dela.

Azar me olha de cara feia. Ela nunca me mostra seus projetos e sempre ignora minhas dicas.

Eu a observo adicionar um balão saindo do megafone com o texto OBEDEÇA AO MACARRÃO. Não quero nem saber o que significa.

— Falei com a mãe de vocês ontem — diz meu pai.

Ligações da nossa mãe não são novidade. Já faz um tempo, mas quando saímos de Sacramento era comum recebermos mensagens de madrugada.

Na melhor das hipóteses, era um monte de bobagem sem sentido e, na pior, falas hostis em relação ao meu pai.

— Você não devia nem atender da próxima vez — comento. — Deixa cair na caixa postal.

Azar desvia os olhos do tablet e encontra os meus.

— Eles andam conversando — esclarece ela.

Deixo o garfo na mesa e encaro meu pai.

— Conversando? Tipo, antes de ontem?

Ele toma um longo gole de *chai*. Uma estratégia clássica dos pais iranianos para ganhar tempo.

— Ela terminou um tratamento muito bom — explica, depois de engolir. — E já faz um tempo que está bem. Eu queria acompanhar para ter certeza de que as coisas estavam estáveis antes de contar para vocês.

— Vocês estão conversando há quanto tempo? — pergunto.

— Foram só algumas ligações, *joon*. Para ter certeza de que ela está realmente bem.

— Mas há quanto tempo?

Ele coloca a mão sobre a minha na mesa.

— Desde o final de julho.

— Seis meses?

Minha mente se fixa nesse fato, mas meu pai continua falando, e eu não consigo assimilar nada.

— Ela vai estar em Washington em breve para uma entrevista de emprego em Renton. Disse que gostaria de ver vocês de novo quando estiver aqui, talvez levá-las para tomar café da manhã.

— Sério? — Tento imaginar Azar e eu sentadas para um brunch no The Waffler com nossa mãe. Mas só consigo conjurar ela dormindo durante o café da manhã, se esquecendo de me ajudar a arrumar a lancheira e gritando com Azar quando ela não conseguia amarrar o cadarço. — Em que planeta isso seria uma boa ideia?

Meu pai pondera em silêncio sobre o que vai dizer a seguir, tomando um gole de *chai*.

— Acho que vocês deviam pensar no assunto — diz ele.

O fato de meu pai estar incentivando um reencontro parece tão improvável quanto a possibilidade de a minha mãe estar limpa de verdade desta vez. Ele e eu costumávamos trabalhar em conjunto para arrumar tudo depois das catástrofes dela, como se fôssemos uma equipe de resgate. Ele juntava os cacos: me buscava na escola quando ela não aparecia, ligava e pedia desculpas a quem quer que ela tivesse ofendido quando estava chapada. E meu trabalho era Azar. Eu lia *A teia de Charlotte* para ela na hora de dormir, ajudava com a lição de matemática e colocava sua música favorita da Robyn quando nossa mãe estava aos berros.

Azar pega outra colherada de omelete.

— Que emprego?

Nosso pai levanta as sobrancelhas. Também não é a pergunta que eu esperava dela.

— Redação de projetos para captação de recursos. Em uma organização sem fins lucrativos, pelo que sei. Parece uma boa oportunidade para ela. Estruturada, mas também flexível.

Não consigo entender por que meu pai está querendo convidar o caos de volta à nossa vida. É como se estivesse abrindo a porta para um tornado.

— Ela não pode encontrar outra "boa oportunidade" em Sacramento?

— Acho que o objetivo dela é arranjar um emprego em Washington — explica ele. — Ela quer ficar mais perto de vocês.

Toda a umidade da minha boca evapora.

— Não. Pai, não. Como assim?

Azar pousa os olhos em mim por um momento e depois volta a encarar os ovos.

Nosso pai inspira pelo nariz.

— A decisão de procurar um emprego aqui é dela. E a decisão de voltar a vê-la ou não é de vocês. Mas as coisas mudaram para ela, Mitra. Isso significa que as coisas podem mudar para vocês duas. Acho que isso é bom.

Eu me afasto da mesa antes que ele possa dizer mais alguma coisa.

— A gente tem que terminar de se arrumar — falo para Azar.

Coloco a meia e escovo os dentes no andar de cima, depois vou para o quarto de Azar. Ela está na frente do espelho, com fone de ouvido, amarrando o cabelo do mesmo tom de preto da nossa mãe.

— Ei, Aziz.

Nem sei por onde começar. Em geral, nós só conversamos para organizar caronas e horários, ou para descobrir de quem é a roupa xadrez ridícula que se misturou na lavagem. Na escola, a principal forma de interação que ela se permite ter comigo é acidental.

Azar tira o fone de ouvido e me olha de volta.

— Oi.

— Hum. Então. Sobre a visita da mãe. Não sei bem o que deu no pai, mas é óbvio que vou falar para ele que a gente não quer ver ela.

Ela escancara a boca, mas, em vez de falar, morde o lábio.

— *Você* não quer — corrige ela.

— Você *quer*?

Meu tom de voz sobe sem querer.

Azar termina de prender os cachos.

— Ela é a nossa mãe, Mitra.

É como se uma pedra se alojasse na minha garganta, enterrando-se no meu corpo. Talvez meu pai e eu tenhamos feito um trabalho bom demais ao esconder de Azar a dependência química da nossa mãe. Nunca quis que Azar se lembrasse de como era.

Mas eu lembro.

NÃO MÃE

No segundo dia da primeira semana de aula de Azar no sétimo ano, ela acordou suando e enjoada. Nosso pai já havia saído para trabalhar, mas fazia um tempo que nossa mãe estava bem, então tinha voltado a morar conosco. Quando fui pedir ajuda para cuidar de Azar, ela ainda estava na cama, com as pupilas dilatadas e os olhos manchados com a maquiagem do dia anterior. Estava com aquela voz distante que, de alguma forma, eu comecei a rotular como a voz da "não mãe". Quando estava apática e desatenta daquele jeito, eu sabia que não podia contar com ela para nada.

Voltei para checar Azar, que estava com as bochechas vermelhas e ardendo de febre, vomitando no lençol. Ela nunca tinha pegado uma gripe tão forte, e eu nunca a tinha visto tão doente, então nós duas estávamos em pânico. Ela só queria nossa mãe. Não parava de chamar "Mamãe, mamãe, mamãe", como se aquilo fosse um bote salva-vidas a que ela pudesse se segurar.

Eu não sabia como explicar que a mamãe não estava.

Mentiras em que a gente acreditava

Eu vou buscar vocês às três e meia, tudo bem? Fiquem prontas.
Vamos fazer *bademjan* para o jantar, só nós duas.
Vou levar o trabalho de Azar na escola.
Esqueci, tive uma reunião.
Peguei um resfriado.
Estou com dor de cabeça.
Tenho um compromisso.
Vou voltar antes de vocês irem para a cama.
Já vou ter chegado quando você acordar.
Só estou muito estressada.
Foi só um pouco.
Só para relaxar.
A gente nem precisa contar para o papai, tá bom?
O remédio nem é meu mesmo.
Estou guardando para sua avó.
Eu não faria isso.
Não vou fazer de novo.
É só desta vez.
Prometo.
Já chega.

TÍMIDA COMO UM GIRASSOL

Na sexta-feira, quando chegamos à escola, a chuva está batendo nas janelas da sala de poesia, tamborilando sob o barulho dos passos e das mochilas sendo largadas no chão. Bea e Cara se sentam a duas poltronas de distância uma da outra, com Max e eu formando uma barreira humana entre as duas. Enquanto todo mundo conversa e se acomoda, nós quatro permanecemos em silêncio.

— Isso é constrangedor — comenta Max, bagunçando a franja com nervosismo.

Nós dois ficamos sem saber como agir depois que Cara e Bea terminaram, mas a oficina de poesia coloca o constrangimento em evidência.

Lilith, a gótica enrustida, ergue os olhos do livro de Edgar Allan Poe para nos encarar. Cara e Bea se viram para Max, com um olhar de reprovação.

— Que foi? — pergunta Max. — Achei que dizer em voz alta ajudaria! Só estava tentando aliviar a tensão.

— Parabéns por tentar — sussurro. — Mas sem chance.

Cara já foi minha amiga. Não do tipo com quem eu saía sozinha, mas do tipo que era minha dupla em qualquer aula que tivéssemos juntas. Fazíamos parte do mesmo círculo. Almoçávamos juntas, íamos a maratonas de filmes do Miyazaki no cinema de Crossroads com a Bea, e ela sempre me convidava para seu aniversário.

Não éramos superíntimas, mas tínhamos nossa própria troca de mensagens, só com nós duas, em que expúnhamos queixas sobre tudo o que nossos pais imigrantes faziam e que ninguém mais entenderia. Não importava que os dela fossem de Taiwan e os meus do Irã — eles ainda conseguiam compartilhar um manual sobre *Como irritar os filhos com hábitos do Velho Mundo*. Cara me mandava uma mensagem às seis da manhã, sem nenhum contexto, dizendo algo do tipo: "Tem oito potes gigantes de iogurte na minha geladeira. Nenhum deles contém iogurte". E dois dias depois eu respondia: "Meu pai acabou de me fazer falar ao telefone com quatro pessoas que eu nunca vi na vida. Ao que parece, são todos meus primos".

Não trocamos mensagens desde o Halloween.

Agora observo Cara olhar para Bea e colocar o cabelo atrás da orelha. Ela nem sequer gostou de poesia quando Bea tentou introduzi-la nesse mundo, compartilhando nossa coleção valiosa de livretos. Dizia que era muito elitista e que o teatro era muito mais acessível. Ao que Bea respondia aos gritos: "Não é elitista! É econômico! É a linguagem do povo!".

Por mais que eu tente, não consigo entender por que Cara se inscreveu na oficina. Bea falou que é porque Cara queria tentar algo novo antes da formatura, completar sua lista de experiências pré-faculdade. Diversificar.

Se ela quisesse diversificar, que tivesse aprendido a tocar tuba ou a bordar. Talvez ela só queira ficar mais perto de Bea. Talvez se arrependa de ter terminado.

Seja lá qual for o motivo, não posso cumprir minha função de para-choque humano entre as duas hoje. Metade de mim está na aula, mas a outra está aterrada na sala de jantar, enquanto meu pai joga a bomba de que minha mãe está voltando.

Bea estende o braço no apoio entre nós. Ela está usando uma blusa branca de manga curta, com uma gravata vermelha e dourada, e os pelos macios de seu antebraço fazem cócegas na minha mão. O contato a sobressalta. Ela deixa escapar um suspiro estressado.

— Você tá bem? — sussurro.

Ela abre um sorriso enorme, do tipo que serve para provar algo — para si mesma, para mim, para Cara.

— Tô bem. E *você*?

No tempo que levo para formular uma resposta coerente, a sra. Acosta começa a aula.

— Nas últimas aulas, analisamos a poesia que mexe com vocês — diz a sra. Acosta. — A poesia é mais evocativa quando nos revela alguma verdade profunda sobre nossas experiências. O tema de hoje foi inspirado na segunda epístola de João: *Devemos andar em verdade e praticar a verdade*. Essa é uma tarefa difícil! Vamos ver se conseguimos identificar essa honestidade radical em um poema que vocês gostem. O que o autor faz vocês sentirem? O que revela dentro de vocês? Tirem um tempo para escrever sobre o assunto no diário de poesia.

Há um poema de Naomi Shihab Nye chamado "Cerrar o punho". No poema, Naomi ainda é uma garotinha, andando de carro pelo deserto com a mãe e fazendo perguntas sobre a morte. O poema sempre me faz lembrar da minha mãe — todas as perguntas que tenho para ela, ainda não verbalizadas, presas na ponta da língua. Mas o lance sobre esse poema é que eu nunca preciso encarar minha mãe quando o leio. As palavras de Naomi fortalecem uma espécie de músculo para as coisas que não consigo carregar. Não preciso encarar a verdade sobre minha mãe quando estou lendo sobre a dela.

Então talvez não seja sobre o que a poesia me faz sentir. Mas sobre o fato de que a poesia sente por mim, para que eu não precise fazer isso.

Não preciso sentir a dor de minha mãe escolhendo os remédios.

Não preciso sentir a dor de Bea não ter me escolhido.

A dor de ela ainda querer Cara.

Mas agora minha mãe está prestes a invadir o mundo que construímos aqui em Washington, e eu não posso fazer nada. Preciso testemunhar Bea agonizando por causa de Cara cinco dias por semana, e também não posso fazer nada. Há coisas das quais nem mesmo a poesia pode me proteger.

Dois assentos ao lado, Cara levanta para se espreguiçar e olhar a chuva. Os olhos dela passam pela cabeça de Bea e vão para a baía de Meydenbauer do lado de fora da janela. Bea sobe um pouco os ombros ao acompanhar os movimentos de Cara e então tira os óculos e limpa a lente na barra da saia, só para ter algo para fazer. Quando a mão dela descansa no colo, sou acometida pela lembrança daquela mesma mão roçando minha cintura na piscina. De repente, fica difícil respirar. É como se meu corpo não coubesse na minha própria pele.

Um verso de "Cerrar o punho" abre caminho entre meus pensamentos: "As fronteiras que temos que cruzar separadamente/ marcadas por nossas angústias sem resposta".

Não sei nada sobre angústias sem resposta, mas estou submersa em mais perguntas sem resposta. Perguntas que nem sequer quero pensar, porque são muito clichês. Por exemplo, quantas vezes Cara viu Bea nua? O cérebro de Cara oferece lembretes frequentes sobre cada vez que ela tocou Bea, como o meu faz? Como é sentir algo pela Bea sem ficar presa em uma teia de culpa que faz a barriga revirar? E por que tenho que ser prova viva da razão pela qual você nunca deve se apaixonar pela melhor amiga?

Bea bate os dedos na minha coxa. De primeira, não sei direito qual de nós duas ela está tentando confortar. Quando para, percebo que enfiou um bilhete na dobra da minha saia.

Não se preocupe com a sua mãe. Você é um ser humano lindo e implacável. Vai tirar isso de letra. E eu estou aqui, está bem?

Eu achava que nada conseguiria me fazer sorrir hoje. Mas Bea está sempre fazendo o impossível. Quando ergo o rosto, ela encontra meus olhos de novo. Espero que ela desvie, mas nada acontece. Sua expressão é calorosa e atenta.

Pela primeira vez, percebo um vislumbre de algo mais ali — algo que jaz sob a intensidade de Bea. Como se, por dentro, estivesse fazendo as próprias perguntas sem resposta. Então ela desvia o olhar e mexe nos óculos. Suas orelhas ficam rosadas, e eu recordo as poucas vezes em que a vi corar daquele jeito: quando a mãe dela a fez passar vergonha; na rara vez em que ela foi chamada na aula e não sabia a resposta; quando tínhamos que fazer arremessos livres no ginásio e todo mundo ficou olhando.

Vergonha. Ou… timidez?

Em geral, Bea é tão tímida quanto um girassol ao meio-dia. Ela se deleita com a atenção. Então não sei por que ela parece tão esquiva.

Prendo a respiração e me permito pensar em uma última pergunta sem resposta: será que os sentimentos dela por mim poderiam mudar?

Mitra

tocamos a cicatriz de uma
ferida antiga, Azar quer
encarar a pessoa que concebeu

nós duas, vou chamá-la de *Jaleh*, um
nome que posso tocar com
as mãos nuas, mais seguro e distante

do que *mãe* — essa
palavra soa tão suave, mas
tem farpas nas extremidades

cada golpe terno pronto
para perfurar lembranças antigas
até que elas respirem novamente

e *mãe* é uma palavra à qual ela
perdeu o direito: uma palavra que exige
um significado que não temos

um título gentil que ela
jogou fora, e agora não
lhe devo nada

Bea

nada faz sentido, o mundo inteiro de cabeça pra baixo,
como desastres vistos pelo retrovisor, ocupada demais abrindo
caminho — fugindo do caos que você nunca

mereceu e, querida, a vida só lhe deve belos
momentos daqui para a frente, dias de espumante
que você brinda com as mãos manchadas — pele

um órgão que quebra, conserta e
lembra, o abrigo que você perdeu e
construiu mil vezes — lembre-se

disso: deveria haver palavras melhores para erguer,
carregar, beijar e curar você
nos dias de desastre que vêm e vão,

mas as palavras e as mães falham, e você
continuará forjando esperança do aço da própria
pele, uma força celular que seu corpo criou

BEIJAR

nada faz sentido, o mundo inteiro de cabeça pra baixo,
como desastres vistos pelo retrovisor, ocupada demais abrindo
caminho — fugindo do caos que você nunca

mereceu e, querida, a vida só lhe deve belos
momentos daqui para a frente, dias de espumante
que você brinda com as mãos manchadas — pele

um órgão que quebra, conserta e
lembra, o abrigo que você perdeu e
construiu mil vezes — lembre-se

disso: deveria haver palavras melhores para erguer,
carregar, **beijar** e curar você
nos dias de desastre que vêm e vão,

mas as palavras e as mães falham, e você
continuará forjando esperança do aço da própria
pele, uma força celular que seu corpo criou

Eu não sabia que *beijar* poderia me atingir com tanta força e suavidade, como se a palavra fosse mesmo fruto dos lábios dela.

AMIGA É PARA ISSO

Na sexta-feira à tarde, depois que Bea me entregou o Livro, passei vinte e quatro horas inteiras embalando e incubando a palavra "beijar" como um pinguim com o ovo. Estou com a cabeça nas nuvens, lembrando do bilhetinho que ela me passou na aula: sou *implacável*, *linda* e amparada nas palavras dela. E aquele momento em que Bea manteve os olhos em mim, como se eu fosse a resposta para algum enigma complexo... em quatro anos de amizade, ela *nunca* havia me olhado daquele jeito antes.

Mas eu sei que isso não significa nada. Ficar emocionada por causa de uma palavra em um poema, um bilhete passado, um certo olhar? *Você só está vendo o que quer ver, Mitra.* Toda vez que meu coração me leva ao espaço sideral, meu cérebro me traz de volta à realidade. Estou confundindo o amor que Bea sente por mim — do tipo reconfortante, familiar e amigável — com a maneira como eu a amo.

No sábado, quando Bea e eu nos encontramos na casa dela para o Sadeh, já estou exausta desse vaivém.

— Pega o isqueiro — pede Bea, ajoelhada em frente à lareira da sala de estar, acenando para mim como um cirurgião à espera do bisturi.

— A gente não precisa fazer isso — digo.

— Ah, qual é?! — Ela volta a cabeça para mim. — As pessoas fazem fogueiras desde tempos imemoriais. Se o pessoal das cavernas fazia isso com lasquinhas de pedra, a gente dá um jeito de colocar fogo nessa lenha.

O Sadeh é o festival iraniano que celebra a descoberta do fogo por um antigo cara mitológico chamado Hushang. Mas meu pai não gosta muito da celebração. Era algo mais importante para minha mãe, que foi criada como zoroastrista. Ela preparava uma panela de *ash-e reshteh*, uma sopa de ervas com o queijo azedo de *kurut* e um pouco de macarrão, fios de cebola frita crocante e hortelã, e lia histórias sobre Hushang, do poema épico *Xanamé*, para nós. Eu me pergunto se ela come *ash-e reshteh* sozinha agora.

Eu me pergunto se ela sabe que não comemos sem ela.

Sento no chão ao lado de Bea, estendendo o isqueiro. Ela aproxima uma folha de papel amassado da chama. Uma luz branca dispara pela superfície da lenha, e nós prendemos a respiração ao vê-la tremular. Então se apaga. A fumaça vagueia em sua ausência, subindo da lareira até nosso rosto.

Eu tusso.

— Você abriu o fumeiro?

— Fumeiro? Não sei nem o que é *isso*.

Pego o isqueiro de volta.

— Ok. O Sadeh foi oficialmente celebrado. Podemos dizer que isso foi um tributo às tentativas fracassadas e não documentadas de Hushang antes de descobrir o fogo. Um esforço honesto, mas não vamos incendiar a casa dos seus pais. E não queremos uma reencenação do Día de los Muertos do primeiro ano.

Naquele dia, Bea estava me mostrando o altar da família em homenagem aos avós que morreram e também queria apresentar o truque que havia aprendido em que passava o dedo pela chama da vela sem se queimar. Pelo menos foi o que ela disse. Bea perdeu uma sobrancelha tentando.

— Sempre em nossa memória — brinca ela, dando uma risadinha e passando a mão na sobrancelha.

A mãe dela ficou muito brava que quase colocamos fogo na *ofrenda*. Naquela noite, aprendi três novos palavrões em espanhol.

Eu me jogo de novo no tapete.

— Cadê seus pais?

— Em uma missão secreta de espionagem na Áustria?

— Ah, você não faz ideia.

Ela dá de ombros.

— Viajando, trabalhando até tarde, sendo espiões no exterior... que diferença faz?

Bea tem o que chama de "pais minimalistas". Eles têm dinheiro para terceirizar tarefas como jardinagem e manutenção da casa e, no que diz respeito à filha, são adeptos da vertente "não intervencionista" de educação. Bea raramente sabe onde os dois estão ou quando vão voltar. Mas, sempre que aparecem, chegam com muitas opiniões sobre a vida dela. Entendo por que ela detesta a escola católica ainda mais do que eu. Quando sua casa *e* sua escola estão sempre condenando seus atos, não há nenhum outro lugar onde é possível ser você mesma. É por isso que ela quer tanto sair e ir para a faculdade, onde enfim vai poder respirar.

— Enfim, a gente tem coisas importantes para fazer na ausência deles — diz ela. — Hora do baile!

Bea sente tanta repulsa pela Santa Trindade que, nos mais de quatro anos em que a conheço, nunca quis participar de um evento sancionado pela escola. Conseguimos uma desculpa para não comparecer a nenhum dos bailes desde que me mudei para Bellevue, o que é digno de nota em uma escola católica em que a maioria dos alunos está sedento por uma chance de se livrar do uniforme e ouvir qualquer coisa que não seja o padre Mitchell cantando "Ave Maria de Lourdes". Em vez disso, nós criamos nossa própria alternativa às festas escolares: a Sexta-Feira Antibaile, nas quais colocamos em prática quase todas as ideias contra os bailes em que conseguimos pensar desde o nono ano — campeonato de *pinball* no fliperama 8-Bits e noites de documentários sobre a natureza vestindo pijamas de corpo inteiro que sempre culminam em uma festa do pijama... e tem sido perfeito.

É por isso que não entra na minha cabeça o motivo para, de repente, Bea estar tão decidida a ir ao baile de inverno. Ela só fica repetindo que "estamos no último ano e é a última chance de termos essa experiência formativa no ensino médio". Eu poderia viver sem a experiência de ficar trancada em um ginásio abafado, com supervisores separando casais e exigindo que eles "deixem espaço para o Espírito Santo". Mas já fizemos de tudo juntas, então acho que vamos mesmo fazer isso.

Tento não pensar que existe outro motivo para ela querer ir ao baile de inverno comigo. É uma centelha de esperança que começou na piscina, se acendeu com o bilhete que ela escreveu e pegou fogo quando li os últimos versos do poema sem fim. A esperança que diz: talvez Bea também tenha um megafone interno gritando: "É o último ano do ensino médio, e as estrelas se alinharam e nós duas estamos solteiras, e essa pode ser nossa chance de sermos algo mais". A esperança de que talvez, apenas talvez, ela queira dançar comigo.

— Vamos colocar nossa roupa de gala e pegar o vinho que sobrou dos meus pais.

Bea se espreguiça de costas a meu lado, e o espaço quente entre nosso braço zune. Fico bem quieta para não afastar a sensação.

— A gente podia escrever uma ode ao fogo. Manter o espírito de Sadeh vivo. Quer dormir aqui?

A distância entre *querer* e *poder* forma um desfiladeiro dentro de mim.

Tento me esquivar da proposta.

— Se a gente beber o vinho todo e eu dormir aqui sem sua mãe saber, ela vai ter mais um motivo para me odiar.

— Ela não odeia você!

A resposta de Bea é tão imediata e alta que nós duas caímos na gargalhada.

— Ah, não dá para negar que seus pais são agressivamente educados comigo. Mas nunca *amaram* ver a gente junta.

— Eles ainda acham que a gente namora.

Ela ri de novo, como se fosse uma ideia ridícula.

Porque é óbvio que seria ridículo se nós namorássemos.

Eu me obrigo a rir também, e aquela pequena esperança se esvai.

Bea balança a cabeça.

— Toda vez que você dorme aqui, minha mãe pega o rosário.

— Você pelo menos disse para ela que minha família acha que Jesus foi um cara legal? — Viro a cabeça para Bea, encostando a bochecha no carpete, e meus olhos seguem a luz que desce pelo rosto dela. — Eu quero que sua mãe goste de mim.

— Você não precisa da aprovação dela. — Bea dá um tapinha na minha bochecha com a ponta dos dedos sujos de fuligem. — Você é a única pessoa com quem me importo.

Ela repousa o polegar na minha mandíbula, e fico esperando que ela interrompa o momento, conte uma piada, mas Bea apenas segura meu rosto, e a boca dela se ergue em um sorriso suave.

E, de novo, estou presa a uma de suas palavras.

"Única."

A palavra revela todos os seus significados na câmara de eco dentro da minha cabeça.

Única. Sem igual. Especial, sagrada. Exclusiva, como pertencer a alguém. E eu pertenço a Bea mais do que a qualquer outra pessoa.

Minha pele catalisa a própria chama, que reacende aquela esperança em mim, um pequeno milagre. Eu me afasto.

— Trouxe opções de roupas — digo. — Quer me ajudar a escolher?

Isso chama a atenção dela. Vamos para o quarto de Bea, que parece o resultado de uma promoção da Black Friday em uma livraria feminista. Zines de poesia e livros usados cobrem o chão. O rosto de Gloria Anzaldúa preside a bagunça, em um pôster gigante na parede, e uma colônia de suculentas moribundas habita o espaço restante.

Bea diz que a bagunça "faz parte do processo dela" porque o resto da casa parece estar sempre pronto para uma das visitas imobiliárias de seu pai. Portanto, toda a parafernália queer dela também está relegada ao quarto, o que é um reflexo da reação dos pais ao fato de ela ter se assumido. Os dois juraram que não tinham nenhum problema com o fato de Bea gostar de garotas, desde que não tivessem que ouvir sobre isso. Meu pai teve uma reação diferente — ele ainda usa os folhetos de uma organização em prol de pessoas queer como marcador de página em todos os livros científicos que lê. Eu posso estar no meio de uma pesquisa sobre a Via Láctea e, de repente, dar de cara com um panfleto sobre *Amar nossos filhos LGBTQ+*.

O único lugar onde meu corpo cabe com segurança na zona de guerra desse quarto é na cama de Bea. O que seria tranquilo, mas os lençóis estão saturados com o cheiro aconchegante dela: xampu de coco e o desodorante natural esquisito de alecrim que ela usa.

— Fica à vontade.

Entrego minha sacola de roupas de baile para Bea, que entende mais de moda do que eu. Ela vasculha o conteúdo: um vestido cinza, um vestido preto, mais um vestido preto. É uma coisa iraniana. O preto é nossa cor, vez ou outra acentuado com pulseiras de ouro ou um colar. Ir a uma festa iraniana é como ir a um funeral levemente glamoroso.

— Hum, *oie*. — Bea tira um blazer e uma calça da sacola. — E isso aqui?

Ok, o terno era mesmo para um *funeral*. Mas não vou contar isso a ela.

— Essa é a sua escolha? — pergunto.

— Tenho que te ver vestida.

Ela joga o conjunto para mim.

Bea me viu sem roupa na semana passada, mas ainda me sinto exposta ao tirar a calça jeans. Quando estou só de top e calcinha boxer, Bea pega uma camisa azul de botão no guarda-roupa para eu experimentar com o terno. Ela baixa os olhos ao entregá-la. Desviar o olhar é algo que *eu* faria, não ela. A formalidade me deixa inquieta.

— Entendi, você odeia essas roupas de baixo. — Tento quebrar o clima estranho. — Mas não é tão horrível assim, vai.

Ela hesita antes de falar:

— Eu não odeio.

Visto a calça preta e a camisa de Bea. Demoro uma eternidade para fechar todos os botões, e ela fica em silêncio até eu chegar ao último. Meu coração dispara. Não me sinto como quando experimentamos roupas em Crossroads. Sinto como se ela estivesse me vestindo para um encontro.

Ela enfim ergue os olhos aos meus.

— Você ainda tá pensando naquilo?

Se naquilo *for beijar você, então sim.* Mordo o lábio para me impedir de falar algo sincero demais.

— Ver a sua mãe? — completa ela.

Ah.

— Azar quer. Ela acha que estou exagerando — conto. — Como se eu quisesse ignorar nossa mãe sem nenhum motivo.

Espero que Bea saia em minha defesa, mas ela não o faz. O silêncio dela arranca mais palavras de mim.

— Eu sei o que você vai dizer.

Ela levanta as sobrancelhas. Adoro a forma como se destacam por trás dos óculos dourados, como se fossem de desenho animado. Bea é sempre transparente.

— Que eu sou muito cuidadosa. Que eu devia apenas ver o que acontece. Mas não posso mentir e fingir que tá tudo bem com a minha mãe, e também não posso ser sincera com ela.

— Certo — diz Bea.

Ela nunca abandona uma discussão com um simples "certo". Não sei o que está acontecendo com ela hoje.

Eu me viro para o espelho e visto o blazer.

— Não sou tão corajosa quanto você — explico por cima do ombro. Ela traça as bordas do terno com o olhar. — Você sempre fala o que está sentindo.

Os olhos de Bea incendeiam os meus pelo espelho. Os pais dela são cem por cento contra palavras como *sempre* e *nunca*, embora o catolicismo esteja repleto de absolutos. Ela se diverte atentando eles: "*Talvez* eu vá para o inferno. É difícil dizer".

Ela não faz nenhuma piada sobre isso agora. Os lábios se erguem de leve, no sorriso menos Bea do mundo. Eu me viro para encará-la.

— Deixa eu abotoar isso aqui.

Bea indica os botões das mangas da camisa. Prendo a respiração enquanto ela mexe nos meus punhos, como se qualquer movimento pudesse afugentar esse instante.

Os olhos de Bea dançam pelo meu corpo, e ela passa as mãos em meus ombros, arrumando o blazer.

— Isso aqui é seu novo uniforme, ok? — anuncia ela. — Para sempre a partir de agora.

Estou lutando para conter o rubor nas bochechas.

— Nossos professores ficariam fora de si. Violação do código de vestimenta *e* não conformidade de gênero? Eles jogariam, tipo, um livro inteiro de advertências na minha cara.

— Valeria a pena. — Ela desliza as mãos pelos meus braços. — Inclusive... o que você disse agora há pouco? Nem sempre é verdade.

Eu me permito inalar um pouco de ar.

— Quê?

— Eu nem sempre falo o que estou sentindo.

Bea pousa as mãos na bainha do blazer e puxa o tecido. Talvez esteja arrumando o terno... ou talvez esteja me puxando para mais perto.

— Ah, é?

— Se dizer algo em voz alta pudesse mudar as coisas ou estragar tudo — revela ela —, então, sim. Eu teria medo de tocar no assunto. — Ela afasta as mãos de mim e as deixa no ar por um segundo. — Mesmo que eu queira muito falar.

O ar entre nós forma um fio de alta tensão, crepitando. Quero gritar a frase da segunda epístola de João para ela. *Assuma sua verdade, cacete!* A inquietação do momento dá um choque na minha língua:

— Se você precisa falar alguma coisa tanto assim, então talvez valha a pena, não importa o que aconteça depois.

A boca de Bea se abre para soltar um pensamento que não se materializa, e ela morde a parte interna da bochecha. Está mantendo o momento entre nós, deixando-o crescer. *Beijar*, aquela palavra escondida, se torna algo que posso estender a mão e tocar. Essa pequena esperança explode como uma dinamite dentro de mim. Eu estendo a mão para tocar a dela.

E então *bip!* O celular de Bea apita. Ela dá um passo para trás ao ouvir. Corre para a cama e procura o telefone nos lençóis.

— É a sua mãe mandando notícias? Como tá o tempo em Viena?

Tento me distrair do poço de decepção que ferve na minha barriga.

— Hum. — Bea não desvia os olhos do celular. — Na verdade, é a Cara. Eu, hum, fiquei sabendo que ela vai ao baile com Max e Ellie. Tá perguntando se eu vou também.

A vergonha se acumula na minha via respiratória.

É claro. Bea não quer ir ao baile comigo. Quer ir porque sabe que Cara também vai. Talvez queira falar para Cara que ainda está caidinha por ela. E quer que eu esteja presente para apoiá-la.

Afinal, *amiga* é para isso.

NO MEIO-TEMPO

Domingo, 16h21

Bea: o baile de inverno se aproxima!!!!

Bea: cuidado, freiras!

Bea: Mitra está prestes a destruir seu ritual de acasalamento heteronormativo

Bea: com o TERNO dela

Domingo, 19h48

Bea: quer jantar antes?

Bea: minha mãe disse que é bom eu não derramar nada no vestido que ela comprou para mim

Bea: então, desafio aceito

Bea: espaguete? churrasco? shawarma?

Domingo, 23h11

Bea: e aí??

Hoje, 11h52

Bea: almoço na capela.

REVELAÇÃO

Segunda-feira, na hora do almoço, eu me refugio na praça, encostada na fachada do prédio do Calvo. Meu cabelo fica amassado nos tijolos, e vivo um doce momento de segurança.

Passei as últimas trinta e sete horas mergulhada na minha própria ignorância. Por um lindo instante, acreditei de verdade que Bea poderia me querer. Mas, todo esse tempo, ela ainda queria a Cara. Não consigo esquecer a expressão esquisita no rosto de Bea, como se achasse que eu estava flertando com ela. E *eu estava*. Fiz o que disse que nunca iria fazer.

Mas isso não é o pior. O pior é tudo o que eu falei para mim mesma ao longo dos últimos dois anos: que eu poderia ser a melhor amiga dela e amá-la ao mesmo tempo. Eu pensei que poderia dividir meu coração ao meio. Mas não consigo. Só sei me esconder. E, pelo jeito, não sou muito boa nisso.

— Oi.

Bea me avista do outro lado da praça, e sua mão hesita antes de ela acenar para mim. Mesmo a dez metros de distância, dá para ver que está desconfortável.

Merda. Ela se aproxima e minhas pálpebras se fecham por um momento, tentando afastar a imagem das sobrancelhas franzidas dela.

— Capela? — pergunta Bea.

Assinto e ando ao lado dela na passarela. Um grupo do terceiro ano para de conversar ao ver o nosso rosto sombrio. Deve parecer que estamos liderando um cortejo fúnebre.

— Então... — começa Bea, em meio ao silêncio. — Quer jantar antes do baile? Você não respondeu à minha mensagem.

— Jantar? — O sol de fevereiro bate nos meus olhos. Costumo adorar a falsa primavera em Bellevue; é como se o sol de Sacramento aparecesse no norte para um reencontro rápido. Hoje, eu só quero o céu nublado e esquecível de volta. — Sei lá.

— Eu dei umas ideias. — Bea mexe nos óculos. Seu olhar de expectativa faz meu coração bater na garganta. — Ou talvez a gente possa só pular o jantar e comer besteira depois do baile, quando você dormir lá em casa. O que você quer fazer?

— Não sei.

Ela está percebendo a mudança em mim, só que desta vez não consigo enganá-la.

— Não sei se vou conseguir ir ao baile. Eu estou... Tem muita coisa acontecendo.

— Como assim?

Ela torce a boca, sem encontrar uma posição certa.

Empurro a pesada porta de madeira da capela com o ombro.

— Desculpa.

Nós sempre nos encontrávamos na capela vazia para almoçar antes de começar a sair com o pessoal do teatro. O lugar fica aberto nos intervalos e nos períodos livres, em tese para que os alunos possam "ter momentos de reflexão e oração silenciosa", mas, para ser sincera, nunca encontramos um único aluno lá.

Depois de mais de quatro anos, molhar a mão na pia de água benta na entrada da igreja já é memória muscular. Temos que fazer o sinal da cruz com água benta sempre que colocamos os pés neste espaço de oração. Já faz algum tempo que Bea e eu não almoçamos aqui, então, quando entro, meu cérebro espera ver uma missa em andamento, e meu dedo já está submerso antes que eu me lembre por que estou aqui. Bea me observa tentando decidir o que fazer a seguir. Acabo espalhando a água entre as mãos como se fosse uma espécie de álcool gel sagrado.

Bea se dirige à frente da capela, e eu tiro a mochila das costas, ocupando um assento no primeiro banco. O blazer e o cachecol de Bea estão abandonados no banco ao lado, enrolados em um travesseiro improvisado ao lado de um exemplar aberto de *In the Pockets of Small Gods* (Nos bolsos de deuses pequenos), uma coletânea de poesia de Anis Mojgani. Esqueci que ela havia pegado o livro emprestado de mim no outono passado. Anis escreveu o único poema que já memorizei na vida, sobre amar alguém com todo o seu coração.

— O que suas coisas estão fazendo aqui? — pergunto, olhando para ela.

— Perdi a última aula.

Ela caminha ao longo da passagem entre o altar e os bancos.

— Você vai se meter em encrenca — digo.

Bea para e olha para mim.

— O que tá acontecendo com você?

— Nada.

Parte de mim quer dar nome aos bois. *Olha só, Bea, eu quase beijei você no sábado, quando a gente estava no seu quarto, e isso poderia ter acabado com nossa amizade. Então ficar dançando para lá e para cá ao som da nova música da Taylor Swift no escuro não vai nos ajudar em nada nesse momento.* Mas não posso dizer isso.

— Por que você não quer mais ir ao baile?

— Eu não disse que não quero ir. — Cravo meus dedos nas pálpebras. *O problema é querer.* — Eu só... não consigo pensar nisso agora.

Bea está atingindo níveis críticos de exasperação. Eu não a via tão irritada comigo desde a vez em que me recusei a mergulhar no lago Phantom com ela durante uma onda de calor em agosto.

— Você tá estranha.

— Eu não posso mudar de ideia às vezes?

Há irritação na minha voz.

— Mas *por quê?* — Ela se afasta da passagem e se aproxima de mim, acabando com o espaço entre nós tão rápido que eu me levanto do assento depressa. — É óbvio que aconteceu alguma coisa. Você queria ir. Estava empolgada.

Pressiono a ponta dos dedos nas têmporas.

— Não sei o que você quer que eu diga.

Bea bufa e olha para o teto da capela, como se dissesse: "Deus, dai-me paciência com essa garota".

— Você anda estranha desde sábado. Distante. Fala comigo.

Meus olhos ardem, e tensiono o maxilar com força.

— Sou eu — diz Bea, em uma voz baixa. Ela estende a mão para meu braço e segura meu pulso. — Fala. O que tá acontecendo de verdade?

O toque dela me impulsiona.

— Não importa o que eu estou sentindo. — Minha voz fica embargada e as bochechas esquentam, e sei que estou chegando em um ponto sem volta. — Porque você quer a Cara, e talvez sempre vá querer. Se quiser voltar com ela, devia voltar.

Bea segura meu pulso com mais força.

— Eu não quero — começa ela, mas sua voz falha. — Eu não quero a Cara.

Os olhos dela perseguem os meus, e estão repletos do mesmo calor que vi na aula, envoltos em um tipo de certeza teimosa.

— Não?

Eu engulo em seco.

Ela aperta meu pulso uma última vez.

— Não.

Bea desliza os dedos do meu pulso para a palma da mão, entrelaçando-os aos meus. Nós duas congelamos, como os santos nos vitrais acima de nós.

E então eu percebo, por fim. Em todos os momentos em que foi sincera comigo, nunca foi sem dificuldade. Bea tem deixado o coração aberto para mim. Esperando eu aparecer. Esperando para ver se eu também abriria o meu.

Dou um passo à frente e sinto a respiração dela aquecer minha bochecha quando Bea expira. Um fio de perguntas se entrelaça no espaço entre nós: o que estamos fazendo? você *quer* isso? e posso continuar?

O "sim" dela vem à tona nos menores gestos: seu toque no meu nariz, o movimento dos cílios ao se fecharem.

Nossos lábios se aproximam, e é como se sempre soubessem que se encontrariam. A boca dela se mexe com a minha, decidida. Bea tem o gosto quente e familiar do hidratante labial de baunilha que achei que tinha perdido na casa dela. A surpresa da língua dela me parte ao meio.

Apesar de todo o meu desejo por Bea, nunca me permiti acreditar que o beijo dela pudesse ser assim... como uma revelação.

Eu seguro o rosto dela para proteger a faísca e, pela primeira vez, encontramos um caminho para seguir que não envolve palavras.

Mitra

criou: a concha
e a pérola, fractais
em flores e redemoinhos

galácticos, chamados
e respostas contínuos de
gritos e sussurros

apenas para encontrar uma à outra
e alinhar algum sinal antigo,
ouvir o *clique* universal

de pontes que se encaixam
para diminuir a distância entre
nós, uma artéria formando

uma linguagem para verdades
indizíveis como
esta: você é meu

lar, a única coisa
sagrada, e eu estou
na palma da sua mão

Bea

mãos como as nossas tocam, vasculham e
procuram sempre por esperança, dura
como ágatas, como vidro marinho polido

na aspereza amarga da areia, joias
e ossos que se perderam e foram roubados dos
vales suaves das nossas palmas, a distância

como uma rede jogada de olhos fechados, como
soltar orações de fogos de artifício em uma noite escura
e selvagem — e se a esperança é a criação,

você é o tecido, entrelaçado com todas as
respostas naquelas conchas, flores e
estrelas, uma verdade que eu abraço junto a mim — você joga

e eu vou embalar, como halos de vidro em janelas altas
e azuis, como minerais sonhando no
solo oceânico, algo precioso que vale a pena guardar por

RESPOSTA CONFUSA, TENTE NOVAMENTE

Naquela noite, debaixo dos lençóis azuis, eu abraço o Livro. A casa está silenciosa, e o céu, escuro como breu. Quando acendo o abajur, me sinto como uma criança pega com a luz acesa depois da hora de dormir. Não deveria ser permitido que eu esteja tão feliz enquanto o mundo ao meu redor dorme.

O quarto está do mesmo jeito como estava de manhã. A estante de madeira e a escrivaninha compradas no bazar estão cobertas com pilhas de livros didáticos, cadernos de poesia e um monte de livros de ficção que Bea me emprestou. Minha parede tem uma grade organizada com várias artes: uma gravura em serigrafia de romãs, que comprei na feira de agricultores de Midtown; um pôster de Janelle Monáe, que Bea me deu de aniversário; e um anúncio do Festival de Cinema Queer de Seattle, do ano passado. Há um porta-retratos com uma foto de Bea e eu no lago Sammamish sobre a mesa de cabeceira. Os olhos dela estão semicerrados por causa do sorriso, quase invisíveis atrás dos óculos de aro dourado. Mexo a moldura para a frente e para trás com o dedo, meio boba.

Se tudo parece igual, então deve ter sido eu que mudei. Sinto como se tivesse bebido o sol de canudinho. Tudo dentro e fora de mim brilha...

A gente se beijou!

A gente se beijou e agora eu entrei em curto-circuito que nem uma torradeira velha. A gente se beijou e dispersou a névoa do meu mundo. Agora tudo está mais brilhante, mais nítido e mais vívido. Até minha pele.

Nunca tinha percebido quanta energia eu gastava para esconder meu amor por Bea — que parte de mim estava sempre se recolhendo em torno daquele sentimento, como um músculo com câimbra. Pela primeira vez em anos, eu deixo aquele punho dentro de mim se abrir, e é como se eu estivesse flutuando. Nada pode me fazer aterrissar de novo.

Passo o dedo pela face do Livro, mas, em vez da capa de algodão macio, sinto a curva suave da bochecha de Bea. Folheio os versos que escrevemos entre as aulas de hoje e releio a caligrafia dela. Cada uma das palavras brilha sob a luz do abajur como os tesouros sobre os quais ela escreveu. Joias, estrelas e vitrais.

Bea deixou o final do poema pairar no ar, em meio a uma respiração, e esta é nossa regra: nada de pontuação final. Mas o vazio depois daquelas palavras me dá um aperto no peito. Não sei o que vai acontecer conosco agora.

Não temos um mapa para isso.

Deixo o Livro de lado e pego o celular, usando toda a minha força de vontade para tentar conjurar do éter uma mensagem de texto, como se fosse uma Bola 8 Mágica. *Resposta confusa, tente novamente.* Bea não me enviou nenhuma mensagem desde que me chamou para encontrá-la na capela durante o almoço. Nunca tivemos uma noite de silêncio total como essa. Se ela não está falando comigo, talvez esteja remoendo. Talvez esteja caindo no próprio poço de prazer e pânico.

Ou talvez tenha mudado de ideia.

MANUAL PÓS-BEIJO

Na terça-feira de manhã, meu pai nos deixa parar na cafeteria Third Culture para tomarmos café da manhã, antes de levar Azar e eu até a Palma da Mão de Deus. Engulo a bebida no caminho para a escola, vibrando de energia inquieta. Meus lábios, língua e a ponta dos dedos estão formigando desde ontem. Não sei o que vou fazer quando vir Bea. Na era pré-beijo, ela me cumprimentaria com um abraço ou bagunçando meu cabelo, depois ficaríamos reclamando das nossas manhãs e de qualquer bobagem que estivesse acontecendo na Santa Trindade. Eu faria alguma piada sobre fugirmos para formar nosso próprio convento gay, ela riria e seria tranquilo.

Agora, não sei o que fazer com as mãos, e muito menos com o resto de mim. Estou levando um café para Bea em uma mão e a outra está enfiada no bolso do blazer.

Chegamos cedo, o que não é incomum quando o meu pai nos leva para a escola antes do trabalho. O estranho é que *Bea* já chegou. Eu a vejo na praça antes que ela me note, e me permito o prazer de olhá-la de verdade. Ela está calçando o mesmo mocassim surrado do primeiro ano, que se recusa a jogar fora porque eu desenhei um Pégaso em cada sola com caneta permanente. As meias têm uma linha amarela na parte de cima, o que é proibido em teoria, mas devo ser a única pessoa prestando atenção nos joelhos dela. Os cachos escuros estão bem definidos esta manhã. Ela está usando um suéter que emprestei por cima do uniforme. Compartilhamos roupas o tempo todo, mas é diferente vê-la com meu cardigã branco no dia seguinte ao nosso beijo.

— Bom dia!

As palavras saem da minha boca com um tom de alegria detestável, e Bea reprime um sorrisinho. Entrego o copo da Third Culture e então tenho que enfrentar *mais uma* mão vazia. Passo os dedos pelo cabelo.

Os lábios de Bea se entreabrem, e parece que ela quer dizer alguma coisa, mas fica em silêncio. Depois pega o café e o aponta para mim.

— Você tá mesmo fazendo a obra de Deus, Mitra.

Todo mundo está indo para a primeira aula, e eu me sinto exposta de uma forma estranha, com as bochechas vermelhas. Como se aquele copo de café fosse um farol de sentimentos... como se todo mundo pudesse me *ver*.

Tive crushes em diferentes pessoas, independentemente do gênero, desde os 12 anos. Antes de vir para a Santa Trindade, antes de conhecer a Bea. Sou bi desde sempre, mas essa faceta se aninhou na minha mente e no meu coração e nas páginas do poema sem fim, sempre fora de vista. Não sei como lidar com ela agora que está reverberando no mundo. Não sei como ser queer em um lugar como este.

Minha pele fica arrepiada só de pensar. Sinto como se estivesse vivendo o pesadelo de aparecer nua na escola.

— *Então*... como você tá? — pergunto.

É estranho não saber mais. O que Bea quer, o que está pensando.

Ela assente.

— Vem comigo.

Meu coração dispara. Eu a sigo para o estacionamento subterrâneo a uma distância segura.

Quando chegamos ao Gary, o Subaru verde de Bea, ela desliza para o banco da frente. Bea sempre achou péssimo que as pessoas dessem nomes de mulheres a objetos inanimados como carros e veleiros, por isso, quando conseguiu um carro, deu a ele o nome de um cara.

Eu sento no banco do passageiro e Bea se inclina para trás, encostada na janela do lado do motorista, de frente para mim. Parece que estamos em um confessionário minúsculo projetado no Japão.

Mesmo com Bea apoiada na janela, estamos muito próximas. Consigo ouvir a respiração dela e, quando ela cruza as pernas, a saia vermelha se abre sobre meus joelhos.

— Então... a gente se beijou — digo.

Bea solta uma risadinha nervosa.

— Eu sei.

— Jura? — Minha voz falha. — Porque não tocou no assunto nas últimas vinte e quatro horas. E você sempre me conta quando pega alguém. Então isso foi, tipo, um recorde em guardar segredo da sua parte.

Bea passa a mão nos cachos, fazendo-os dançar com eletricidade estática.

— Eu não sei. É diferente quando é você. — Ela coloca a unha do polegar entre os dentes, raspando o esmalte amarelo gema. — Eu meio que surtei ontem à noite — admite ela.

— Ah, é?

— As coisas ficaram muito reais ontem. E *rápido*.

— Eu sei. — Arregalo os olhos. — A gente... nunca tinha feito aquilo.

Ela se inclina para a frente e estende a mão, mas não chega a tocar meu joelho. Em vez disso, deixa a mão cair no banco do carro, com o dedo mindinho roçando o meu.

— E você é tudo para mim, não quero perder o que a gente tem.

Engulo o pavor na minha garganta. Eu entendo. Não posso nem ficar brava se Bea quiser fingir que nunca nos beijamos e voltar a ser como éramos antes, apenas melhores amigas. Arriscamos algo precioso ontem. Temos muito a perder.

— Mas... — Ela suspira e então passa a mão sobre a minha para envolver meus dedos. Os olhos quentes focam os meus. — Acho que a gente podia ser alguma coisa?

As palavras de Bea levantam o portão que há em volta do meu coração e ele decola, ricocheteando em todo o meu corpo.

"A gente podia ser alguma coisa."

— E a Cara?

Minha mão fica tensa no colo. Depois que elas se reaproximaram na oficina de poesia, Bea disse que as coisas melhoraram e que não está mais preocupada com Cara. Mas não consigo esquecer como Bea ficou magoada depois do que aconteceu no Halloween.

— Eu sei que as coisas foram intensas nesse trimestre — diz Bea. — Ter que assistir às aulas na mesma sala que Cara e tal... Mas não foi só por causa dela. — Ela descansa a cabeça no vidro da janela. — Era mais que isso. Eu estava tentando esquecê-la, mas também estava tentando entender o que eu sentia por você, sabe? Era muita coisa, tudo ao mesmo tempo. Precisei de um tempo pra ter certeza de que estava pronta pra algo com você.

— Certo. — Viro a palma da mão para a dela. — Certo. Então... a gente é alguma coisa? — Eu abro um sorriso enorme. — Eu nem sei fazer isso.

— E você acha que eu sei?

Ela dá um tapinha na minha mão.

Eu olho pelo para-brisa para o estacionamento deserto.

— Você já namorou. Eu nunca nem passei da fase do "isso é um encontro?". Nem do constrangimento de tentar mandar mensagem flertando. Isso é, tipo, um território totalmente novo para mim.

Bea abre um sorriso.

— Espera. Mensagens flertando? Com quem? E por que eu não vi?

— Você nunca, na sua vida *todinha*, vai ver — retruco.

— Mas se a gente é *algo* agora, então eu não deveria receber algumas dessas mensagens? Só porque a gente já deu nosso primeiro beijo, não significa que você pode parar de se esforçar para me *cortejar*.

— Ai meu Deus. — Eu cubro os olhos com a mão. — Eu prometo me esforçar para te *cortejar*. Mas voltando ao assunto.

Bea tira a minha mão do meu rosto e a segura com força.

— Sim, Mitra, eu já namorei umas garotas. Mas nunca namorei *você*. É assustador.

— Muito assustador?

Ela fixa os olhos em mim.

— Não. Mas é muita coisa para processar. — Bea solta uma risadinha. — E você é a pessoa com quem eu costumo conversar quando estou em pânico e que saberia dizer a coisa certa, que me acalmaria.

— Não posso continuar sendo essa pessoa?

Bea leva o polegar à minha têmpora e coloca alguns fios de cabelo atrás da minha orelha.

— Talvez. — Ela ainda está sorrindo. — Acho que vamos descobrir.

AS NOVAS REGRAS DO POEMA SEM FIM

8. A gente já se viu de aparelho e com péssimos cortes de cabelo, e também naquela época em que as duas tinham uma queda pela professora de física, a sra. Dalton. Portanto, podemos sobreviver a basicamente qualquer coisa juntas. Acima de tudo, melhores amigas para sempre.
9. *Se tivermos algo a dizer, que seja dito na cara! Nada de textos raivosos. Nada de briga no Livro. Somos classudas demais para isso.*
10. Honestidade, sempre. Dizer a verdade, mesmo quando for difícil. Mesmo quando parecer impossível.

CORTEJOS

Mitra: você é uma carta de admissão da faculdade?

Mitra: porque eu tô querendo te levar pra casa e te exibir pra minha família

Bea: sei...

Mitra: você é um hit atemporal do Queen?

Mitra: porque eu não consigo te tirar da cabeça

Bea: O QUE TÁ ACONTECENDO

Mitra: você é um resumo da minha prova de história mundial?

Mitra: porque eu poderia passar o dia inteiro memorizando você

Bea: espera!!! essas são suas mensagens flertando???

Mitra: eu sempre cumpro minha palavra

Mitra: tá se sentindo cortejada o bastante

Mitra: ou devo continuar?

Bea: não, não, não, não

Bea: já deu

Mitra: graças a deeeus

Bea: então...

Bea: o brunch com sua mãe é amanhã?

Mitra: é

Mitra: com ou sem mim

Bea: a Aziz vai

Mitra: ela não sabe no que tá se metendo

Bea: você sabe o que dizem por aí sobre as garotas Esfahani...

Mitra: "o que essas iranianas pagãs estão fazendo em uma escola católica??"

Bea: que elas são inteligentes!

Bea: corajosas

Bea: e sabem cuidar de si mesmas

Mitra: ninguém diz isso

Bea: eu digo, Mitra

JALEH

Já se passaram cinco dias desde que Bea e eu rompemos o continuum espaço-tempo com nosso beijo e quatro dias desde que nos tornamos *algo*. Não sei nada das matérias que tive durante esta semana, mas sei das meias com padrão de colmeia que vão até o joelho que Bea usou na quarta-feira e do sol forte de fevereiro que iluminou todos os tons marmorizados nos olhos castanhos dela. Minha semana foi uma confusão de escola, casa e tentativas de agir com normalidade, pontuada por um choque toda vez que Bea sorria para mim ou tocava minha mão. Não contamos para ninguém. Nem para Max, nem para Azar, e ainda não obrigamos a mãe de Bea a pegar o rosário. Não quero tentar a sorte. Nomear o que aconteceu poderia quebrar a bolha de magia que envolveu esta semana.

As consequências da segunda-feira me deixaram tão distraída que quase me esqueci do brunch com minha mãe. Azar e eu combinamos de nos encontrar com ela no Sally's Kitchen, em Highlands, no sábado de manhã. Highlands é um bairro ao norte da casa em Crossroads e ao sul de onde nossa mãe está hospedada, em Bridle Trails, então parece uma espécie de terra de ninguém entre nossos respectivos territórios.

Meu pai para no estacionamento com Azar e eu, mexendo na barba ao puxar o freio de mão. Ele ficou quieto a manhã inteira.

— Mitra. — Ele se inclina para dar o beijo obrigatório na testa. — Aziz.

Se fosse qualquer outro dia, Azar provavelmente reclamaria por ele ter estragado a maquiagem dela ou algo assim. Mas hoje ela solta o cinto de segurança e aproxima a cabeça do banco da frente sem reclamar.

Ele não nos diz para fazermos desse um ótimo dia, apenas instrui:

— Cuidem uma da outra. E me liguem se precisarem de alguma coisa.

Azar e eu vamos até as janelas panorâmicas do restaurante. O lugar está movimentado com as pessoas que curtem brunch de fim de semana.

Todo mundo desfrutando um café da manhã normal e agradável com a família.

— Ele tá indo embora.

Azar acena com a cabeça para o carro do nosso pai, que está saindo do estacionamento. Ela não para de apertar o botão do fone de ouvido, e esse é o primeiro sinal de nervosismo que noto nela desde que decidimos vir a esse encontro.

— Vai ficar tudo bem.

Quando era pequena, Azar sempre me deixava a tranquilizar. Já faz um tempo que ela não aceita nenhum tipo de conforto de mim. Então eu digo o que acho que uma irmã mais velha deve dizer, embora por dentro esteja me sentindo com 12 anos de novo e apavorada.

Ela lança um olhar desafiador para mim.

— Eu sei.

Com o carro, nosso pai percorre cerca de trinta metros em direção ao estacionamento da Goodwill e, quando já está quase fora de vista, estaciona em uma vaga e desliga o carro.

— Olha — chamo, apontando. — Aposto que ele vai ficar lá o tempo todo. Deve achar que tá sendo discreto.

— Não é como se precisássemos de supervisão — diz Azar, mas seus ombros relaxam um pouco.

Nós nos viramos para o restaurante, e eu espero que minha irmã dê o primeiro passo até a porta, mas ela fica parada.

— Eu tô bonita?

Azar encara o moletom largo da PNW e a alpargata floral da Toms.

— Você não precisa impressioná-la.

Minhas palavras vêm com uma acidez. Eu me arrependo assim que vejo as bochechas de Azar ficarem vermelhas. Ela abre a porta do restaurante sem esperar por mim.

Quando entro, todo o barulho de conversa, música de fundo e pratos tilintando chega até mim como em um sonho, ou um pesadelo. Vejo nossa mãe antes que ela nos veja, e por um momento o tempo para e eu apenas a olho. Ela está com o mesmo delineado de *kajal* escuro que Azar fazia nos meus olhos quando brincávamos com maquiagem. O nariz dela, o futuro do de Azar, agora tem uma bolinha de ouro em vez da argola de que me lembro.

Quando os olhos dela encontram os meus, o momento se desfaz. Ela abre um meio-sorriso esperançoso e balança os dedos para nós. Azar corre até ela.

— Mãe!

Eu permaneço onde estou e vejo nossa mãe segurar o rosto de Azar entre as mãos e beijá-lo nas bochechas. Ela fecha bem os olhos quando as duas se abraçam.

E então ela olha para mim. Dou um passo à frente, deixando minha mão ser segurada. Lágrimas se acumulam no canto de seus olhos. Ela me puxa para um abraço sem pedir, e eu fico tensa em seus braços. Talvez pense que esse encontro significa que ficou tudo bem entre nós, em um passe de mágica. Eu gostaria de poder dizer: "Estou aqui por Azar. Não por você". Mas as antigas emoções já ameaçam me submergir. Ela tem cheiro de mel e jasmim, o cheiro de uma mãe. Por dentro, estou tentando me segurar ao nome dela, Jaleh-Jaleh-Jaleh, porque, neste momento, até mesmo pensar na palavra *mãe* é como aceitá-la de volta. E eu não posso fazer isso.

— É tão bom ver vocês de novo — diz ela.

Sua voz está calorosa e embargada de emoção.

Ela parece feliz. Não me lembro da última vez que a vi assim. E parte de mim se ressente do fato de Jaleh estar feliz com o reencontro, enquanto eu estou lidando com uma explosão de adrenalina e pânico.

— A gente sentiu saudade — afirma Azar, conforme nos sentamos na frente dela. — Como foi a entrevista?

— Muito bem — responde Jaleh. — Foi a segunda entrevista, conversamos por videochamada há algumas semanas. Eles me ofereceram o cargo de redatora.

Encaro a seção de brunch do cardápio. Ela conseguiu o emprego. E nós não temos nenhuma opinião nisso.

— Parabéns — comemora Azar.

A garçonete se aproxima da mesa. Ela é curvilínea e pouco mais velha que eu, tem o cabelo escuro preso em um coque e uma margarida amarela tatuada no braço.

Jaleh me observa olhar a garçonete. Talvez, em uma das ligações secretas dos dois, o meu pai tenha contado que eu gosto de garotas, ou talvez ela apenas tenha olhos para ver. Fico com vergonha ao sentir uma faísca de insegurança se acender no peito. A aprovação dela nem sequer me passou pela cabeça quando me assumi — naquele momento, nossa mãe era apenas um fantasma na minha mente, repleta de fotos antigas e lembranças ruins. Naquela época, eu não precisava da aprovação dela e daria tudo para não a desejar agora.

Parte pequena de mim imagina outra realidade em que Jaleh é uma mãe de verdade, em que este é um brunch normal de sábado, em que eu posso dizer a ela: "Adivinha o que aconteceu esta semana? Bea e eu nos beijamos!". E ela entenderia o quanto isso é épico.

Mas nossa realidade é outra. Neste planeta, Jaleh nem sequer me conhece, muito menos a Bea.

— Bom dia! — A garçonete me traz de volta à mesa do café da manhã. — O que vocês vão querer para começar?

O que eu gostaria mesmo era que ela me recrutasse como garçonete para que eu pudesse ir até a cozinha e me esconder lá, fazendo batata rosti pelo resto do tempo. Mas isso não está no cardápio, então opto pela omelete de queijo. Azar pede panquecas com frutas vermelhas e Jaleh também pede uma omelete de queijo, o que me incomoda de um jeito muitíssimo irracional.

— Eu adoraria... — Jaleh pigarreia. — Adoraria saber as novidades da vida de vocês.

As novidades?

Curvo os dedos nas palmas das mãos debaixo da mesa. Quero dizer: "Já faz quatro anos e meio que não vejo você. Então, sabe como é, não aconteceu muita coisa".

Minha irmã olha para mim, cutucando minha coxa com o polegar.

— Azar apresentou a arte dela na mostra digital do primeiro ano junho passado — digo. — Ela conseguiu nota máxima em história e física.

— Uau. — Os olhos de Jaleh se suavizam com o sorriso. — Estou orgulhosa de você, Aziz.

— Mitra está se inscrevendo para a faculdade — conta Azar. — E conseguiu uma vaga em uma oficina de poesia superavançada.

— Poesia? — A expressão de Jaleh se ilumina. — Isso é maravilhoso, Mitra *joon*. Você sempre foi uma escritora. Herdou isso de mim.

As palavras são íntimas demais. Ela não tem o direito de me chamar de *joon*. Não tem o direito de levar o crédito pela pessoa que me tornei. Mas ela é boa nisso.

— Não é igual ao que você faz no trabalho — rebato, me recusando a ceder a ela o conforto de achar que me conhece.

Jaleh assente, colocando os cachos atrás da orelha.

— Entendo. Talvez um dia eu possa ler alguma coisa que você escreveu.

Deixo a sugestão dela pairar no ar até a garçonete retornar, cortando a tensão com pratos de ovos e panquecas. As mordidas de omelete descem como pesos de papel pela minha garganta. Azar conta à nossa mãe tudo sobre Bellevue, a casa e os amigos dela da Santa Trindade. Quatro anos de empolgação e histórias acumuladas jorram dela.

A normalidade de tudo isso é o que me destrói. Estamos invadindo alguma dimensão alternativa cheia de comidas de café da manhã e sorrisos falsos, em que falamos de tudo, menos do que importa de verdade.

Jaleh come o último pedaço da batata rosti e abaixa o garfo com uma resolução que faz meu coração disparar.

— Queria contar para vocês duas que assinei o contrato de aluguel de um apartamento hoje de manhã — anuncia ela. — Fica em um condomínio a nordeste do shopping, perto da casa de vocês.

Minha barriga dá voltas em torno da omelete. Ela já tomou a decisão de voltar a nossa vida. Este brunch não importa de verdade. O que eu penso e quero não importa para ela.

— É sério?!

O rosto de Azar se ilumina com um sorriso que a deixa parecendo uma garotinha de 8 anos de novo. A esperança dela crava as garras em mim.

— O *baba* de vocês apontou que daria até para irem a pé. — Jaleh olha para mim. — Se quiserem. E tem um quarto de hóspedes onde vou colocar camas de solteiro, assim vocês podem dormir lá nos fins de semana. Se estiver tudo bem por vocês.

"Se estiver tudo bem."

Deixo o guardanapo cair sobre a mesa.

— Por que quer saber nossa opinião agora? Você já fez um monte de planos sem a gente.

A boca de Azar se contrai até sumir.

— Você anda conversando com o pai pelas nossas costas, está arrumando um emprego aqui e agora vai se mudar pro final da rua. — Azar coloca a mão no meu joelho, mas eu continuo: — Não. Não tá tudo bem. Não mesmo.

Pouco a pouco, o rosto de Jaleh se transforma até que fica igual à mãe de que me lembro: cansada; decepcionada; desconectada. Um senso de justiça doentio surge dentro de mim. Quer dizer… *aí está*. Eu a peguei. Sabia que ela não havia mudado. A confirmação parece vazia.

— Certo. — Jaleh levanta as mãos em sinal de rendição. — Eu entendo, Mitra.

— Você não pode decidir por nós duas — murmura Azar para mim, e então se volta para Jaleh. — Eu quero ir na sua casa, mãe.

O calor incendeia minha pele e eu fulmino Azar com os olhos.

— Você não sabe o que está fazendo. E eu não vou com você.

Minhas pernas me levantam da cadeira, depois fazem com que eu atravesse o restaurante e saia pela porta sem olhar para trás. Eu deveria esperar por Azar e encontrar nosso pai no estacionamento da Goodwill, mas não quero ver nenhum deles. Eu me mexo no piloto automático até chegar ao Oskoo, um mercado iraniano no final da rua. O interior da loja é como uma bolha com cheiro de bagas de cardamomo e sumagre azedo em pó. Tem cheiro de casa: a casa de Crossroads, e a casa em que morávamos em Sacramento também.

Talvez eu seja a única pessoa que lembra do motivo pelo qual saímos de lá. Estávamos tentando recomeçar. Tentando ficar longe dela.

Depois de tudo o que Jaleh nos fez passar, achei que meu pai e Azar seriam mais sensatos. Posso ficar furiosa com ela por invadir nossa vida de novo e agir como se nada tivesse acontecido, mas já espero o caos vindo dela. Mas meu pai e Azar é que deveriam ter juízo.

Nós três construímos uma vida tranquila, previsível e segura. Lutamos para alcançar um equilíbrio que uniu nossa pequena família. E agora os dois estão destruindo tudo.

JUNTO JUNTO

Quando eu tinha 14 anos e meu pai perdeu o emprego que nos trouxe a Washington, eu entrei em pânico enquanto conversava com Bea pelo telefone. Tinha certeza de que nossa vida em Bellevue tinha acabado e que teríamos que voltar para Sacramento. Depois que desligamos, Bea pegou dois ônibus, fazendo uma viagem de quarenta e cinco minutos à noite, só para ir lá para casa. Quando chegou, me deu um abraço tão forte que me empurrou para trás.

Agora, eu pego o celular para mandar uma mensagem e envio minha localização para ela.

Mitra: Vem me encontrar?

Enquanto a espero, compro um pacote de *nan-e nokhodchi*, biscoitinhos de cardamomo em formato de trevos-de-quatro-folhas, depois atravesso a rua para o começo do parque Highlands e me sento embaixo de uma árvore no estacionamento. Azar é obcecada por esses biscoitos. Eles são secos pra caramba porque foram feitos para serem consumidos com *chai* e, quando criança, ela os comia tão rápido que se engasgava com a farinha de grão-de-bico. Eu me sinto uma babaca por ter comprado uma caixa e estar comendo sem ela. E por tê-la deixado no restaurante com Jaleh, sendo que eu só fui para cuidar dela.

Mas Azar deixou bem claro que não quer minha ajuda.

Bea estaciona o Gary assim que a chuva começa. Está usando suas melhores roupas de sábado de manhã: calça de pijama com estampa de gatinhos, sandália Birkenstock e um moletom largo vermelho que aquece minha bochecha quando encosto o rosto em seu ombro. Ela me envolve em um abraço, e eu tento relaxar. Quando nos afastamos, Bea abre a porta do passageiro sem dizer uma palavra e nós nos sentamos lado a lado. Observo um monte de crianças correndo do playground em direção à copa frondosa das árvores.

— Você quer conversar? — Ela ajeita os óculos. — Ou... não precisa se não quiser.

Bea sabe que nem sempre sei como falar sobre as coisas. Mas quero tentar com ela.

— Jaleh e meu pai fizeram um monte de planos pelas nossas costas.

Não consigo olhar para Bea enquanto explico o resto. Nunca aprendi a fazer contato visual direito, ainda mais quando tenho um Sentimento. Mas ela nunca pareceu ligar para isso.

Eu fico cutucando o plástico da embalagem de biscoitos.

— Eles querem só fingir que nada aconteceu.

Bea coloca a mão no meu joelho, e seus dedos quentes tocam a pele através do buraco na minha calça.

— Sinto muito — diz ela.

Naquela noite, quando tínhamos 14 anos, depois de ela ter me dado o abraço mais forte que era capaz, ela disse: "Eu te amo. Sinto muito que isso esteja acontecendo". Hoje, essas palavras pairam logo abaixo da superfície, mas ela não pode mais dizê-las. "Eu te amo" já significaria outra coisa.

Sei que Bea se sente mal com o que está acontecendo com minha mãe, mas ela não consegue entender o pânico iminente que sinto. Nunca contei tudo pelo que passamos em Sacramento. Ela sabe da dependência, mas nunca falei sobre quem minha mãe se tornava quando estava usando.

Parte de mim quer contar sobre a fúria de Jaleh, as mentiras, os dias em que nem sabíamos para onde ela tinha ido. Parte de mim quer se abrir por completo com Bea. Quero ser sincera com ela, mas falar sobre o que aconteceu com minha mãe é como voltar no tempo, para um lugar que nunca mais quero visitar.

Eu me encosto no ombro dela, observando a chuva que respinga no para-brisa.

— Bastava o *primeiro* sinal de que ela estava se dedicando para melhorar para meu pai nem hesitar em recebê-la de volta em casa. Quando eu tinha 9 anos, ela passou o verão em um programa de tratamento residencial na baía de São Francisco. Era uma viagem de horas, mas meu pai levava a gente lá *todo* fim de semana pro momento da visita, porque ela estava "se esforçando muito".

Eu continuo:

— Era o que ele dizia. Quando ela perdeu o aniversário de 7 anos de Azar ou o meu prêmio da feira de ciências, era porque estava "ocupada se esforçando muito pra voltar pra casa". A gente fez toda uma preparação com os terapeutas de lá pra ajudar ela na transição de volta... arranjamos um psicólogo e um padrinho em Sacramento. Ela voltou pra casa em setembro. — Cravo as unhas no rasgo da calça jeans. — Mas não conseguiu ficar limpa nem até o Halloween.

Bea me dá um beijo na têmpora.

— Dá pra ver que ela te magoou muito. E é óbvio que tem muita coisa que eu não sei. — Ela não tira os olhos de mim. — O que mais aconteceu?

Não posso contar tudo. Não posso dizer que, quando minha mãe podia escolher entre Azar e eu ou usar drogas, ela sempre preferia os comprimidos. Então, em vez disso, digo uma verdade mais confortável:

— Não gosto de falar disso.

Não percebo que estou chorando até que Bea leva a manga do moletom às minhas bochechas e enxuga a pele sob os olhos. Meu rosto está quente e todo o oxigênio parece preso nas minhas vias respiratórias.

— A gente pode mudar de assunto?

— Tudo bem. — Nossa respiração embaçou as janelas do Gary, e Bea desenha um coração com braços e pernas no vidro. — Então, o baile é no próximo fim de semana. — Ela rabisca uma cartola acima do coração. — Sei que vamos juntas. Mas, você quer ir *junto* junto?

— Tipo um encontro? — questiono. Eu seco o restante das lágrimas debaixo dos cílios. — Tipo uma coisa que envolve flores, fotos bregas e tudo isso?

— É, tudo isso.

Bea acrescenta um pequeno sorriso ao coração rabiscado.

Não consigo acreditar em nós duas. Os bailes eram uma encenação heterossexual da qual costumávamos zombar enquanto jogávamos *pinball* ou chorávamos vendo um monte de episódios de *Planeta Terra* nas Sextas-Feiras Antibaile. Eu tinha certeza de que daríamos o fora da Santa Trindade sem entrarmos na onda daquele espetáculo: a vestimenta, o DJ tocando

"Cha-Cha Slide", a energia ansiosa de "Será que vou ter alguém com quem dançar uma música romântica?". Mas a imagem mental de dançar abraçada à Bea acaba com todo o meu ceticismo.

— Parece perfeito — digo.

Acho que o que dizem por aí é verdade: o amor te transforma.

DIÁRIO DE POESIA:
Desde A Última Vez Que Te Vi

Desde a última vez que vi minha mãe,
o cabelo cacheado dela ficou grisalho.

Desde a última vez que vi minha mãe,
cada fio de cabelo em sua cabeça que eu conhecia
e senti nas mãos caiu,
e algo diferente cresceu no lugar.

A pele que um dia tocou meu rosto,
amarrou meu sapato e conteve tudo dela, aquela pele
se tornou partículas de nada — poeira para
pessoas distantes inspirarem para os pulmões.
E agora ela tem linhas ao redor dos lábios,
novas curvas na bochecha e rugas
abraçam olhos

que permaneceram os mesmos.

Obrigada por compartilhar, Mitra. Como leitora, imagino que exista uma sensação de saudade e de luto profundo aqui, mas essas emoções não são expressamente nomeadas. Como o eu lírico se sente em relação ao reencontro? Há luto, doçura, amargura, ressentimento etc.?

— Senhora Acosta

NOTÍCIAS BOMBÁSTICAS E CHOCANTES!

Na sexta-feira seguinte, meu pai sai mais cedo do trabalho e leva Azar e eu à Aria, a padaria iraniana em Kirkland. Chegou a hora da nossa dose semirregular de pão *sangak* e arroz-doce de açafrão.

Azar e eu estamos pisando em ovos uma com a outra desde o final desastroso do brunch com Jaleh. Nosso pai, todo bem-intencionado, tentou fazer algumas perguntas para saber como foi o sábado, mas recuou quando eu o fulminei com um olhar de NEM VEM. Quero que as coisas voltem a ser como eram entre nós três, antes de Jaleh invadir nossa vida de novo, mas não consigo ignorar o fato de que ela está por perto. Em algum lugar a poucos quarteirões de nós, em Highlands, ela está montando duas camas de solteiro novas no quarto de hóspedes.

— Não acredito que você vai mesmo no baile hoje à noite — comenta Azar, conforme vamos para Kirkland. — Você nunca vai aos bailes.

Por mais inacreditável que seja o fato de eu estar participando por livre e espontânea vontade de um evento social da Santa Trindade, a verdadeira bomba é que estou indo com *Bea*. Em um encontro.

Ainda não contei tudo para Azar nem para meu pai. Azar tende a ser uma intrometida quando se trata de qualquer coisa relacionada a namoro, e meu pai provavelmente iria querer sentar comigo para ter uma *conversa*, então estamos mantendo tudo em segredo nessa semana e meia. A culpa é deles por ainda não terem notado meus níveis explosivos de alegria nos últimos dias.

Meu pai desvia o olhar da estrada por um momento e acena a cabeça em aprovação.

— Você vai ao baile? É *mesmo* uma surpresa.

Cruzo os braços.

— É meu último ano na Santa Trindade. Só estou tentando participar um pouco dessas tradições ridículas enquanto ainda tenho a oportunidade.

Paramos no sinal vermelho e meu pai se vira para mim.

— Então você pode dar uma carona para Azar e Gigi.

— Espera — digo, me embananando. — Não dá. Bea vai me levar.

É nosso primeiro encontro de verdade desde que nos tornamos alguma coisa, e já imaginei a noite milhares de vezes. Nenhuma das fantasias incluía a minha irmã e a amiga tagarela dela no banco de trás do carro, berrando músicas da Doja Cat até chegar na escola.

— E daí? — Azar enfia a cabeça no espaço entre os bancos da frente. — Gigi vai lá pra casa se arrumar antes. E todo mundo vai pro mesmo lugar.

— Não dá.

Puxo minha gola Peter Pan. Meu pai colocou o aquecedor no máximo para combater o frio, mas já estou me sentindo sufocada. Não gosto de esconder meu relacionamento dele e de Azar. É uma notícia importante, e quero contar do jeito certo. Parte da hesitação vem de saber como eles vão reagir. Bea é minha amiga há tanto tempo que meu pai a considera uma filha. Ele vai pirar quando souber que está rolando essa atualização na nossa amizade.

Azar é outra história, porque ela *ama* Bea. As duas são próximas a ponto de trocarem mensagens com frequência, então vai ficar furiosa quando descobrir que escondemos isso dela. E mesmo que nunca tenha ligado por eu ser bi, talvez fique chateada se eu atrair mais atenção ainda para o quanto somos diferentes dos outros alunos na escola. De algum jeito, Azar dominou a habilidade de se enturmar na Santa Trindade e criou um círculo social muito bom para si mesma. Talvez pense que o fato de eu me assumir vai sabotar tudo isso.

— Mitra, tem cinco lugares no carro da Beatrice. É bastante espaço. Dê uma carona para sua irmã e a amiga dela.

— O problema não é o carro — resmunga Aziz. — Ela tá me punindo pelo que aconteceu no brunch. Você não pode só me trancar em casa e se recusar a me dar carona porque ficou brava comigo.

— Não fiquei brava com você — retruco.

— Eu vou, Mitra. Dei meu número pra mãe e vou ver o apartamento dela neste fim de semana. O pai concordou. Você não precisa ir, mas quero continuar vendo ela.

— Se sua mãe estiver bem mesmo — acrescenta nosso pai —, tem o direito de passar um tempo com Azar.

— Enfim. — Azar pega o celular. — Vou perguntar pra Bea. *Ela* nunca fica irritada quando peço uma carona.

— Não é isso!

Estou quase pulando do carro e correndo o resto do caminho até a padaria. Prefiro andar no acostamento da rodovia 405 por mais dez quilômetros do que continuar nesta conversa.

Os dois vão ter um ataque do coração. E eu entendo. É muita coisa. Talvez não seja o momento ideal para fazer essa revelação, dentro de um carro em alta velocidade a caminho da nossa padaria de *sangak* favorita, mas lá vai.

Eu inspiro fundo para me acalmar.

— Não posso levar você porque eu e a Bea vamos juntas. Tipo, num encontro.

— Espera aí, como é que é? — Os olhos dela ficam arregalados como luas cheias. *Lá vem.* — Vocês duas estão *namorando*? — grita Azar como se estivesse pedindo socorro em uma caverna escura, o problema é que essa caverna é meu ouvido.

Repouso a cabeça no encosto e me preparo para o impacto. Então Azar cutuca o ombro do nosso pai.

— Eu falei.

— Como assim "falou"? — debocho. — Não falou *nada*.

Meu pai bate a mão no volante, sorrindo e balançando a cabeça.

— Tínhamos as nossas suspeitas — diz ele. — Parabéns, *joon*. Ela é uma garota muito inteligente e muito legal.

"Suspeitas?" Quero perguntar a ele de onde raios vieram essas tais suspeitas. A revelação deveria deixá-los de boca aberta, mas os dois estão agindo como se não fosse nada de mais. Achei que ia anunciar uma notícia bombástica, tipo a porta-voz de uma coletiva de imprensa, mas os dois me encaram como se eu tivesse pegado o microfone e dito: "Olhem só, pensei muito e sei que vocês não vão acreditar, mas decidi que quero ser bibliotecária quando me formar".

— Quanto tempo? — pergunta Azar.

— Tipo, uma semana?

— Só? — Azar faz uma careta e entorta a sobrancelha para mim. A cara iraniana de "estou te julgando". — Sei. Achei que fazia muito mais tempo.

— Como assim? — Eu me viro para ela. — Do que você tá falando?

Os olhos do nosso pai encontram os de Azar no retrovisor.

— Eu falei, Aziz. Às vezes, leva *tempo* para a amizade se transformar em romance.

— Não acredito! — esbravejo. — Vocês estão muito tranquilos. A gente tá *namorando*. É uma notícia bombástica!

Chegamos à Aria e tateio a maçaneta do carro, rezando por uma saída. *Merda de trava de segurança para criança.*

— É claro. — Meu pai tenta reprimir o sorriso. — É uma notícia bombástica e chocante. Estamos felizes por você, Mitra *joon*.

Azar bufa do banco de trás.

— Ainda acho que vocês estão namorando há mais tempo. Talvez só não tenham admitido pra si mesmas.

Bato a porta ao sair. Este deveria ser meu momento de revelação e os dois estão me irritando para valer.

Entro na padaria e vou direto até a parede dos fundos, onde há fatias finas de pão crocante penduradas. Sinto o cheiro tostado da massa fermentada, que me atraí para o *sangak* com semente de gergelim preto e branco. Meu pai examina os doces na vitrine, mas Azar se aproxima de mim e me cutuca com o cotovelo.

— Eu estava esperando esse dia — diz ela. — Você vai contar pra mãe?

Não tiro os olhos das fileiras de pães recém-assados.

— Não sei.

— Certeza de que ela não vai se importar.

— Talvez ... Quem sabe.

— Não se preocupa. Ela não liga muito pra esse tipo de coisa.

A intenção é me tranquilizar, mas a certeza de Azar me soa como um lembrete de que ela está conhecendo nossa mãe, e eu não.

— Só não fala nada pra ela ainda.

— Tá bom. — Azar pega uma fatia de *sangak* no balcão e a dobra na embalagem de plástico. Ela sorri para mim. — Arrasou na escolha, Mitra.

O NOVO BENNIFER

Azar: Beatra

Azar: Meatra

Azar: ou será que TraBea?

Bea: o que tá rolando?

Mitra: eu contei pra Aziz que a gente tá namorando

Azar: ou a gente pode apelar e usar os sobrenomes...

Azar: Esfatega?

Azar: Ortesfahani?

Azar: muito longo?

Mitra: mas não sei como ela foi de "estão namorando" pra inventar a palavra "Ortesfahani"

Mitra: Aziz, você pegou a sidra do pai em vez do refri sem querer de novo?

Mitra: você sabe que tem álcool nisso?

Bea: QUÊ

Azar: aconteceu UMA vez, Mitra

Mitra: mas você estava falando abobrinha que nem como agora

Azar: eu não estou bêbada!!! estou fazendo um brainstorming pro *portmanteau* de vocês!

Bea: espera, o que é um *portmanteau*?

Mitra: é tipo o Desejo Lésbico de se Fundir, mas em forma de palavra

Azar: todos os melhores casais de celebridades têm um!

Azar: TomKat, Brangelina, Kimye...

Mitra: algum deles ainda tá junto?

Azar: AI MEU DEUS, que tal BEAM?

Mitra: sinto muito que você esteja sendo submetida a isso Bea

Mitra: ela não tem jeito

Bea: não estou reclamando!

Azar: vocês vão me agradecer depois 😉

MINIRREBELIÕES QUEER

É só quando visto o terno que a ficha cai. Brinquei com Bea sobre como os professores da Santa Trindade perderiam a compostura com a rebelião queer do meu traje, mas agora que estou prestes a ir até a Palma da Mão de Deus, sinto as pernas bambas. Bea e eu temos mantido nosso *algo* em segredo na escola porque a Santa Trindade não é exatamente um ambiente acolhedor. Não há uma Aliança do Orgulho, nem uma placa de "Todes são bem-vindes aqui" na recepção. A janela das salas de aula tem decalques de peixes cristãos e cruzes celtas, e não bandeiras do arco-íris.

Como meio de autopreservação, demos um jeito de passarmos quase despercebidas. Essa noite, porém, vamos estar sob os holofotes, para que todos os alunos suados e dançantes vejam. Vão ter professores, freiras, nossos colegas conservadores e... Cara. Pensei no que o baile vai significar para mim e Bea: um grande passo em direção a essa coisa nova que estamos nos tornando. Mas não pensei no que isso significaria para nossa vida escolar. Nos assumirmos em *público*. No ano passado, Bea e Cara não esconderam seu relacionamento, mas também não foram aos bailes juntas.

Depois que visto o terno, meu pai me ajuda a arrumar a gravata no espelho do corredor. O andar de cima da nossa casa é pequeno e as paredes do quarto de Azar e do meu são inclinadas, então meu pai tem que se curvar sempre que passa sob a parte baixa do teto.

— Eu me lembro da última vez que ajudei você a se arrumar para um evento como esse. Foi seu baile do sétimo ano.

— Espera aí, tem fotos disso? — grita Azar do final do corredor.

— Nenhuma que você vá encontrar — grito de volta.

— Você era tão pequena naquela época — comenta meu pai. — O que foi que aconteceu?

Ele me olha no espelho: calça social e blazer pretos, camisa de botão azul petróleo e uma gravata preta fina com detalhes roxos. Fiz uma escova pela primeira vez desde o Ano-Novo, então meu cabelo cor de carvão está macio e ondulado, caindo nos ombros. Até deixei Azar me maquiar, e agora meus lábios têm um tom profundo de ameixa e meus olhos, um delineado escuro que me deixa meio parecida com Jaleh.

Meu pai está me olhando de um jeito que já vi dezenas de vezes. É um olhar que diz "Eu me lembro de quando você era tão pequena que cabia nas minhas mãos".

— Divirtam-se hoje à noite. — Ele dá tapinhas nos meus ombros. — Mas... não demais, hein?

— Pai.

Dá para ouvir Azar e Gigi rindo mesmo com a música de pop eletrônico nas alturas no quarto dela.

— Você também, Aziz — avisa ele. Minha irmã e a melhor amiga dela emergem do quarto em uma nuvem de perfume de baunilha e rosas. — Nada de drogas e nada de álcool. Nada de gracinha.

— Entendido — grita Azar, enquanto ela e Gigi descem a escada correndo.

— É a Santa Trindade — falo para ele. — Não precisa se preocupar. Vai ter freiras de verdade supervisionando tudo.

— Não estou falando só do baile. Mas do que vem depois também. Você vai dormir na casa da Bea? — Então hesita. — Os pais dela sabem?

Meu pai já sabe a resposta. Os pais de Bea nunca estão por dentro das coisas.

— Acho que sim — respondo.

— Sei que você vai ser prudente — diz ele, e então me deixa no corredor.

Compreendo tudo que está subentendido no tom de meu pai, na palavra "prudente". Dormir na casa de Bea significa outra coisa agora que estamos namorando. Não sei o que vai acontecer essa noite. Sinto uma corrente elétrica percorrer minha espinha só de pensar.

O gritinho de Azar ecoa pela escada.

— Sua *namorada* chegou — cantarola ela.

Faz tempo que minha irmã não me provoca desse jeito, mas acho que a inspiração bateu agora que ela sabe sobre Bea e eu.

— Mitra! — Ouço a voz de Bea. — Não me faz subir a escada com esse sapato.

Nós nos encontramos na escadaria: eu no alto e ela aguardando na base da escada, já tirando um dos saltos prateados.

E, meu Deus. Eu não estava preparada. O vestido dela rouba todas as estrelas e as envolve em azul-cobalto, brilhando desde a manga bufante até o tecido caindo em leque na altura do joelho. Um pente em formato de floco de neve está aninhado nos cachos macios. De alguma forma, Bea pegou um pedaço de tecido desforme e o transformou *nisso*.

Eu me aproximo, e ela abre a boca em um sorriso.

— A gente vai ser expulsa hoje à noite — alerta ela. — Sem chance de eles deixarem você entrar no ginásio bonita desse jeito!

Seguro o corrimão para não levar um tombo pensando no que ela acabou de falar. Hesitamos a alguns degraus de distância uma da outra, apenas nos encarando, e ouço meu coração bater forte, já na garganta.

Eu levo a mão à cintura dela, com a cabeça zunindo ao sentir seu perfume floral. Não sei nem o que dizer. Então falo o óbvio, em uma voz baixinha:

— Você está linda.

Azar dá um gritinho na sala de jantar.

— Parem de ser fofas e venham tirar foto com a gente!

— Só uma coisa rapidinho. — Bea volta a calçar os sapatos de salto alto e pega uma caixinha branca que está a seus pés. — Não consegui escolher entre um *corsage* ou uma flor de lapela pra você. — Ela abre a tampa e revela flores brancas emolduradas por raminhos de samambaia. — Mas a florista disse que um detalhe na lapela ficaria mais elegante com seu terno.

Prendo a respiração quando ela prende o ramalhete na minha lapela.

Pego o *corsage* de Bea na mesa da sala de jantar e o entrego a ela: ranúnculos, pequenos botões transbordando de pétalas brancas suaves, repletos de beleza, como ela. Bea sorri quando fecho o acessório no pulso dela.

Meu pai nos ajeita perto da janela para nos fotografar em todas as combinações de grupo possíveis que ele consegue pensar.

Antes, Bea e eu invadíamos o espaço pessoal uma do outra para tirar fotos, mas, agora que estamos vivendo em um mundo pós-beijo e usando nossos trajes de gala, fomos acometidas por uma formalidade estranha. Meio sem jeito, envolvo os ombros dela com o braço e meu polegar toca a pele de sua clavícula.

— Mais perto — pede meu pai para nós.

Mas meus músculos se enrijecem, conscientes de cada ponto de contato entre nossos corpos.

— Relaxa, Mitra! — instrui Azar. — Você tá parecendo um robô.

Ela e Gigi fazem suas melhores imitações de robôs atrás do meu pai.

Respiro fundo para tentar me acalmar, mas meus pulmões se enchem com o perfume quente e floral de Bea.

Ela se desvencilha do meu braço.

— Beleza. Acho que já deu. — A pele da clavícula dela fica vermelha. — Que tal uma foto da família?

Bea rouba a câmera do meu pai.

Quando enfim conseguimos escapar de casa, meu pai acena para nós da porta.

— Façam desse o melhor dia da vida de vocês! — diz ele, enquanto Azar e Gigi gargalham na soleira da porta. — Ou talvez não o melhor de *todos*. Divirtam-se… e tenham juízo.

Eu me acomodo no banco do passageiro de Gary, com o rosto ainda em chamas.

— Alguém me mata, por favor.

Afundo a cabeça no encosto.

— Esquece seu pai — fala Bea, me pegando pelo ombro. — A gente vai *mesmo* fazer dessa a melhor noite da nossa vida, fechado?

Eu engulo em seco.

— Melhor do que aquela Sexta-Feira Antibaile no fliperama em que você bateu o recorde no Super Cars?

Ela franze o nariz para mim e depois gira a chave na ignição.

— Muito melhor.

Não sei o que isso significa. E tenho medo até de imaginar.

EXPERIMENTO SOCIAL

Na Santa Trindade, Bea e eu não temos pressa ao passar debaixo da arcada na entrada da escola. Esta noite, estou uma bagunça por dentro. Nunca me senti tão bem com Bea, nem tão eu mesma com minhas roupas, sendo quem sou, mas agora estou prestes a entrar na armadilha que é a Santa Trindade. Admiro o otimismo de Bea por pensar que vai ser "a melhor noite da nossa vida", mas estou petrificada. Podemos estar mergulhando de cabeça em um desastre. É possível que levemos uma bronca e sejamos alvo de piadas, ou até pior. E mesmo que todo mundo seja de boa, talvez eu fique nervosa demais para aproveitar o momento. Será que vou ter coragem de pegar a mão de Bea ou de puxá-la para perto e dançar uma música romântica?

— Tá pronta pra fazer isso? — pergunta Bea, enquanto seguimos o som grave até o ginásio.

Aperto a mão dela, mas solto antes de alcançarmos os supervisores da entrada.

— Só tem um jeito de descobrir.

Empurramos as portas duplas do ginásio, que está decorado como um paraíso de gelo: a passarela está coberta de neve falsa, e uma floresta de árvores brancas recortadas circunda o perímetro. Flocos de neve geométricos pendem do teto em meio a zigue-zagues de luzinhas cintilantes. Faixas de tecido branco com glitter cobrem tudo à vista. Achei que ia parecer que estávamos presas em uma eterna aula de educação física, mas o ginásio está irreconhecível; o espetáculo da situação é mesmo deslumbrante.

— Então é pra cá que vem toda aquela grana das mensalidades — comenta Bea, rindo.

Alguns pares de olhos examinam meu terno, e a atenção faz meu coração bater forte. Bea nos guia pelos espectadores.

— Eles estão encarando porque você tá uma gata — sussurra.

Ela nos leva até um painel enorme de flocos de neve no canto, onde Max e Ellie estão tirando selfies com um abominável homem das neves em tamanho real. É uma fera musculosa, com tufos de pelo branco, um rosto yeti cheio de protuberâncias, além de presas.

— Oi!

Max acena quando nos vê. Paramos por um momento para comunicar com as sobrancelhas a surpresa que é termos escolhido participar de um evento social da escola.

— Você tá uma graça.

Eu cutuco a gravata-borboleta fúcsia aninhada na camisa preta de Max. Há um pouco de glitter nas maçãs do rosto delu, talvez da enorme coleção de maquiagem para palco de Ellie. Não é um brilho exagerado a ponto de chamar a atenção dos idiotas presentes, mas o suficiente para que eu perceba. Na Santa Trindade, é preciso se equilibrar em uma corda bamba para ser você mesmo.

— Vocês duas estão incríveis — diz Max.

Ellie nos puxa para um abraço. Está usando um vestido soltinho de cetim preto e suas bochechas, de um rosa pálido, brilham com glitter, combinando com as de Max. Não estou surpresa por encontrar Ellie no baile. Apesar de ser tão sociável e popular quanto o resto do grupinho do Santo Horror, ela encara tudo como se fosse um experimento científico. "O que aconteceria se eu colocasse gelo seco na minha Coca-Cola? E se eu usar essa batedeira manual cenográfica como sabre de luz?" Tenho certeza de que está fazendo anotações mentais de sua pesquisa social.

— Sentimos sua falta — admite Bea, com um suspiro.

— Pelo menos Max vê vocês naquela oficina de Estudo Gay que fazem juntes — comenta Ellie.

— É assim que eu chamo a oficina de poesia. — explica Max, sorrindo. — Porque a gente tá quase em maior número que os héteros.

Cara aparece na passarela coberta de neve usando um vestido vermelho-cereja, com o cabelo escuro alisado para emoldurar o maxilar. Os músculos dos meus ombros ficam tensos, mas respiro fundo e aceno para ela. Este terno é elegante, e quero estar à altura dele. Mesmo que, por dentro, eu esteja me tremendo toda.

É difícil não me comparar a Cara. Max sempre diz que ela tem traços *marcantes*: o rosto bronzeado em formato de coração, o cabelo e os olhos pretos e os lábios como uma tulipa na primavera. Ela é sofisticada. Brilhante. Como eu, se tivesse passado pelas escovas de um lava-jato. Não é de se admirar que ela roube a atenção de todo mundo no palco.

Cara nota Bea, e eu sei o que ela está vendo: o lindo vestido azul, os cachos brilhantes, as bochechas reluzentes. Bea está radiante. Faz um tempo que Cara não a vê sem o nosso uniforme vermelho semáforo, e isso fica bem óbvio.

Cara entrega as águas para Max e Ellie e acena para mim e para Bea.

— Oi.

— Amei seu vestido — comento. É uma roupa confiante, assim como ela.

— O look de vocês tá um arraso — elogia Cara. — Vocês viram que a sra. Acosta é supervisora hoje? Começou a tocar The Weeknd e ela me perguntou que música era. Depois disse que era "contagiante".

— A sra. Acosta gosta de R&B — diz Bea, maravilhada.

— Faz sentido — falo.

É esquisito estar fazendo piada com Cara, como faríamos antes do término no Halloween.

Começa a tocar uma música antiga da Nicki Minaj, e Bea pega minha mão.

— A gente vai dançar. Depois encontramos vocês.

Cara observa nossas mãos se entrelaçarem e há um reconhecimento quase imperceptível nos olhos dela.

— Ah. — A expressão dela muda por um instante, então dá um passo para trás. — Beleza.

Ao lado dela, Max e Ellie arregalam os olhos sob o brilho das luzinhas de gelo.

— Vocês duas? — pergunta Max, sem emitir som, gesticulando entre mim e Bea.

Ellie fica boquiaberta.

Se o gaydar dos nossos amigos não tinha apitado durante a oficina de poesia na última semana e meia, com certeza apitou agora.

Bea me guia para a pista de dança.

— Minha nossa — digo.

— É melhor assim! — Bea aperta minha mão. — Agora tá tudo às claras. Rápido e indolor, certo? Tipo um Band-Aid.

Um garoto chamado Spencer para de se balançar desajeitado para nos encarar. É como se eu pudesse ver as engrenagens da mente dele girando. Meu terno, os *corsages* combinando, as mãos entrelaçadas. Ao lado dele, Jason e Leah olham para nós e sussurram algo entre si, o que arranca uma risada de Leah.

— Indolor — repito.

— Esquece todo mundo por um segundo — diz Bea. — Vamos dançar pra espairecer.

Nós nos embrenhamos entre as pessoas, e Bea fecha os olhos. Concentro toda a minha atenção nela, tentando bloquear os olhares ao redor. Meu pânico não dura muito tempo. Bea dança como se estivesse em êxtase. Alguma coisa é reiniciada no meu cérebro e é como se eu a visse através dos olhos de outra pessoa: uma garota curvilínea, de cabelo cacheado e com mais personalidade do que qualquer um deveria ter a capacidade de conter. E ela está aqui *comigo*.

Azar, com seu vestido rodado azul gelo, nos encontra na pista de dança.

— E aí, o Ethan apareceu? — pergunta Bea.

— Quem é Ethan? — grito.

Azar me lança um olhar irritado.

— Ninguém.

— O cara do primeiro ano com quem ela está conversando — explica Bea. — Aquele que foi no campeonato de vôlei dela.

— Por que eu nunca ouvi falar dele?

— Bea, a gente conversou disso no *privado* — resmunga Azar.

Bea levanta as mãos em sinal de rendição.

— Desculpa!

— Mas enfim, ele nem veio — reclama Azar. — Então pode voltar a cuidar do *seu* namoro e parar de xeretar o meu?

— Tá. Não fica brava. — Bea pega as mãos de Azar, balançando-as para a frente e para trás, até persuadir Azar a dançar, mesmo de cara feia. — Beleza, ele não veio. Mas você ainda pode se divertir com a gente!

O DJ coloca uma balada clássica dos anos 1980 e Bea começa a cantarolar a letra, desafiando Azar a se juntar a ela. Minha irmã deixa o mau humor de lado e parte para um dueto desafinado com Bea. No meio do refrão, as duas olham para mim.

— Acha que a gente consegue fazer sua irmã cantar também? — indaga Bea a Azar.

— Não. Tem muitas testemunhas! — exclamo.

Quando se trata desse tipo de diversão, prefiro observar em vez de participar.

— Mas é o nosso primeiro baile juntas.

— Ela não vai tentar — diz Azar. — Tá muito apavorada. Parece até uma tartaruga se escondendo no casco dentro desse terno.

Bea ri com os olhos fechados, apertando meu ombro.

— Você não precisa cantar.

— Antes, vou ao quiosque devagarinho, escondida dentro do meu casco — ironizo. — Trago água pra vocês.

Respiro fundo ao me aproximar do balcão de bebidas.

— Mitra — chama a sra. Acosta, de trás da mesa. Está toda de preto, como sempre, com um cardigã e calça e o Keds vermelho, mas esta noite tem um broche em formato de floco de neve com paetês preso ao peito. — Pelo jeito você e a Bea estavam se divertindo.

Eu me esforço para decifrar o que está implícito no comentário dela: será que ela viu Bea e eu de mãos dadas? Será que já captou que somos mais do que só *amigas muito, muito próximas*? Será que as coisas vão ficar estranhas na aula daqui em diante? Mas quando ela me entrega as garrafas de água, dá um tapinha na minha mão e o canto de sua boca se levanta em um sorrisinho.

— Achei a sua roupa adorável — afirma ela.

Eu ajeito a gravata.

— Obrigada, sra. A.

A música muda para uma canção lenta, e eu me enfio no meio das pessoas até avistar Bea perto do canto do ginásio, girando Azar embaixo de seu braço. Aceno para as duas e coloco a água em uma mesa lateral coberta de lantejoulas e neve de algodão. Quando Aziz me vê, ela se despede e volta para as amigas.

Bea passa os braços em volta da minha cintura imediatamente e me abraça com força.

— Você me encontrou — diz ela. — Achei que não fosse voltar a tempo pra essa música.

O cabelo de Bea faz cócegas na minha bochecha quando encosta o rosto no meu pescoço.

— E perder essa dança com você? — reajo.

— Você não é uma tartaruga se escondendo no casco — sussurra ela no meu ouvido. — Você veio ao baile comigo. Eu falei que as garotas Esfahani são corajosas.

Eu balanço com ela abraçada a mim e me esqueço de tudo por um minuto perfeito. O corpo dela e os babados macios do vestido se encaixam perfeitamente em mim. Eu nunca tinha me deixado relaxar nos braços de Bea desse jeito, permitindo que todo o espaço entre nós se dissolvesse em um toque bom. Permitindo que seu cheiro — perfume intenso, coco terroso e um pouco de sal do suor — me envolvesse. Os batimentos cardíacos dela se sincronizam aos meus através do tecido da nossa roupa.

— Falando em ser corajosa... — começa Bea e se afasta para que eu possa ver suas sardas e o sorriso nos lábios. — Eu queria saber se eu poderia te chamar de... de namorada?

Eu nunca fui namorada de alguém antes. A palavra brilha no ar, como se estivesse enfeitada com o próprio cordão de luzinha de gelo.

— Eu iria gostar muito — respondo.

Encosto o nariz no de Bea, e nós duas prendemos a respiração. Talvez mais pessoas estejam nos olhando agora. Nunca estive tão exposta assim... eu deveria estar com medo. Mas esse medo explode em uma espécie de bomba de purpurina. Eu me sinto *livre*, aqui, neste lugar, onde nunca pensei que me sentiria.

Os dedos de Bea encontram minha nuca, e eu guio meus lábios ao encontro dos dela. Eu a beijo uma, depois duas vezes, devagar e sem medo.

— Bailes de escola... — Bea segura minha gravata à medida que a música vai chegando ao fim. — Não são tão ruins assim.

— Você tem certeza de que não tem problema eu dormir aqui? — pergunto ao chegarmos à casa vazia de Bea, uma hora depois.

Meu coração está disparado desde que ouvi a palavra "namorada". Milhares de faíscas queimam sob minha pele.

— Por mim, não tem — diz ela. — Pelos meus pais, talvez tenha. Eles estão em alguma convenção de imobiliárias em Yakima.

— Sua mãe vai ficar brava se descobrir?

Bea dirigiu descalça, então espero até que ela puxe o freio de mão e coloque os saltos de volta.

— O que ela vai fazer? — Bea se vira para mim. — Ameaçar me mandar para uma escola católica? Eu já sofri doze anos de punição preventiva. Essa é, tipo, a minha recompensa. — Ela ri. Ainda está fervilhando de alegria, e nem o meu nervosismo pode estragar isso.

O tecido do vestido azul-escuro de Bea se derrama sobre o assento, e eu aninho a mão nele. Todos os pequenos instantes que eu desejava ter com ela… estão caindo no meu colo sem eu precisar pedir. Eu toco o pulso dela e faço carinho na pele macia.

O toque faz Bea fechar os olhos. Quero saborear o momento, mas não consigo fugir das minhas próprias perguntas.

— E quando ela descobrir que estamos namorando? — Bea abre um olho para mim, e eu continuo: — Ela ainda acha que eu sou uma má influência. Desde que o meu pai levou a gente pra ver *Rent* no nono ano, lembra? Ela nunca mais parou de falar que é um musical "desagradável" e "uma escolha nada saudável para crianças".

Bea bufa.

— O que ela diria agora?

Por um segundo, Bea parece exasperada, mas então a expressão se suaviza.

— E quanto à *sua* mãe? — questiona ela, baixinho. — Você contou pra ela que é bi?

— Meu pai deve ter contado. — Eu mexo nos botões do blazer. — Não sei o que ela diria. Não sei como as mães devem reagir nesse tipo de situação.

— Minha mãe não é um exemplo muito bom — comenta Bea. — Mas... com sorte Jaleh será acolhedora. Ela tem que te amar por quem você é.

Bea fica em silêncio por um segundo, e as palavras nebulosas balançam no ar entre nós. Duas semanas atrás, Bea teria dito que "ela tem que te amar por quem você é, como eu amo". Nós duas podemos senti-la engolir as palavras não ditas.

E sei o que significa o fato de ela não poder mais dizer isso. Eu parei de dizer que a amava exatamente porque *te amo* queria dizer outra coisa. Palavras que eu havia dito milhares de vezes adquiriram um novo significado agora que estamos namorando. Estamos vivendo uma experiência nova e incrível depois que nos beijamos, mas perdemos algo também.

O silêncio dentro da casa gigantesca e vazia de Bea me atinge. No baile, a música, as luzes e a multidão me faziam sentir poderosa e corajosa. Mas agora estamos apenas Bea e eu na sala de estar, onde assistimos a filmes de terror e fazemos a lição de casa. Como é que vou ser romântica com ela no lugar onde reencenamos todas as melhores músicas de *Moana* vestidas de pijama?

Observo Bea fazer o que ela sempre faz quando os pais não estão por perto: ocupar espaço. Ela coloca um álbum da Rosalía em um volume alto o suficiente para que a magia da guitarra flamenca ricocheteie nas paredes imaculadas. Em seguida, ela vai à cozinha e pega algumas garrafas de bebida, além de todos os sucos e água com gás que consegue achar na geladeira.

— A gente precisa de drinques — diz ela.

Bea conduz o processo de combinar as bebidas como se preparasse uma poção mágica. Talvez se concentrar nos drinques seja seu jeito de canalizar toda a energia intensa que se agita dentro dela desde o baile. Quando Bea derrama um pouco de tequila, solta baixinho um palavrão. Eu me pergunto se ela está tão tensa quanto eu. Eu me pergunto se o cérebro dela está piscando luzes de neon atrás dos olhos, gritando por dentro: "A gente se beijou DE NOVO!!!". Mas não vou perguntar. Quero que ela pense que estou totalmente tranquila com o que acabou de acontecer.

Pena que Bea já me conhece bem o suficiente para saber que não estou.

Acabamos com um drinque que é uma mistura das nossas culturas: suco de laranja e de romã, tequila e água de flor-de-laranjeira. É delicioso de um jeito inesperado. Seguro a taça como se fosse meu bote salva-vidas, sem tirar os olhos do conteúdo ali dentro.

— *Salud* — vibra ela, encostando a taça na minha. Nossos olhos se encontram assim que os copos se tocam e se afastam. A música muda para uma canção marcada pelo som de palmas, e sinto cada batida de mãos ressoar sob minha pele, com insistência. Bea tamborila os dedos na bancada. — Você... — titubeia ela. — Vamos lá pra cima?

Sim. A resposta certa é *sim*. É para lá que vamos quando estamos na casa dela. Lá em cima é onde eu quero estar, porque nos beijamos hoje à noite e estamos namorando, e estamos sozinhas nessa casa, e ela é minha melhor amiga, e eu estou esperando por este momento desde sempre. Mas minha língua não se mexe devido ao pânico, então apenas assinto.

Subimos a escada, tomando cuidado para não derrubar o drinque nos degraus com carpete branco dos pais dela. Quando chegamos ao quarto, Bea começa a se desarrumar, tirando o salto, o pente em formato de floco de neve e os brincos. Ela balança o cabelo para desfazer o penteado de antes.

Eu sigo o exemplo e tiro o blazer. Bea se aproxima para me ajudar a afrouxar a gravata, e todos os meus músculos se derretem quando as mãos dela tocam meu pescoço.

— Como você se sentiu hoje à noite? — pergunta. — Indo toda Janelle Monáe pra Santa Trindade.

Tento respirar enquanto ela passa a gravata pela minha cabeça.

— Na verdade, usar um terno não foi a melhor coisa da minha noite.

— Ah, é mesmo? — Bea sorri. — Teve mais o quê?

— Eu vi um yeti.

Ela me segura pelo colarinho.

— Idiota.

Bea fica na ponta dos pés para alcançar meus lábios. Passo as mãos por trás de sua cintura até o decote nas costas do vestido, enfiando os dedos ali e sentindo o calor da pele dela.

— Não acredito que a gente pode fazer isso — sussurra ela.

Eu sei como ela se sente. Nós duas estamos indo devagar, como se estivéssemos debaixo d'água ou em um sonho. Nenhuma de nós consegue acreditar que isto está mesmo acontecendo.

Já passamos milhares de horas neste quarto juntas, lendo, comendo e rindo, mas nunca assim... com nossos lábios e nossa respiração encontrando um ritmo compartilhado.

Bea me guia para a cama, a cama em que eu já me joguei um milhão de vezes, mas desta vez meu coração dispara. Eu me estico no emaranhado de lençóis e travesseiros lilás e um monte de suéteres que ela deve ter experimentado quando estava se arrumando para essa noite.

Bea se acomoda a meu lado, descansando os joelhos nos meus e, por alguns instantes, ficamos em silêncio. Ela abre a boca em um sorriso.

Pouso um dedo em seu lábio inferior.

— Que foi?

— Só estou olhando pra você — diz ela.

Eu me remexo um pouco nos lençóis.

— A gente se conhece há, tipo, cinco anos. Você sabe como é minha cara.

— É diferente agora! — insiste. — Só... me deixa olhar.

Eu me viro para Bea, me ajeitando nos travesseiros que cheiram ao xampu dela. Ela desliza a ponta dos dedos da minha testa aos cílios, e das bochechas aos lábios, me esquadrinhando.

Deixo de lado todas as minhas perguntas desta vez, pois não quero estragar o momento com uma enxurrada de pensamentos e preocupações.

Eu afasto o cabelo dos olhos de Bea e então encosto os lábios nos dela. Quando a beijo, é como se todas as garotas que eu já fui nos últimos anos viessem à tona. Tenho 13 anos e meu coração vibra quando vejo Bea sorrir pela primeira vez. Tenho 15 anos e quero colocar os poemas brilhantes dela em um potinho. Tenho 17 anos e fico aterrorizada com a onda de faíscas que me percorre quando ela segura minha mão.

Meus dedos roçam a ponta dos cachos de Bea, e ela passa a mão pela minha cintura, enquanto nos encaixamos melhor uma na outra. Quando os óculos dela ficam embaçados por completo, Bea ri e os coloca na mesa de cabeceira. Em seguida, deixa as mãos pairarem sobre o fecho do vestido.

Ela indica o zíper com os dedos tremendo, nervosa.

— Tudo bem?

Em resposta, minhas mãos substituem as delas, abrindo o fecho e descendo o zíper até a cintura. Quando ela tira o vestido, fica só de sutiã e calcinha, coberta de renda índigo. Um mar de pele marrom macia e sardas pálidas.

Ela me pega olhando e puxa a alça do sutiã.

— Muito menininha? Não foi aprovado pelo seu gosto de militar? — provoca ela, mas há uma pontinha de nervosismo em seu tom.

Gostaria de saber se ela consegue sentir a eletricidade no ar entre nós, assim como eu.

— Viva intensamente sua vida de sapatrícia — respondo.

Começo a desabotoar os botões da minha camisa só para tomar fôlego, mas Bea afasta minhas mãos e assume o controle. Ela se atrapalha com alguns botões e nós duas deixamos escapar risinhos nervosos. Nossas risadas dão voz à implausibilidade do momento. *Bea está tirando minha roupa.*

Ela deixa a camisa de lado e estende a mão até o botão da calça. Meu umbigo nunca esteve tão exposto na minha vida. Quando estou só de bralette preto e calcinha boxer, Bea encosta as pernas frias nas minhas, o que me faz dar um gritinho.

— É fevereiro — se defende ela, aninhando o nariz no meu pescoço. — Me aquece. Usa aquela magia de Sacramento que você esconde em algum lugar aí.

Nós nos beijamos até que Bea pega no sono com o rosto em minha clavícula, os lábios roçando na pele a cada respiração dela, e eu não consiga mais saber onde eu termino e ela começa.

Ainda sonhando

Eu não quero te acordar, mas
você precisa saber que sua respiração
acabou de impulsionar as velas de mil
navios invisíveis.

Eu não quero te acordar quando
seu coração adormecido soa
como um tambor que mantém o mundo girando.

Eu não deveria te acordar quando sua
bochecha e meu peito se encontram
como nuvens ao nascer do sol espalhadas sobre
um oceano à espera.

Eu não quero te acordar, mas
quando você fechou os olhos, a gravidade
foi anulada, e agora cobertores,
joias e meias perdidas dançam pelo
seu quarto.

Eu não quero te acordar, mas
um universo inteiro acabou de
florescer no espaço entre seus cílios.

Eu não quero te acordar. Há
estrelas para você nomear e paisagens lunares
para atravessar. E eu vou estar aqui
quando você acordar, ainda sonhando.

FEITIÇARIA QUEER

Na quarta-feira, enquanto o elevador desce pelo Calvo, Bea pega minha mão. Já faz cinco dias desde que a abracei na frente de todo mundo no baile, e ainda estou em transe. Sinto que fui arremessada através da barreira entre nosso universo e o próximo. Agora estou em um mundo em que Bea e eu podemos nos beijar no carro depois da escola e flertar por bilhetinhos durante o intervalo entre as aulas, mas ainda esperam que eu seja a Mitra Normal — a que toma café da manhã, faz a lição de francês e lembra de dormir.

Por sorte, o elevador é lento e mal-humorado, então temos alguns poucos segundos sozinhas na escola. Bea se inclina a meu lado e descansa a cabeça no meu ombro.

— Não acredito que posso segurar sua mão — digo.

— Pelo menos enquanto a gente está na nossa caixa de metal particular — responde ela, rindo.

O elevador para com um tranco no segundo andar e Bea enfia os braços embaixo do meu blazer e os passa pela minha cintura, roubando um último abraço.

— É por isso que estamos indo para a UW — lembra ela. — Só mais uns meses. Deus abençoe.

Quando as portas de metal se abrem, nós nos afastamos. Cara está do outro lado, junto a um garoto do primeiro ano de cabelo castanho desgrenhado. Os lábios dela se erguem em um sorrisinho.

— Oi.

Ela entra e fica perto de nós duas, ajeitando a gola do blazer vermelho.

Cara teve quase uma semana para processar nosso namoro, mas eu não paro de lembrar da expressão dela quando avistou Bea pela primeira vez no baile, e depois seu "Ah" quando nos viu de mãos dadas.

Eu observo o rosto dela à procura de qualquer emoção. Cara não fez nenhum comentário sobre o baile na oficina de poesia e passou a maioria das aulas escrevendo com afinco no diário de poesia. Não aguento mais não saber *nada* do que ela está pensando. Será que Cara está imaginando Bea naquele vestido azul com a mesma frequência que eu? Será que se arrepende de ter terminado o namoro delas? Será que está com ciúme ou só está surpresa? Mas sua expressão é inescrutável.

As portas se fecham e o garoto do primeiro ano abre um sorriso cheio de dentes quando o elevador volta a descer.

— Não tem uma piada que começa assim? — diz ele. — Três lésbicas em um elevador...

— Na verdade, eu sou bi — retruco.

— Nem tenta, Mitra — emenda Bea. — Algo me diz que ele não entende nuances.

— Verdade, não era o começo de uma *piada*. — continua ele, ainda sorrindo. — Era o começo de um videozinho de muito bom gosto.

Que ótimo. Bea e eu podemos um dia ter sido nerds invisíveis para a maioria dos alunos, mas pelo jeito nos tornamos o Assunto de repente.

A Santa Trindade tenta acabar com todos os dramas amorosos com suas regras de conduta: "A Santa Trindade é uma instituição de fé, compromisso e educação. Demonstrações públicas de afeto (DPA) são de mau gosto. As DPA são proibidas caso provoquem desconforto ou se provem uma distração. Ponderem a respeito do impacto delas sobre os espectadores alheios". Mas a mera *existência* de meninas queer aqui é uma distração. E estamos sempre deixando os espectadores alheios desconfortáveis ao viver nossa vida gay maligna.

— Já chega, Curtis. — Cara pressiona o polegar em um dos botões do elevador, e paramos com um tranco no próximo andar. Ela dá um empurrão nele em direção à porta. — Não me faz ligar pra sua mãe. Vaza.

As portas se fecham atrás dele.

Às vezes eu me esqueço. No panorama geral da Santa Trindade, Cara e eu estamos no mesmo time.

Bea olha de relance para Cara.

— Obrigada.

Cara coloca o cabelo preto atrás da orelha, e o elevador chega a nosso andar.

— Não foi nada.

Nós nos acomodamos nos assentos na oficina de poesia, com Max e eu entre Bea e Cara.

— Como tá indo a comissão? — pergunto a Max.

Elu foi selecionade, junto a alguns outros alunos, para escolher o musical de primavera da Santa Trindade.

— Tá tranquilo — responde Max. — Mas Grace continua tentando convencer todo mundo a votar em *Sete noivas para sete irmãos*. Eu não vou suportar. Se me obrigarem a trabalhar na sonoplastia daquele inferno hétero, eu me demito. — Max suspira. — Existe um limite de vezes que uma pessoa queer consegue ouvir "Goin' Courtin'" sem que parte dela morra por dentro.

O sinal toca e a sra. Acosta distribui as leituras do dia.

— Existem vários jeitos de celebrar Deus — diz ela à classe.

— Tipo dando uns beijos na nova namorada embaixo da cruz gigante do ginásio durante um baile? — sussurra Max para mim.

— Você quer que eu seja suspensa? — murmuro de volta.

Max pega uma folha de papel e escreve algo.

Suspensa? Nunca. Mas o que que custa você compartilhar alguns detalhes? Vocês pegaram a gente totalmente de surpresa!

— Temos muitas maneiras de agradecer, de apreciar as maravilhas que nos foram dadas — continua a sra. Acosta.

Pego uma folha e a coloco no apoio de braço para que Max consiga ver.

Eu sei. Desculpa. Como a Cara tá com isso?

Max ergue uma sobrancelha e eu volto a escrever.

As coisas andam meio estranhas com ela.

Ela vai ficar bem. Só tá processando.

Max faz uma pausa, batendo na caneta.

Eu sei que ela quer que a Bea seja feliz. Que todo mundo volte a ser amigo. É o que todo mundo quer.

Olho de relance para Cara, e Max e eu deixamos o papel de lado. Ela está com as mãos cruzadas no colo, olhando para a janela enquanto ouve a sra. Acosta.

Cara quer que nós voltemos a ser amigas. E... talvez possamos. Manter a amizade com um ex é um tipo de feitiçaria queer, mas ouvi dizer que é possível. Somos uma comunidade para toda vida.

A sra. Acosta ergue um livro azul fino.

— Acredito que Mary Oliver agradeceu a Deus por meio de suas expressões de admiração e deleite no mundo natural que Ele criou. Hoje, vamos explorar algumas de suas reflexões sobre a natureza.

Ela abre em uma página e começa a recitar um dos poemas de Mary Oliver sobre beija-flores em um jardim. Tento me concentrar nas palavras, mas fico presa nos meus próprios pensamentos.

A sra. Acosta termina de ler, e um dos últimos versos fica comigo:

Visitei todas
as perguntas cintilantes e dolorosas sem respostas.

Pensei que todas as minhas perguntas sem resposta tivessem desaparecido no momento em que Bea e eu nos beijamos na capela. Mas o universo tem outros planos.

MAJOON

Na quarta-feira depois da escola, Azar vai jantar no apartamento de Jaleh. Ela tem passado os sábados lá desde nosso fracassado reencontro no brunch, mas esse é o primeiro jantar em dia de semana com nossa mãe. Bea e eu passamos boa parte da noite em uma chamada de vídeo, conversando sobre a escrita de um artigo a respeito do governo norte-americano. Descobrimos que ela termina a lição muito mais rápido quando estou de olho, como se estivesse esperando que eu lhe desse uma estrelinha dourada.

Meu pai e eu terminamos o que havia sobrado de *lubia polo* — uma mistura de arroz, feijão verde e carnes temperadas — quase em completo silêncio; Azar sempre foi a tagarela da família, e ao que parece nós dois não temos muito assunto sem ela.

— Você não quis ir com sua irmã? — pergunta meu pai.

Eu espeto o feijão verde em meu prato.

— Não.

— Por mim, está tudo bem se você quiser ir com ela às vezes — diz ele.

É estranho pensar que nossa família está dividida ao meio, jantando separadamente, a apenas alguns quarteirões de distância.

Enquanto levo os pratos para a cozinha, nossos celulares recebem notificações ao mesmo tempo.

Azar: oi posso dormir aqui?

Azar: já terminei a lição de casa

Pai: você está com a escova de dentes?

Azar: aham, a mãe me deu uma

Pai: ok. Pegamos você no caminho para a escola amanhã.

Ele está preocupado com a higiene bucal dela, mas não com o fato de Azar passar a noite com a pessoa que costumava estar drogada demais para se lembrar de nos acordar para a escola.

Mordo a língua.

O apartamento de Jaleh fica em uma rua sem saída na região arborizada em Highlands, ao norte do riacho Kelsey. Chegamos lá na quinta-feira de manhã, às 7h45, cedo demais para levar Azar à escola, mas acho que meu pai está tão ansioso quanto eu para saber se a primeira noite dela na casa de Jaleh foi boa. Em vez de ir até a porta, mando uma mensagem do carro mesmo:

Mitra: Estamos aqui fora.

Enquanto esperamos, o clima fica tão tenso que parece que estamos cuidando do carro de fuga de um assalto a banco. Parte de mim quer gritar "Vai, vai, vai!" e deixar o meu pai descer a rua cantando pneu. Ele olha para o relógio um milhão de vezes, até que a porta da frente se abre.

Azar aparece com a saia e o blazer do uniforme, os cachos pretos presos com uma fita vermelha. Está segurando um copo grande de vidro cheio de um líquido espesso.

Meu pai deixa escapar um suspiro de alívio.

— Acho que ela sobreviveu — comento. — Já pode desligar o modo alerta.

— Bom dia! — cumprimenta Azar, jogando a mochila no banco de trás e entrando logo depois.

— O que é isso no copo?

— Ah. Uma vitamina que a mãe fez. — Ela aponta o recipiente para mim. — Quer um pouco?

Eu tinha me esquecido das vitaminas da nossa mãe. O sabor de banana, coco e tâmaras me faz voltar a Sacramento, na época em que a dependência não existia. Ela se instalava na cozinha bem cedinho, cantando músicas iranianas acima do barulho do liquidificador. Eu perguntava quais eram os ingredientes e ela respondia "*Majoon*". Literalmente: uma combinação de várias coisas. Não é uma resposta muito tranquilizadora para uma criança de paladar desconfiado. Mas a vitamina sempre ficava deliciosa, e minha mãe sempre fazia alegações exageradas sobre os benefícios à saúde. "Você vai ter energia o dia todo se tomar essa aqui." "Essa vai ajudar a combater o resfriado." "Essa vai te ajudar a se concentrar para a prova de matemática."

Quando nos mudamos para Bellevue, Azar começou a tentar fazer as próprias vitaminas. As dela eram pouco ortodoxas: manteiga de amendoim com morangos congelados e água de rosas, leite de coco com tâmaras, fatias de laranja e pistaches inteiros. Acho que ela estava tentando chegar à própria versão de *majoon* perfeito, e tentava vendê-lo com proclamações grandiosas: "Esse aqui vai curar sua falta de educação". "Quem sabe esse aqui ajude a arrumar um pouco seu cabelo estranho."

Entrego o copo de vidro de volta para Azar depois de apenas um gole.

— Como passou a noite? — pergunta meu pai, virando-se até o banco de trás para dar um beijo na testa de Azar.

— Bem. A gente fez espaguete e eu ensinei uma dancinha do TikTok pra mãe.

Eu as imagino dançando e tropeçando uma na outra, rindo tanto que precisam pausar a música. Toda a nossa história cuidadosamente apagada. Meu pai assente.

— Consegui dar uma boa adiantada nas obras novas em que estou trabalhando pra aula de arte digital — conta Azar. — Estou usando fotos dos meus amigos como referência e editando com alguns elementos de ilustração e design para transformá-los em animais. Dei o título de *O lado selvagem*.

— Posso ver? — indago.

— Só quando ficar pronto.

É uma resposta automática; ela nem sequer pensa em considerar meu pedido.

Antes, Aziz pedia minha opinião sobre tudo. Em Sacramento, eu era meio irmã mais velha, meio babá e meio mãe. Mas desde que nos mudamos para Bellevue, ela age como se não precisasse mais de mim. E eu meio que entendo... Por que recorrer a mim quando Bea faz o papel de uma irmã mais velha mais legal e é alguém que compartilha o gosto por podcasts de *true crime*, *cold brew* e acessórios extravagantes? Mesmo assim, me irrita o fato de eu não importar o bastante para que ela considere minha opinião sobre sua arte.

— Por que você sempre fala isso? — Eu me viro para encarar Azar. — Você deixa a Bea ver tudo.

Ela ergue as sobrancelhas para mim.

— Bea se interessa pelo que estou fazendo. Você só quer me dizer o que eu deveria mudar.

— Quê?

Tudo o que eu sempre fiz foi na intenção de ajudar, dando sugestões sobre cores, posicionamento de texto e outras coisas.

— Meninas — chama nosso pai, com um suspiro.

Azar encara o copo de vidro vazio.

— Eu sou só uma criança pra você. Não sou, tipo, uma pessoa.

Sinto como se tivesse levado um soco na barriga.

— Não é verdade. — Espero que ela olhe nos meus olhos de novo, mas minha irmã não se mexe. — Ei. Eu sei que você não é mais criança.

— Então me pergunte o que *eu* penso sobre as coisas. E me deixa tomar minhas próprias decisões — diz Azar.

Sei que ela não está mais falando de arte.

Está falando da nossa mãe.

PRONTA

Jaleh: Mitra *joon*, eu adoraria ver você de novo, se estiver pronta.

Jaleh: A Azar disse que a cidade tem muitas áreas naturais bonitas. Ela me mostrou as trilhas do parque Weowna esses dias. Você gostaria de ir a um parque comigo?

Jaleh: Talvez possamos ir ao Jardim Botânico de Bellevue?

Jaleh: Estou aberta a qualquer coisa que você quiser fazer. A mãe sente sua falta.

CLEMENTINE FLUFFINGTON, PH.D.

Na quinta-feira depois da escola, estou enrolada em um cobertor de lã na minha cama, sob o sol do final de fevereiro que entra pela janela. Estou encarando as mensagens de Jaleh desde que elas apareceram na minha tela esta tarde. Eu queria ficar deitada lendo os poemas favoritos de Bea, desfrutando nosso status de namoradas e me lembrando de quando nos beijamos atrás das estátuas e das roseiras em dormência, na hora do almoço. Em vez disso, estou debruçada sobre o celular, com uma gota de suor na testa, em pânico, relendo as palavras de Jaleh pela centésima vez.

Tento me imaginar indo ao Jardim Botânico com minha mãe. Penso nela passeando pelo jardim de chuva e se maravilhando com os beija-flores tomando goles do néctar doce dentro do cálice dos brincos-de-princesa. No jardim, não dá para sair da trilha sem destruir algo. Tudo é delicado e cultivado de forma meticulosa. É um lugar frágil demais para minha mãe.

Em Sacramento, Jaleh tinha uma horta para *sabzi*, com vários temperos frescos, nos fundos de casa: hortelã, manjericão e endro, coentro e cebolinha, pequenos rabanetes roxos picantes. Tudo era selvagem e delicioso, e nós amávamos. Usávamos essas ervas em pratos de arroz e peixe e para temperar os ensopados do meu pai.

Eu me pergunto se ela fez uma horta na casa nova. E por que ela gostaria de me ver de novo, depois de eu tê-la dispensado no brunch. O que quer de mim agora? O que acha que podemos ser no futuro, depois de tudo que passamos?

Deixo o celular de lado e pego o *Divān*, de Hafez. É um livro fino, mas há várias páginas dobradas, com post-its colados em diferentes passagens. Já faz um tempo que não recorro a Hafez em busca de orientação. Ele é como um oráculo na cultura iraniana, ajudando a descobrir respostas para perguntas impossíveis. É por isso que o chamaram de *a voz do invisível*. Mas ele não dá nenhuma solução fácil. Seus poemas incentivam a reflexão e o esforço. São como um espelho, no qual você precisa olhar bem para entender o que ele está tentando dizer.

Às vezes, as respostas de Hafez são profundas e espirituais. Como se o universo tivesse voltado no tempo para nos conectar a um oráculo secular e conceder uma sabedoria ancestral. Em outras, fica claro que ele está bêbado. Hafez tem muito a dizer sobre a taberna, a taça e a doçura do vinho.

Jaleh me ensinou a consultar Hafez para obter sabedoria. Nos feriados que marcavam a mudança das estações — sobretudo o *Yalda* e o *Nowruz* —, ela pegava o *Divān* na prateleira especial e folheava as páginas enquanto eu pensava em uma pergunta secreta. *Quando vou ter uma melhor amiga?*, ou *O que vai acontecer se meus pais brigarem?*, ou *Por que não gosto das mesmas coisas que as outras meninas gostam?*. Então, eu pousava o dedo indicador em uma página e Jaleh lia o poema em voz alta para mim, em inglês e também em fársi. A boca dela se deliciava com todos os sons dos gazéis rítmicos. Em seguida, ela me ajudava a entender a mensagem.

Depois, tive que interpretar os poemas sozinha.

Agora, tenho uma pergunta para Hafez em mente, mas até mesmo abrir espaço para ela é difícil. Sei que não deveria estar fazendo uma pergunta do tipo sim ou não. Não é assim que Hafez funciona; ele é aberto a interpretação de uma forma que chega a ser irritante. Mas estou desesperada por orientação. Quero que Hafez me diga o que fazer.

Devo ver Jaleh de novo?

Meu dedo para na página com o décimo terceiro poema e meus olhos pousam nos primeiros versos:

> *Meu coração cansado permanece em um silêncio eterno —*
> *Não sei quem entrou em meu coração;*
> *Embora eu esteja em silêncio, alguém em mim chora.*

Fecho o livro na mesa de cabeceira com um baque. *Grosseirão*. Hafez não poderia me oferecer algum gentil consolo em um momento como este? Eu não poderia ter parado em um poema sobre a chegada da primavera ou sobre algum porre de vinho? Não, ele tinha que jogar mais sentimentos confusos na minha cara, me forçando a olhar para as coisas que eu não quero ver.

Fecho os olhos com força, mas os versos ainda se repetem atrás das minhas pálpebras. Quando eu era pequena, não precisava desvendar as respostas por conta própria. Eu tinha uma guia.

Pego o celular e ligo de vídeo para Bea. Quando ela atende, está deitada de costas na grama do quintal, e o movimento da cauda de um gato obscurece metade da tela. O sorriso dela tira o peso do meu peito.

— É o Clementine? — pergunto. — Seus vizinhos vão te acusar de ser uma sequestradora de gatos se continuar assim.

— Não sou uma sequestradora de gatos! — Bea coça o queixinho do gato, que esfrega os bigodes na fivela do macacão ocre dela. — Ele vem porque quer.

— Você usa aqueles petiscos de salmão defumado como isca para ele — argumento. — Portanto, sequestradora de gatos.

Bea se senta de repente, e Clem se acomoda no colo dela.

— Qual é o problema?

— Como você sabe que tem um?

— Sua voz. — Ela aproxima o rosto da tela, como se estivesse tentando me examinar com um microscópio. — O que tá rolando?

Apoio o celular na mesinha de cabeceira e trago os joelhos para perto do peito.

— Minha mãe mandou mensagem. Quer me encontrar pra, tipo, um passeio na natureza. Se eu estiver "pronta". — Encosto a bochecha no joelho. — Tentei consultar o Hafez. Ele foi... irritante. Não sei o que pensar do que ele falou.

Bea escora o celular na garrafa de água sobre a grama e se acomoda de barriga para baixo, se apoiando nos cotovelos.

— Você quer minha ajuda e do Clem para interpretar?

Uma onda de carinho me invade.

— Você faria isso?

Bea ajeita os óculos na ponte do nariz.

— Não sei se você sabe, mas Clementine é, na verdade, um estudioso de poetas líricos persas.

O gato malhado passa em frente ao celular de Bea.

— Então ele anda escondendo o jogo — digo.

Recito os três versos para Bea e, em seguida, leio todo o poema para contextualizar. Ela ouve com os olhos fixos em mim pela tela. No final, Clem volta a aparecer e bate com a pata em mim, derrubando o telefone.

— Ok. — Bea resgata o aparelho do gato. — Você conhece o pensamento do Hafez muito melhor do que eu. Então, o que entende disso?

— Ele está sendo desagradável! — exclamo. — Jogando a dor na minha cara. Como se eu já não soubesse que ela existe. O poema inteiro é cheio de perda e desespero.

— Mas também é sobre amor, certo? — pergunta Bea. — Saudade e tristeza, claro, mas o amor é o tema principal.

Isso me faz pensar em mim e em Bea. Embora nosso beijo tenha dado início a algo mágico entre nós, também marcou uma perda. Não podemos mais dizer "eu te amo" como antes. Tivemos de abrir mão do nosso amor de amizade para nos tornarmos algo novo.

Não foi a primeira vez que abri mão de alguém que amava.

— Quer dizer, olha só esses versos. — Bea abre o poema no celular e o lê em voz alta para mim. — É sobre um relacionamento com alguém que ele amava. Alguém que entrou no coração dele.

Afundo a cabeça nas mãos.

— Não estou pronta pra deixar minha mãe voltar ao meu coração.

Bea me observa pela tela por um minuto, acariciando o pelo manchado de Clem. Quando ela enfim fala, as palavras são lentas e ponderadas.

— Mas se você está sofrendo, isso não significa que ela já voltou?

Eu caio na cama.

— Você e o Hafez estão se juntando pra acabar comigo hoje, né?

Ela dá uma risadinha.

— Só estou dizendo que talvez esses versos estejam te desafiando. Faz tempo que seu coração está em silêncio. Ver sua mãe de novo pode ser uma chance de mudar isso.

A mensagem de Hafez ressoa nas palavras de Bea. Não quero ficar em silêncio. Estou apaixonada por uma garota brilhante que me ama de volta. Meu coração está mais completo e curado do que nunca. O que sinto por Bea ultrapassa os limites do que eu achava que poderia aguentar. Talvez agora eu esteja pronta para viver outros sentimentos intensos.

Folheio o *Divān* mais uma vez e então me sento.

— Tá bom — digo. — Tudo bem. Vou dar uma chance pra ela.

— Azar também vai?

— Não. Ela disse que, se for, vou usar isso como desculpa pra não conversar com nossa mãe. O que é verdade.

Bea seca uma gota de chuva dos óculos.

— Vai precisar de apoio?

Ela sorri.

— Sempre.

DIÁRIO DE POESIA

Desenterrada

Eu enterrei você
quando tinha 13 anos,
em uma fenda no cerne
da minha mente, e cobri
com terra, aço e
tempo — deu trabalho.
Deixar você para trás.

Agora minha irmã te pinta
em cores vívidas, com respingos
de tinta em cada história,
cavando a terra
cuidadosamente compactada
para libertá-la — você surge
com a seda da nossa história
enrolada nos braços,
pronta para um abraço.

Mãe, você me carregou
para a cama e eu fingi
que estava dormindo só para ser
uma boneca nos seus
braços. Mãe: você me deixou
ficar na escola tão tarde
que a professora me deu as maçãs
do lanche do dia seguinte.

Tenho perguntas para você.
O que pensaria de mim,
se me conhecesse de verdade? Ainda sou
aquela boneca nos seus braços? E
será que você me enterrou também?

Consigo sentir esse poema de forma visceral. O esforço que o eu lírico faz para enterrar a lembrança da mãe, e a dor de exumá-la. Parece que outras lembranças e emoções inesperadas poderiam vir à tona no processo. Eu teria curiosidade de continuar lendo sobre o que mais foi desenterrado junto com tudo isso. Por fim, como mãe: não acredito que seja possível "enterrar" ou esquecer um filho de verdade.

— Senhora Acosta

SER UMA MÃE QUANDO É IMPORTANTE

A chuva bate no para-brisa durante a maior parte do trajeto até o jardim botânico. Bea passou em casa cedinho para dar tempo de pararmos para comprar um folhado de pêssego no Mercurys. Mas agora, no estacionamento do lado de fora do jardim, a massa de cream cheese parece ancorada no meu estômago.

— Pronta? — pergunta Bea, fechando o zíper do corta-vento verde-menta.

Ela comprou um folhado extra para Jaleh, o que é a definição de "simpática", mesmo assim tentei convencê-la a desistir.

Não respondo. Ouço meu sangue zumbir alto demais para conseguir pensar direito. Mandei uma mensagem para Jaleh na noite passada e disse que viria com Bea, mas não expliquei quem era Bea. Talvez eu devesse ter cortado o mal pela raiz e me assumido para ela por mensagem mesmo. Abro a porta do carro e seguro a mão da Bea durante todo o caminho até o centro de visitantes.

Minha mãe está sentada em um banco ao lado do prédio meio zen, vestindo um macacão preto e uma jaqueta jeans com um colar turquesa volumoso. Seus cachos se ramificam em torno do rosto protegido por um guarda-chuva. Trazer o guarda-chuva é coisa de quem não conhece mesmo o noroeste do Pacífico, porque quase nunca chove o bastante para usá-lo. Mas penso na minha mãe indo sozinha a uma loja e comprando o primeiro guarda-chuva da vida, apenas para se adaptar à vida na cidade onde as filhas moram. E isso deixa meu coração confuso.

Aceno para Jaleh. Bea relaxa os dedos na minha mão, mas não estou pronta para soltá-la. Minha mãe vai ter que lidar com qualquer sentimento que possa ter sobre o fato de eu namorar uma garota; não vou esconder Bea para que ela se sinta melhor.

Jaleh se levanta e sorri, sacudindo o guarda-chuva e me puxando para um abraço. Quando ela me abraçou no brunch, eu estava muito irritada e em choque para registrar qualquer outra coisa. Desta vez, eu percebo: o corpo dela parece diferente, porque eu sou uma pessoa diferente. Mais velha e maior nos braços dela.

— Essa é a Bea — anuncio, segurando a mão dela de novo. — Minha namorada.

Meus batimentos cardíacos atingem uma frequência crítica e fico envergonhada pelo fato de meu corpo reagir a este momento como se fosse algo importante.

Jaleh arregala os olhos um pouco e hesita por um segundo, depois pisca para afastar a surpresa e dá um beijo nas bochechas de Bea.

— Muito prazer — diz ela.

Então Jaleh se aproxima para também beijar minhas bochechas, e seus cachos grisalhos fazem cócegas no meu nariz.

— *Namorada?* — sussurra ela no meu ouvido.

A palavra sai embebida em um espanto divertido.

— A gente trouxe o café da manhã — comenta Bea, tirando o folhado da bolsa e os olhos de Jaleh se iluminam.

— Obrigada! Eu adoro esse doce. Sou uma formiga, igual à irmã de Mitra.

Ela come à medida que avançamos pelo caminho.

— Ai, meu Deus, eu também — admite Bea. — Azar me viciou em doces persas. Qual é o nome daquele que é tipo farturas, só que superdoce?

— *Zoolbia* — responde minha mãe, com um suspiro. — É o meu favorito. Com xarope de açafrão.

— Isso! — exclama Bea.

— Mas esses de confeitaria não são tão bons. Posso ensinar vocês a fazerem em casa, é fácil. — Jaleh observa meus olhos ao fazer o convite. — Se quiserem.

Dou de ombros. Não gosto de *zoolbia*. É muito doce e oleoso, além de grudar nos dentes.

Nós andamos devagar pelo caminho ladeado por bordos e vegetação rasteira. Um riacho corre ao lado e, mais à frente, surge uma floresta de samambaias e rododendros.

— Este seria um ótimo lugar para escrever poemas — comenta Jaleh, tocando a palma da mão no meu ombro. — Tem muita inspiração do mundo natural.

Meu corpo se contrai com o toque.

— Você gosta de poesia? — pergunta Bea.

Jaleh hesita.

— Gosto. Escrevi um pouco na faculdade.

Eu não sabia. Ou talvez soubesse em algum momento, na época em que nos conhecíamos. Fico nervosa ao pensar em tudo o que não sei sobre minha mãe. As coisas que esqueci quando afastei as lembranças dela, e as coisas que nunca tive a chance de aprender quando a dependência assumiu o controle.

— Legal! — afirma Bea, sorrindo para mim.

Sei o que ela está pensando: *Sua mãe também é poeta.*

Uma possibilidade com a qual eu nem pensei em me preocupar me deixa sem ar: Bea gosta da minha mãe.

Jaleh é carismática, inteligente e interessante, então não posso culpar Bea por ter caído nessa. Mas achei que ela ficaria do meu lado. Achei que, mesmo sem eu pedir, entenderia que deveria estar na defensiva. Em vez disso, ela está agindo exatamente como Azar. Talvez, em seguida, ela diga que exagerei, que eu deveria perdoar minha mãe, como Azar falou, afinal: "Ela não é o máximo?".

— Faz muito tempo que não escrevo nada. Mas estou tentando voltar a acessar meu lado criativo. — Jaleh toca as contas turquesa em seu pescoço. — Tinham muitas atividades artísticas no programa de reabilitação. Fui eu que fiz este colar.

Ela menciona a reabilitação de forma casual, como se tivesse acontecido em outra vida, como se fosse algo com que todos nós lidamos bem e que já superamos.

— Ficou lindo — diz Bea.

— Vamos ver o jardim japonês — sugiro, tomando a frente na trilha de cascalho.

Chegamos a um portão antigo que leva ao jardim bem cuidado de bordos japoneses. Uma cobertura vegetal orvalhada e arbustos de azáleas em botão circundam as lanternas de pedra cobertas de musgo.

— Pacífico — proclama Jaleh, respirando o ar úmido do pós-chuva.

Azar não para de me dizer que nossa mãe está melhor agora, e ela parece de fato tranquila aqui. Meu pai quer que eu a aceite como ela é hoje, que fique feliz de ver o quanto ela avançou no processo de recuperação. E é óbvio que ela mudou. Mas não posso apagar toda a dor que Jaleh causou. Não posso apostar na esperança de que desta vez vou ter uma mãe diferente: a que está aqui nos jardins, calma, presente e gentil.

Porque, se ela me machucar desta vez, a culpa vai ser minha. Já tenho idade o suficiente para ter juízo.

Eu me sento em uma rocha de basalto ao lado do riacho, observando minha mãe e Bea espiarem pela janelinha de uma lanterna de pedra.

— Pode ser a casa de uma fada travessa — comenta Jaleh.

Bea ri.

— Eu gostava de brincar de chá da tarde das fadas com a minha *tía* quando era criança. Isso aqui seria o lugar perfeito. Bea se empoleira ao lado da lanterna de pedra. — A gente colocava algumas gotas de chá em umas xícaras minúsculas que ela tinha e as organizava em cima de uma folha de bordo que servia como toalha de mesa.

— E as fadas apareceram para a hora do chá alguma vez? — pergunta minha mãe.

— Infelizmente, não.

Jaleh estende a mão para um ramo de papoulas-da-califórnia próximas à lanterna, arrancando a extremidade verde pontiaguda que cobre as pétalas antes de a flor desabrochar. Ela a equilibra no dedo indicador como se fosse um gorro fino para um gnomo de jardim.

— Talvez porque você não tenha providenciado chapéus para protegê--las da chuva — diz ela.

Bea sorri e arranca o chapéu de um botão de papoula, colocando-o em uma pinha. Depois o deposita dentro da lanterna e acena com a cabeça para sua criação.

— Pronto. Pro caso de alguma fada dar uma passadinha.

Quando eu era pequena, minha mãe lia para nós histórias sobre *peris*, as fadas persas. Elas eram espíritos belos que voavam pela Pérsia Antiga, fazendo travessuras. Sempre que Jaleh lia contos populares sobre *peris*, usava uma voz especial, aguda e estridente, parecida com a de Azar na época. Sempre dávamos muita risada com o som.

Minha cabeça começa a doer.

— Vamos continuar — chamo.

Bea vem atrás de mim, mas espera um pouco até que Jaleh a alcance. Pensei que meu desejo era que ela amenizasse um pouco o clima entre mim e Jaleh, mas o que eu quero de verdade é que Bea olhe para minha mãe e saiba a dor que ela causou. Quero que a trate com frieza, como eu estou fazendo, para que Jaleh entenda que não pode consertar tudo que aconteceu com um mero passeio.

Quero que Bea me apoie.

Trilhamos o caminho mais adiante para a ravina.

— Estamos lendo Mary Oliver na oficina de poesia — comenta Bea com Jaleh. — Ela era uma poeta da natureza. Provavelmente teria adorado este lugar.

— Isso, me conta sobre o que vocês estão estudando! — pede Jaleh. — Quem é seu poeta favorito?

— Você vai me fazer escolher um só? — Bea ri. — Impossível. Mas... consigo pensar em alguns. Dos clássicos, eu adoro Lorca e Neruda. Dos modernos, gosto de muitos. Mas Mitra me apresentou Anis Mojgani. Ele escreve poemas que ganham vida quando você os lê em voz alta. — Bea olha para mim ao limpar uma gota de chuva da testa. — Mas, se eu tivesse que escolher um favorito, seria a Mitra.

Sinto minha pele pegar fogo sob a capa de chuva. Olho de relance para Bea, e sua admissão me arranca um sorriso.

— Um elogio e tanto — diz Jaleh. — Você já leu Rumi?

— Ainda não.

— Mitra, você precisa mostrar a ela — reclama minha mãe. — Ele é um dos nossos clássicos. Especialmente quando se trata de amor. — Ela dá uma piscadinha para nós. — As palavras deixam uma marca. Tem algumas que nunca vou esquecer.

— Então *você* pode me mostrar — brinca Bea com Jaleh, como se fossem velhas amigas. — Qual é o seu poema favorito?

Chegamos ao jardim da ravina, repleto de abetos-de-douglas e carvalhos desfolhados. A névoa da chuva da manhã desce pela copa das árvores. A ponte suspensa se estende diante de nós, com a estrutura em A enferrujada ancorada em pilares de pedra.

— Há alguns versos que escrevi em um cartão e colei na parede do quarto, quando estava em tratamento — conta Jaleh. — Eles me motivavam a continuar.

Minha mãe e Bea caminham ao meu lado em direção à ponte no centro da ravina.

— Ainda sei os versos de Rumi de cor — diz Jaleh. — Eram assim: "O amor nutre e conserta. O amor abre o corpo fechado e permite que a alma respire".

— Eu amei — comenta Bea.

Os olhos cor de hena da minha mãe pousam nos meus. Está tentando me falar algo. Ela estende a mão para meu ombro novamente, mas dessa vez eu me afasto.

— Estou pronta para ir pra casa — aviso a Bea, atravessando a ponte de volta para a trilha.

Não aguento ficar aqui observando a conexão fácil entre Bea e minha mãe por nem mais um minuto. Jaleh pode até vir munida de citações de Rumi, chapéus de fada e joias feitas à mão na reabilitação, dizendo que está pronta para ser mãe de novo, mas ela não foi minha mãe quando precisei dela. Não foi minha mãe quando era importante. E Bea deveria saber disso.

Voltamos para o centro de visitantes em silêncio. Quero correr até o carro da Bea e me trancar lá dentro, mas me obrigo a virar para Jaleh e me despedir.

— Espera — diz ela, vasculhando a bolsa. — Eu guardei isso. — Ela tira um pedaço de papel e o entrega para mim. — Talvez as palavras de Rumi façam sentido para você.

Reconheço o cartão desgastado, com as estrofes de Rumi escritas em tinta azul na caligrafia da minha mãe. Primeiro em fársi, que eu não sei ler, e depois em inglês. Este pequeno pedaço de papel era a única coisa que Jaleh sempre mantinha, quer estivesse passando pela abstinência no quarto branco e apertado do hospital ou no dormitório de paredes verdes na reabilitação. Por um instante, volto a ter 10 anos, sentada na poltrona do quarto dela no Dia da Família, comendo batata frita da lanchonete enquanto meu pai conversava com Jaleh no corredor.

"Faz três meses que você está aqui", murmurou meu pai, um dia.

"Ainda não estou pronta para voltar para casa", respondeu Jaleh. "As coisas são fáceis aqui. Controladas. Não é como estar em casa."

"Podemos tornar a casa segura", insistiu meu pai. "O que precisamos fazer? O que tem de diferente lá?"

"Tenho que ser mãe quando estou em casa", sussurrou ela. "Não consigo ser isso agora. É demais."

Encaro o papel com as frases que inspiraram minha mãe. "O amor nutre e conserta", mas o amor não a manteve sóbria. Não consertou sua dependência. Eu me pergunto se essas palavras fizeram alguma coisa por ela.

Eu me pergunto o que a faz pensar que está pronta para ser nossa mãe agora.

VOCÊ E EU

Assim que entramos no carro, eu me viro para Bea.

— Você sabe que ela me machucou, né?

Bea empalidece e não responde.

— Eu não estou ignorando ela sem motivo. Jaleh disse e fez coisas terríveis pra mim, pra Azar e pro meu pai. E você está agindo como se ela fosse só uma pessoa nova, incrível e interessante. Achei que ficaria do meu lado.

Minha raiva embaça a parte interna do para-brisa e eu apoio a cabeça nas mãos. Quero me isolar em algum lugar distante, como um gato que não quer ser cutucado nem incomodado por ninguém. Bea devia ter sido minha âncora. Em vez disso, não pensou duas vezes antes de ficar do lado da minha mãe.

— Eu sei — diz ela devagar. — Entendo que ela te magoou. E sempre vou ficar do seu lado. Mas... ela é sua mãe. — Bea tira os óculos embaçados, revelando os olhos suaves e terrosos. Eu a observo, ainda com a cabeça nas mãos. — É óbvio que eu ia querer conhecer a pessoa que fez você. Estou interessada nela porque ela é importante pra você. Mesmo que você não esteja pronta para deixar ela voltar à sua vida.

Não gosto do limite que Bea traça entre mim e minha mãe.

— Não sei bem o que fazer com isso — retruco.

Em parte, estou me referindo ao papel no meu colo e, em parte, a tudo o que acabou de acontecer.

Quando eu era pequena, eu via Jaleh do jeito que Bea a enxerga agora. Ela era *mesmo* divertida. Às vezes, pegava Azar e eu mais cedo na escola em uma sexta-feira para o que ela chamava de "excursões". Ela nos levava ao lago Natoma para alimentar os gansos ou então íamos ao museu ferroviário. Quando éramos *bem* pequenas, ela nos levava ao parque Fairytale Town para fazer carinho nas ovelhas e correr em volta do castelo do rei Arthur.

Eu amava essas excursões fora de hora. Ajudavam a esquecer os dias em que ela não estava presente. Eu a perdoava uma vez atrás da outra, continuava deixando que ela se aproximasse, porque eu tinha 7 anos e queria escalar a Casa da Árvore da Coruja no Fairytale Town. Queria descer no escorregador em espiral e queria que ela me pegasse.

— Sei que é muita coisa — assegura Bea. — Você pode ir com calma. E eu vou estar aqui, tudo bem?

Quando desfaço minha pose felina, estendo a mão à de Bea.

— Desculpa. E obrigada por ter vindo comigo.

Ela segura minha mão com força.

— Sei de uma coisa que vai te distrair de tudo isso — diz ela.

— Você é muito boa nisso — concordo.

Ela pega a bolsa e tira um folheto. Está um pouco úmido por causa da chuva e sujo com o açúcar dos folhados, mesmo assim chama minha atenção: é um mapa do campus da UW.

— Inscrevi a gente para uma visita — revela Bea, com um sorriso enorme. — Podemos ficar nos dormitórios e provar a comida do refeitório. Talvez dê até pra assistir a uma aula ou ir em algum recital de poesia. Encare como uma prévia da nossa vida universitária para nos ajudar a sobreviver à Santa Trindade até recebermos as cartas de admissão em abril. A melhor parte é que são vinte e quatro horas juntas, sem saias xadrez à vista! — Ela solta um gritinho. — Vai ser como se já estivéssemos na faculdade, aproveitando a vida.

Pego o folheto da mão dela, desdobrando imagens de campos de cerejeiras deslumbrantes e um complexo de tijolos com vista para a Union Bay. Vinte e quatro horas com Bea em outra cidade, longe do domínio da Santa Trindade e com a maior ponte flutuante do mundo entre mim e minha família? Estou dentro.

— A gente vai mesmo vazar — digo, admirada.

— Você e eu — promete ela.

Às vezes, esqueço que estamos a quatro meses da formatura. Faltam quatro meses para Bea e eu sairmos de vez da Palma da Mão de Deus e irmos para bem longe de Crossroads e Jaleh. Em breve, vamos ser apenas eu e Bea, enfim dando início ao resto da nossa vida.

Fecho o mapa. É fino demais para algo que contém todo o nosso futuro.

— Você pensou que seria assim? — pergunto. — Todas as vezes que a gente conversou sobre a UW e imaginou o próximo ano, você pensou que a gente estaria…?

Não sei como concluir o pensamento. *Juntas? Apaixonadas?* Como posso dar um nome ao que somos agora? Mas Bea parece ter entendido o que quero dizer, porque os cantos de sua boca se erguem.

— Eu imaginei muita coisa — diz ela ainda sorrindo. — Criei muitas versões diferentes do próximo ano na cabeça. Mas, não, eu não esperava por isso.

— O Clem não adivinhou nada da gente com base na poesia mística?

— Se ele tinha alguma resposta, não pôs as cartas na mesa — diz ela, rindo. Bea afasta um cacho úmido da testa, e eu sorrio junto com ela. Ela me observa por um longo minuto. Quando abre a boca, deixa de lado o sorriso de satisfação.

— Você ia dizer *apaixonadas*, não ia? — Ela pisca, esperando. — Quando perguntou se eu já tinha pensado que a gente estaria... — E gesticula de uma para a outra.

Os pingos de chuva na janela pintam sombras arredondadas no rosto de Bea. Observo o padrão deslizar sobre a pele dela enquanto tento buscar fôlego.

Eu poderia dar para trás. Poderia responder que não, e talvez ela deixasse o assunto de lado. Mas Bea está me fazendo um convite, suas palavras são como uma maçã perfeita na mão estendida.

— É, eu ia — confesso.

O sorriso de Bea reaparece, desta vez toma conta de todo o seu rosto. Ela se inclina para mim e eu dou um beijo no espaço entre as sobrancelhas, depois na parte superior das bochechas, em todos os lugares que nunca consigo alcançar quando ela está de óculos.

Quando me afasto, Bea envolve a mão na minha. Os lábios dela se separam para exalar uma risadinha e, então, ela fala:

— Eu te amo, Mitra.

Ela quebra o feitiço, verbalizando as palavras que nunca trouxemos à tona.

Calor emana do meu coração, inundando todo o meu corpo e me iluminando por dentro.

As orelhas e o nariz de Bea ficam rosados, mas ela continua:

— Não como eu amo Max ou Azar, nem como eu amava você quando a gente tinha 13 anos. Eu te amo *amo*.

Ela fixa os olhos em mim ao falar, me desafiando a acreditar.

É como se todo o ar tivesse sido sugado do carro, nosso pequeno confessionário. Quando consigo respirar de novo, me inclino para ela e a puxo para bem perto. Meus lábios encontram sua orelha e o lugar abaixo da mandíbula, onde o batimento cardíaco acelera sob a pele.

— Eu também te amo — digo, com a voz ainda embargada por causa das palavras dela.

Talvez nosso amor seja como o poema sem fim vivido em voz alta: juntas, criamos algo maior do que qualquer uma de nós poderia sonhar sozinha.

Enquanto a abraço, inalando seu cheiro de coco e tentando acalmar meu coração disparado, meu cérebro não para de reviver o momento. *Eu sou amada.*

Mitra

por eras e eras antes
dessas palavras, muitas
coisas sussurravam *amor*

amor, *amor* antes
que a gente dissesse: eu segurei seu
cílio na ponta do meu

dedo e esperei que você
o transformasse em um desejo, você
nos levou para a escola com

uma mão no volante
e a outra no meu
pulso: no começo

tudo sussurrava, depois
se tornou alto como um rufo
de tambor, pulsando sob nosso beijo

Bea

beijo os sonhos que ainda brilham nos seus olhos
quase fechados de sono e acendo-os, há oxigênio
o bastante aqui para alimentar um fogo grande como o nosso

futuro, crepitando e cuspindo faíscas de todo aquele
fôlego livre que prendemos por anos,
selado no sagrado, sepultado apenas nestas páginas:

vejo nossas palavras e desejos se realizarem, estourando
fogos de artifício nas câmaras de nossos corações dormentes,
como um brinde de vitória efervescente

no nosso sangue, esse é o nosso amor — e imagino
essa explosão ganhando vida em uma tela como esta,
apenas imagine as cores que sairão de nós

Coisas que não importam mais quando se está apaixonada

- Uma infinidade de dias usando saias e blazers xadrez vermelhos.
- Os olhares dos caras seguindo você pelo corredor, fazendo você se perguntar se todo mundo sabe da sua vida amorosa.
- Ex-namoradas complicadas que aparecem no almoço e no intervalo quando você está só tentando ter um momento a sós com sua namorada.
- Mães complicadas que mandam mensagens quando você está tentando não pensar nelas.
- Citações de Rumi que se recusam a sair da sua cabeça.
- Irmãs imprudentes que ignoram seu conselho e perdoam com muita facilidade.

A única coisa que importa quando se está apaixonada

- Nós duas.

ANTIXADREZ

Bea e eu nos tornamos especialistas em encontrar jeitos secretos de flertar na escola. De manhã, ela leva Azar e eu para a Santa Trindade, mas nós duas ficamos para trás, no estacionamento, roubando beijos matinais dentro do velho e confiável Gary. Quando Max está se sentindo um poço de generosidade, nos deixa almoçar na cabine de controle de luz e som do teatro, para um encontro particular e apertado. Além disso, Bea coloca bilhetes dobrados na minha mochila no intervalo entre as aulas. Às vezes, são haikus:

quando me beijou,
você fez uma mágica?
A vida brilha.

Mesmo assim, é difícil não se sentir sufocada aqui. Mal podemos esperar para nosso fim de semana na UW. Estamos tão empolgadas com o tour pela faculdade que qualquer um pensaria que estamos esperando o Burning Man ou o Mardi Gras.

Quando o fim de semana enfim chega, no começo de março, meu pai nos leva para Seattle, embora Bea tenha insistido que poderia dirigir até lá. Mesmo assim, ele diz que não é nada de mais enfrentar vinte minutos de trânsito na rodovia 520 e circular pelo labirinto de ruas e estacionamentos do campus — ele não para de dizer que quer comprar *jujeh kabob* no Persepolis, no bairro universitário nas proximidades, ainda que haja vários restaurantes iranianos onde moramos. Quando eu o questiono sobre sua desculpa esfarrapada, ele franze as sobrancelhas.

— Me deixa fazer isso, Mitra — diz ele, olhando de mim para Bea e depois de volta para o espelho retrovisor, irradiando aquela de energia de Pai com P maiúsculo.

— Quantos anos tem essa Jae, a aluna com quem vocês vão ficar? E que curso ela faz? — pergunta ele.

— Ela está no segundo ano — respondo. — Então acho que uns 19 anos? E estuda letras.

— Os da letras são os que fumam maconha — murmura meu pai para si mesmo.

— Sua mãe não fez letras? — sussurra Bea para mim.

— Olha só — começa meu pai. — Sei que vocês duas já dormiram na casa uma da outra muitas vezes. Mas estão namorando agora. As coisas são... diferentes. Entendem o que estou dizendo?

— Sim, pai. Meu Deus do Céu.

Abaixo a janela para me distrair da onda de constrangimento.

— Estou falando de sexo seguro, e o Deus do Céu não pode ajudar vocês com isso.

É isso. Eu morri. Eu morri e me tornei apenas um fantasma preso neste veículo.

— Pai. Para.

Ele freia para dar passagem a um garoto andando de *longboard* na rua principal do bairro universitário.

— Mitra, você está em um relacionamento sério, então eu também preciso ser sério.

— A gente entendeu — garante Bea com uma voz miúda.

Eu aperto a mão dela sobre o banco do carro até que minhas juntas fiquem brancas.

— Desculpa — falo para ela, sem emitir som.

Meu pai nos leva o mais perto possível da Praça Vermelha e então ficamos presos atrás de um *food truck*.

— A gente pode descer aqui e andar o resto do caminho — sugere Bea.

Ela está tão disposta quanto eu a abrir a porta e sair correndo do veículo em movimento.

Meu pai olha de mim para Bea de novo, e uma gota de suor se forma na têmpora dele.

— Tudo bem, meninas. Apenas respeitem uma à outra.

Pelo menos eu sei que minha humilhação deve ser menor do que o pânico que ele está sentindo neste momento, o que serve como um miniconsolo.

Bea solta uma gargalhada assim que pegamos a mochila e saímos do carro.

— Fico feliz que você esteja se divertido.

Seguro o cotovelo dela e a puxo pelo caminho de tijolos, tentando nos distanciar do meu pai o mais rápido possível.

— Pelo menos ele se importa — comenta ela. — Meus pais não devem nem saber que pessoas queer transam. Aposto que acham que quando a gente entra no quarto e tranca a porta é porque vai invocar Satanás em um ritual de sacrifício.

— Talvez seja melhor eles pensarem assim.

O constrangimento desaparece, mas há um sentimento diferente fervilhando logo abaixo, tipo quando colocamos um monte de balas que explodem na boca.

Uma noite a sós com Bea.

Ela está com o look mais antixadrez do mundo: sombra cintilante nos olhos e batom pêssego mate, uma camiseta da banda Black Belt Eagle Scout e calça jeans roxa. E os mocassins com os Pégasos desenhados. Eles são o único acessório que podem existir separados do uniforme na vida civil. Estou usando minha camisa de flanela "chique" com estampa quadriculada em azul e turquesa e com bolsos, e uma calça jeans com a barra dobrada acima do tênis de cano alto.

— Em breve a gente vai poder se vestir assim todo dia — digo.

— Talvez eu faça vários piercings. E meu novo uniforme vai ser um rodízio de camisetas de bandas queer.

— E eu?

— Você nunca mais vai ter que usar uma saia xadrez. Ou qualquer saia, se não quiser. Só camisas andróginas e... calças com muitos bolsos.

— Parece um sonho.

Aperto a mão dela ao passarmos por uma multidão de estudantes.

— Talvez a gente possa alugar um apartamento depois do primeiro ano. Eu faço panqueca pra você — afirma ela.

— E desde quando você faz panqueca?

— Eu posso aprender.

Estamos a uma cidade de distância dos nossos pais, em uma universidade com quarenta e cinco mil alunos, é provável que não tenha nenhuma freira ou padre entre eles. Vamos dividir um dormitório neste fim de semana e temos liberdade total para explorar todo o campus e o bairro universitário. Podemos fazer o que quisermos.

Mas o que é que *Bea* quer?

Na noite do baile de inverno, nós duas avançamos mais do que nunca, o que me deixou com a cabeça completamente embananada. Ainda estou me acostumando a ter *aquele* nível de intimidade com ela. Mas agora que dissemos "eu te amo", fico imaginando se ela vai querer mais. Se vai esperar mais.

Isso desencadeia uma onda de pensamentos de pânico. Bea e eu compartilhamos uma biblioteca de relatos poéticos sobre as situações mais vergonhosas e vulneráveis que já vivemos. Mas nunca falamos de verdade sobre sexo. Talvez porque tivéssemos medo ou porque não soubéssemos como. Talvez porque a possibilidade sempre esteve presente.

Eu nunca transei. Nunca quis até agora. Mas imagino que Bea e Cara tenham transado. Quando elas estavam juntas, Bea me contou sobre o primeiro encontro, o primeiro beijo, o primeiro "eu te amo". Mas, em determinado momento, ela parou de compartilhar as coisas comigo. Acho que eu a impedi de me dar mais detalhes porque sempre fiquei sem graça — para mim, o sexo é algo misterioso que desafia a linguagem. Talvez Bea não quisesse me contar porque sabe que sou inexperiente e acha que eu não entenderia.

Quero dar esse passo com Bea. Mas também gosto de saborear o jeito que fazemos as coisas em fogo lento e de tatear os limites de onde estamos neste momento. Quando transarmos, nunca mais vou me sentir do jeito que estou *agora*. Vou ser inundada pelo desconhecido do *depois*.

Já passei por isso com ela uma vez, quando fomos do amor de *amigas* para *isso*. Aqui é mais profundo, mais assustador e infinitamente mais bonito, mas sei que não podemos voltar àquele outro amor. Uma borboleta não pode recolher as asas e voltar a ser uma lagarta.

E, agora que nós nos transformamos em algo novo, não sei como dizer essas coisas à Bea.

Coisas como: eu gostaria de tocar você.

Estou com medo.

Também não sei bem como é sexo entre pessoas queer.

Quero descobrir com você.

Não sei como identificar quando vou estar pronta.

Estou tentando ser a namorada de Bea por enquanto, o que, na minha cabeça, significa ser sexy e confiante, mas também misteriosa e *legal*. E não um punhado autoconsciente de sentimentos gritando "Tô com medo" e "Não sei o que caceta estou fazendo!".

— Ei. — Bea segura minha mão, me forçando a erguer os olhos do meu tênis andando no caminho de tijolos. Os olhos dela estão gigantes e acobreados pelo sol forte de março. — Estamos livres. — Ela sorri.

Paramos no centro da Praça Vermelha, de braços dados, e olhamos ao redor. O complexo é dominado por prédios antigos de tijolos, como os prédios da Santa Trindade ampliados a escala em um milhão, exceto pelo fato de que todos os detalhes esculturais acima das portas são diferentes: árvores perenes, livros e pergaminhos abertos, brasões antigos com pássaros. Não tem nenhum padre branco, velho e morto aqui. A biblioteca parece uma catedral com torres e vitrais, mas não há rostos de santos nas janelas. Estou impressionada com o fato de que esse edifício de aparência sagrada abriga livros. É como se eles adorassem o *conhecimento* aqui.

— A gente tem que encontrar a Jae perto dos sinos — diz Bea, observando um campanário de sinos dourados no topo do prédio a nosso lado.

Atravessamos uma multidão de alunos em direção à entrada do Kane Hall, onde uma garota baixa, de pele clara e com um moletom roxo com um W está em cima de um banco para se sobressair à multidão. Ela tem cabelo preto liso e um delineado afiadíssimo que deixaria o de Azar no chinelo.

— Beatrice? Eu sou a Jae!

Ela acena para nós, empolgada. De primeira, não consigo entender como Jae nos identificou, mas depois me lembro das nossas mochilas e do fato de que estamos nos abraçando como crianças perdidas em um parque de diversões.

— Eu sou a Bea, e essa é a Mitra — apresenta Bea.

— Bem-vindas à UW! — Jae desce do banco. Ela é mais baixa que Bea, mas projeta a voz como uma verdadeira guia turística. — Prontas pra serem alunas durante o fim de semana?

Atordoadas, seguimos Jae em direção ao norte do campus, costurando os grupinhos de estudantes. Prédios modernos com paredes inteiras de janelas se erguem sobre nós. Há muito espaço verde aqui — gramados pontilhados de jovens jogando frisbee, portões com abetos-de-douglas imponentes e edifícios cobertos de hera. Nosso passeio é marcado pelo grasnar de patos e gansos e pelos gritos e conversa dos alunos que circulam ao redor.

Bea mantém os dedos entrelaçados com os meus, enquanto Jae nos conduz a um enorme alojamento ao estilo dos anos 1970. As laterais de estuque cinza são sanfonadas com as centenas de janelas dos dormitórios.

Ao entrar, passamos pela recepção e chegamos a um lounge estudantil repleto de sofás e mesinhas. Há uma televisão de tela plana na parede e uma mesa de bilhar no canto. Bea solta minha mão e pula no sofá, se jogando nas almofadas desbotadas.

— Já pensou nos festivais de filmes de terror que a gente pode fazer aqui?!

Tento nos imaginar no próximo Halloween, naquele sofá, organizando a versão universitária da nossa noite do Santo Horror, com novos amigos e sem supervisão parental. Nessa imagem, não estou a vários centímetros de distância de Bea, mas nos braços dela enquanto ela canta "Don't Dream It, Be It" no meu ouvido.

Eu puxo Bea do sofá e dou um beijinho nela antes de Jae continuar nosso tour. Sinto um pouco como se fosse um rato em um labirinto à medida que percorremos os corredores intermináveis até o quarto de Jae, fazendo uma pausa para deixar nossas mochilas no chão. Ela decorou o dormitório com luzinhas e pôsteres de capas de livros clássicos, mas não teve muito espaço com que trabalhar: o quarto é um pentágono branco estreito com uma janela, uma escrivaninha e uma cadeira de madeira. A mesa está sobrecarregada com pilhas de livros e algumas fotos emolduradas. O cômodo faz com que eu me sinta ainda mais como um ratinho.

E então vejo a cama: um beliche de solteiro com um colchão extra de solteiro no chão. A cena me faz lembrar um acampamento de verão. Acho que não preciso mais me preocupar com a possibilidade de Bea esperar algo mais neste fim de semana. Vamos dormir pertinho da monitora do acampamento o tempo todo.

— Que sorte, né? — Jae dá um tapinha no colchão de baixo. — Em geral, tenho que dividir o espaço, mas minha colega de quarto pediu transferência, então posso hospedar potenciais alunos.

— Mitra! — A voz de Bea é pura empolgação. — Vem ver. — Eu vou até a janela, que ela abriu os poucos centímetros que a estrutura permite. — Dá pra ver a baía daqui!

Enfio a cara acima do ombro dela para apreciar a vista também. Vejo árvores, centenas de carros circulando pelo estacionamento para estudantes, os refletores de um campo esportivo próximo e, mais além, a baía, cortada por uma serpente cinza e estreita: a ponte 520.

— Dá pra ver a nossa casa — diz ela.

Pensei que nos sentiríamos a um mundo de distância aqui, com um lago gigante entre nós e tudo o que conhecemos. Mas, no fim das contas, não é tão longe assim.

— Vocês querem descansar um pouco ou estão prontas para um passeio? — pergunta Jae.

Bea já está pulando.

Quero tudo ao mesmo tempo. Quero me deitar com Bea no beliche e mapear os próximos quatro anos das nossas fantasias juntas e também correr pelo campus como uma criança cafeinada, apontando para cada prazer que estamos prestes a vivenciar.

— Mostra tudo pra gente — peço, pegando a mão de Bea de novo.

COISAS QUE OUVI NA UW

Aluno com uma marca de mordida no braço: "Pede pro supervisor do dormitório pegar a buzina. Aquele ganso entrou escondido no saguão de novo".

Cara de cabelo comprido: "Como você pode ter dinheiro pra comprar ingressos pra todos os festivais de música, mas sou eu quem te empresta os cinco dólares para pagar o burrito que você come no café da manhã?".

Garota com pijama do mascote da universidade: "Chama a Taylor e me encontra no quarto da Callie. Aquele cara de medicina acabou de dar um perdido nela. Leva chocolate".

Garota com delineado: "Não vou sair com ele de novo, a menos que eu possa colocar no currículo que fui babá de um criançāo".

Pessoa com a camiseta manchada de café: "Não posso ir hoje à noite. Tenho prova de economia na segunda. Tá tudo bem, podem ir. Vão sem mim. Me deixem definhar com meu miojo e meu livro de novecentas páginas. Divirtam-se".

Bea: "Você acha que eles não deixariam a gente dividir um dormitório porque estamos namorando? Ou será que as regras de alojamento são tão arcaicas e baseadas em gênero que eles nem cogitariam a possibilidade? Talvez essa seja a única vez em que a gente vai conseguir tirar alguma vantagem disso, porque todo mundo sempre acha que casais sáficos são apenas *grandes amigas*!".

AULA INTRODUTÓRIA DE COMO SER UMA GAROTA QUEER

Bea, Jae e eu jantamos frango frito coreano em um restaurante minúsculo na rua principal do bairro universitário e, depois do pôr do sol, Jae nos convida para uma festa. Hoje, descobri que Jae é extrovertida ao extremo, algo que eu não sabia que ratos de biblioteca podiam ser.

— Achei que a gente ia assistir a uma aula. Ou, tipo, um recital de poesia? — digo.

— Não se preocupa — garante ela. — Não é uma festa de fraternidade nem nada assim. Sou mais do tipo que gosta de uísque e festas artísticas. A banda do meu amigo vai fazer um show mais intimista, em uma casa, essa noite.

Eu preferiria me enfurnar em alguma cafeteria obscura ou em um canto da biblioteca e planejar uma vida universitária com a Bea do que ficar zanzando em uma sala cheia de desconhecidos bêbados, mas ainda consigo ouvir as palavras de Azar na minha cabeça: sou uma "tartaruga se escondendo no casco".

— Além disso, vocês vão poder assistir a todas as aulas e recitais que quiserem no próximo ano — lembra Jae. — Vocês ainda são jovens e só vão passar o fim de semana. Deixem eu mostrar o melhor da vida universitária! Temos que fazer algo mais memorável do que ir a uma noite de microfone aberto.

Bea parece muito animada com a ideia de uma festa universitária. Acho que está enfeitiçada pelas ondas de energia social que emanam de Jae. Na Santa Trindade, a aversão dela à escola católica a obriga a ficar mais reclusa; às vezes me esqueço de que eu e Bea estamos em extremos opostos quando se trata de introversão.

Quero que ela continue feliz assim. Sempre.

Jae nos leva para o norte do campus, em direção a uma casa com carros estacionados na frente. As janelas estão enfeitadas com bandeiras do arco-íris e um cartaz do Vidas Negras Importam.

— Taryn! — grita Jae pela porta aberta. Uma garota de cabelo loiro platinado, pele clara e um piercing na sobrancelha nos cumprimenta. — Trouxe chips e salsa — informa Jae. — E gente nova do vale!

Minhas bochechas queimam.

— Vocês são as futuras calouras? — Taryn acena para que entremos. No interior da casa, um monte de amigos delas nos olham. — Daquele convento católico?

Por um segundo, sinto como se estivesse vestindo xadrez de novo. Taryn solta uma risada.

— Vou pegar bebidas pra vocês. Sintam-se em casa.

As paredes da casa de Taryn estão cobertas de retratos em serigrafia de mulheres. Reconheço algumas das aulas de história, mas não sei quem é a maioria. A luz das janelas da frente ilumina uma coleção de plantas tropicais. Todos os sofás e mesinhas usados foram retirados da sala de estar e empurrados nas paredes para dar lugar a um palco e uma pista de dança improvisados.

Quando encontramos um lugar vazio para sentar no sofá, algumas das amigas de Jae sorriem para nós. Uma das garotas tem o braço fechado de tatuagens com tema de oceano e usa uma blusa com amarração na cintura em tom pastel. O garoto ao lado dela tem cabelo preto na altura do queixo e está vestindo uma camisa de botão com estampa de limões, combinada com pulseiras verdes brilhantes no braço. *Todos* eles escolheram roupas que com certeza os colocariam no serviço comunitário na Santa Trindade. Olho para o corredor e vejo a silhueta de uma pessoa com calça de tweed e camiseta estampada que diz LER É SEXY.

Bea e eu trocamos um olhar que diz: *Encontramos nossa galera*.

Pelo menos, é o que imagino. Não sei como eu me vestiria ou agiria se tivesse a liberdade que esses alunos têm. Isso me faz imaginar como Bea será quando se libertar por completo da escola católica e da casa dos pais. Ela, que já é uma estrela, vai virar uma supernova. A maior parte de mim fica empolgada diante da ideia de Bea se transformar em quem é de verdade. Mas outra parte não sabe se vou conseguir acompanhar essa radiância.

Taryn traz copos de vidro com vinho tinto para nós.

— Amei as serigrafias — comenta Bea. — Aquela é Sylvia Rivera?

— É! Foi difícil fazer essa no começo, mas até que ficou boa.

— Você que fez? Todas?

Bea olha para todos os retratos que nos cercam, boquiaberta.

— Foi. Sou das artes visuais. Trabalho mais com tecidos, mas faço serigrafia como hobby. Estou tentando juntar algumas obras até o último ano pra expor em alguma galeria.

— Isso é fantástico!

Bea sorri para ela. Eu me pergunto se ela sabe quem são todas aquelas mulheres.

— O que vocês curtem? — pergunta Taryn para nós duas. — Quando não estão rezando e tal.

— Hum, escrever — começo, tomando um gole do vinho amargo. — Poesia.

— Vocês são poetas. — Taryn sorri. — Maneiro. E no que estão trabalhando?

— A gente começou a escrever um poema juntas quando tinha 13 anos — conta Bea. — E ainda estamos escrevendo. Muitos, muitos volumes depois.

Meu estômago dá uma pequena cambalhota ao redor do vinho.

Quando começamos o Livro, éramos ridiculamente reservadas sobre isso. Bea o escondia debaixo do colchão, e eu o deixava no fundo da minha gaveta de calcinhas para despistar Azar. Na escola, passávamos o Livro de um lado para o outro por baixo das carteiras ou em um banheiro vazio, como se estivéssemos no meio de uma operação secreta. Por fim, percebemos que ninguém se importava muito com o que estávamos escrevendo, então ficamos menos enigmáticas em relação à coisa toda. Mesmo assim, poucas pessoas sabem sobre o poema sem fim.

Não sei por que Bea contaria isso a uma desconhecida.

— Uau! Então é um poema *bem* longo! — exclama Jae, e minhas bochechas ficam rosadas.

Não sei o motivo, mas fico com vergonha. Talvez porque o Livro seja a coisa mais privada e sagrada do meu mundo, e Bea o está divulgando para esses universitários superinteligentes.

— A gente pode ouvir alguns versos hoje? — Taryn aponta para a frente da sala de estar, onde algumas pessoas estão montando equipamentos. — Finn tá instalando o microfone, os alto-falantes e outras coisas pro show mais tarde. Vocês poderiam fazer uma pequena batalha de rima se quiserem.

Quase me engasgo com a bebida. Bea tamborila a ponta dos dedos nas minhas costas.

— Não precisa — diz ela. — A gente não trouxe nada hoje.

Um grupo de pessoas entra pela porta dos fundos, gritando o nome de Jae.

— Já volto — avisa Jae.

Nossa guia sai para encontrar os amigos dela no pátio. Eu não deveria precisar que Jae segurasse minha mão em uma festa de crianças grandes, mas, mesmo assim, sinto um frio imenso na barriga.

Uma das amigas de Taryn, de cabelo preto e franjinha vegana, pele marrom-escura e uma camiseta vintage do Hitchcock, se senta no chão a nosso lado.

— Tar, você já fez a análise de arte?

— Nossa, sim. Estonteante — comenta Taryn.

— O que você tá aprendendo? — pergunta Bea.

— Estamos lendo perfis de artistas contemporâneos, e o desta semana foi o da Yayoi Kusama.

— Eu já li sobre ela! — responde Bea. — A senhora das bolinhas.

— Quem? — indago, olhando para Bea.

— Ela é uma *viagem* — afirma Taryn. — Cria esculturas em neon de abóboras e, tipo, esferas psicodélicas cobertas de bolinhas. Além disso, fez umas instalações chamadas de Salas de Espelhos Infinitos, em que você meio que entra em uma sala cheia de estrelas e bolinhas sem fim. Ricki, vamos visitar o Smithsonian! Quero ver em pessoa.

Ricki balança a cabeça.

— Acho que essa exposição vai ser tipo uma droga visual pra você, e você não quer isso — diz ela. — Preciso te lembrar da vez em que você experimentou cogumelo?

— Mas é arte imersiva! — argumenta Taryn.

Bea faz uma pesquisa no celular para me mostrar imagens de uma mulher japonesa idosa com uma peruca vermelha no mesmo tom de um caminhão de bombeiro, cercada por bolhas de cores primárias e cabaças gigantes salpicadas de bolinhas.

Não sei se entendo esse tipo de arte. É coisa demais para meus olhos, mesmo na telinha do celular de Bea. Não consigo imaginar estar em um cômodo pintado inteiro com essas cores agressivas.

— Se não me engano, ela ficava olhando pra uma toalha de mesa com flores vermelhas quando era criança e aí alucinou esse padrão se repetindo no universo inteiro — comenta Ricki. — Ela disse que representava a infinitude, a perpetuidade do espaço e do tempo e a auto-obliteração. Desde então, pinta apenas bolinhas. Dá pra imaginar ter uma percepção existencial dessas ainda *criança*?

— Aconteceu a mesma coisa comigo quando eu era criança — conta Taryn. — Só que foi com minha tigela de cereal.

Ricki bate no braço de Taryn.

— Mentirosa.

— A mulher criou uma obra chamada *Macaroni Pants* — diz Taryn. — Macarrão colado em um shortinho, Ricki. É óbvio que somos únicas.

Bea dá uma risadinha. Taryn pega o celular de Bea e abre uma imagem de um short coberto de macarrão em formato de roda, pintado com spray dourado.

— Contemplem — anuncia Taryn. — O shortinho de macarrão.

Bea se aproxima de Taryn e rola a tela para ver mais fotos.

— Espera aí! Tem mais! — exclama ela. — Faz parte de uma série de coisas de macarrão, tipo sapatos, vestido e bolsa...

— Não pode ser — retruca Taryn, encostando a cabeça no ombro de Bea enquanto elas olham para as várias formas de arte à base de macarrão.

Meu estômago revira ao vê-las rir juntas.

— Não entendi o sentido disso — falo.

— Kusama tá desafiando nossa ideia de feminilidade — explica Taryn.

— E é um comentário a respeito do capitalismo industrial — acrescenta Ricki. — Aquela comida feita com máquinas pintada com spray dourado para simular ouro.

Bea se volta para Ricki.

— Vi fotos da performance antiguerra e anticapitalista dela. Ela juntou um grupo de pessoas nuas, espalhou bolinhas nelas e fez uma intervenção na ponte do Brooklyn — conta Bea.

— Uma mulher que me entende — sentencia Ricki.

Bea ajeita os óculos, vibrando de empolgação e sem dúvida se divertindo como nunca, cercada de nerds queer. Sinto como se tivesse perdido a aula introdutória de Como Ser uma Garota Queer.

Quem me dera saber alguma coisa sobre Yayoi Kusama, ou arte contemporânea, ou até mesmo bolinhas. Estou completamente perdida ouvindo Bea, Taryn e Ricki filosofarem sobre os temas e as afirmações das obras de Kusama. Como é que eu não sabia que Bea gostava de arte visual?

Pensei que passar um fim de semana longe da Santa Trindade daria a Bea e a mim uma chance de nos conectarmos com base em tudo que temos em comum. Mas a verdade é que essa viagem só está mostrando como somos diferentes.

Talvez essa não seja *nossa* galera. Talvez essa seja a galera *da Bea*.

Mas, se for assim, quem é minha galera? Tento imaginar uma casa em algum lugar da rua principal esta noite, com uma sala a meia-luz cheia de sofás confortáveis e *chai* à vontade. Cada um está no seu canto, lendo seu livro favorito em silêncio. Se houver música tocando, ninguém precisa dançar. Esse é meu tipo de festa.

O amigo de Taryn, Finn, liga o microfone e mais pessoas entram na sala.

— E aí, pessoal! Vamos tocar umas músicas pra vocês hoje.

Finn e a banda mergulham em uma canção animada de folk-pop com violão, violino e banjo.

Jae volta para a sala de estar quando a música ganha ritmo. Taryn se levanta e pega a mão de Bea, puxando-a em direção à multidão de pessoas na frente da banda.

— Vamos, poeta. Quero ver se você sabe dançar!

Bea, Taryn e Jae partem pela pista de dança improvisada em direção à banda, batendo o pé no ritmo do violino. Taryn gira Bea, que chuta os mocassins de Pégaso para trás dela. As duas estão sorrindo, e Taryn está cantando a música de Finn.

Ver Bea dançar é como ver uma flor desabrochar. Ela nasceu para isso. Ela gira, pula e mexe os braços no ar como se estivesse canalizando a energia direto da música. Ela está exatamente onde deveria estar, com um grupo de pessoas que acabamos de conhecer.

Eu nunca fui desse jeito. Nunca entrei em uma ambiente e senti que me encaixava. A única pessoa que já me fez sentir tão à vontade está conquistando o próprio espaço entre um grupo de estranhos.

Bea me avista grudada no sofá e pega a minha mão.

— Você achou que ia ficar de fora? — Sua voz está calorosa e marcada pelo vinho. — Sem chance.

Ela me puxa para a pista de dança e sacode meus braços até conseguir quebrar minha rigidez. Tento deixar que o pandeiro e o banjo assumam o controle, afastando o incômodo do meu corpo. Mas meu tronco permanece rígido como uma pedra.

Bea me puxa para perto por um momento, com o rosto enfiado na gola da minha camisa de flanela, enquanto nos balança para a frente e para trás. Tudo vibra dentro de mim. Tento redefinir minha mente para a maneira como me senti durante o baile de inverno — quando dançar com Bea foi triunfante e lindo. Quando tudo que eu queria viver com ela estava enfim se tornando realidade, e toda aquela alegria potencial jorrou de mim.

Nós nos afastamos e formamos um círculo com Jae, Taryn e Ricki. O banjo emite uma batida forte, vigorosa e persistente, e Taryn pega a mão de Bea de novo para girá-la. Bea dança com os olhos fechados e um sorriso enorme.

Aproveita o momento, fica feliz, ordeno a mim mesma. Mas o zumbido dentro de mim fica mais alto, e sei que não é apenas o álcool. Meus músculos se contraem devido à preocupação.

Sinto como se estivesse perdendo algo que acabei de encontrar.

TCHAU PARA O CONVENTO E OI PARA AS FESTAS

De manhã, Bea toma uma ducha nos banheiros compartilhados (corajosa) e põe um vestido floral e uma jaqueta jeans. Eu vou depois dela, visto uma calça jeans e uma camisa de botão mostarda e então ativo os cachos do meu cabelo, amassando-os com manteiga de karité. Depois eu me sento no beliche do quarto de Jae e observo Bea fazer suas coisas: passar a pomada para cachos, o delineador, o iluminador, o rímel e todos os outros produtos que nem sei o nome. Ela compartilha o espelho do dormitório com Jae, conversando sobre a visita do namorado de Jae no fim de semana seguinte, enquanto arruma o cabelo.

Minha namorada, repete meu cérebro sem parar. Não consigo nem acreditar que ela é minha namorada. Essa pessoa que entende o simbolismo existencialista de bolinhas, que combina o vestido com seu humor no domingo de manhã e que me escreve poemas quando está entediada na aula. Essa garota. Minha garota. Por enquanto.

Nós nos despedimos de Jae com um abraço, compramos *bagels* em uma loja de conveniência e vamos ao pátio para tomar café da manhã.

O céu está nublado e a grama ainda tem orvalho. É cedo, então o pátio está quase vazio. Descemos a escada de cimento para um campo gramado ziguezagueado em triângulos por passarelas de tijolos. Os tijolos ondulam sobre as antigas raízes das cerejeiras Yoshino que ladeiam o campo. A estatura atarracada e os galhos nodosos, todos repletos de botões rosados, dão às árvores um aspecto cartunesco. Algumas pereiras já estão repletas de flores brancas e delicadas e constelações de filamentos cor-de-rosa, enchendo a brisa com seu cheiro fresco e perfumado.

Um dos prédios no pátio tem uma cúpula turquesa parecida com a de uma mesquita, o que é reconfortante. Eu me pergunto quantos alunos muçulmanos frequentam a UW. E imagino quantos alunos confusos em relação à religião, como eu, também existem aqui. Talvez eu não seja a única esquisita que é muçulmano-zoroastriana e estudou em escola católica.

— Olha!

Bea me puxa até uma árvore e examinamos os galhos de perto, onde minúsculos botões cor-de-rosa despontam dos revestimentos verdes felpudos. Em algumas semanas, todo o pátio vai estar repleto de cerejeiras em flor.

Bea aponta para um banco de madeira próximo a um poste, à sombra das cerejeiras. As árvores acima de nós estão cobertas de musgo por causa da chuva de inverno, com faixas de tronco âmbar brilhando. Brotos de galhos novos emergem das extremidades.

Como meu sanduíche enquanto Bea fala sem parar. Meus olhos se fixam em um prédio do outro lado do pátio, com uma parede móvel coberta de hera, como um milhão de mãozinhas acenando para mim. Quando termina de comer o *bagel*, Bea me cutuca com o cotovelo.

— Você tá quieta hoje — comenta ela.

É uma observação, não uma exigência. Mas posso ler as perguntas que se escondem em suas palavras.

— Acho que estou de ressaca de vinho pela primeira vez — digo.

Não sei onde Hafez estava com a cabeça quando escreveu todas aquelas odes ao vinho. Ele tinha muito a dizer sobre "o vinho da noite passada ainda cantando na cabeça", mas não me lembro de nenhum poema sobre "a dor de cabeça nauseante desta manhã".

Bea leva a mão à minha nuca. Os dedos dela dançam no meu cabelo, e eu fecho os olhos por um segundo, me lembrando da sorte que tenho.

— O que foi?

Não sei como contar para ela sobre esta voz na minha cabeça repetindo *não é o suficiente, não é o suficiente, não é o suficiente*. Então opto por uma verdade mais fácil.

— Acho que você vai ser muito feliz aqui.

Bea tira uma pequena flor branca de pereira do meu cabelo.

— A gente vai ser feliz aqui — corrige ela. Bea segura a flor e encosta a cabeça no meu ombro. — Estou feliz por termos vindo. É como se eu pudesse enxergar uma saída agora.

— Tchau para o convento e oi para as festas — brinco. — Poderia ser o título da sua biografia. Mas você sabe que a sua mãe nunca poderia visitar se a gente morasse em uma casa igual à da Taryn. Ela falaria que era um "antro de pecado".

— Não ligo. — Bea segura minha mão. — Acho que vou contar pros meus pais que estamos namorando.

Eu me viro para ficar de frente para ela no banco.

— Sério?

— Acho que eu só precisava conseguir imaginar o próximo ano. Vou sair da casa deles daqui a seis meses. Quando estivermos aqui, o que eles pensam não vai mais importar. — Ela respira o ar impregnado com a fragrância das cerejeiras e sorri para mim. — É, vou fazer isso.

Pego seu queixo e a beijo.

— E você acha que *eu* sou corajosa.

O ROSÁRIO DA FAMÍLIA ORTEGA

Bea: adivinha o que eu fiz?

Bea: dica: o rosário da família Ortega tá fazendo muita hora extra neste exato momento

Mitra: como foi??

Bea: eis uma transcrição da conversa:

Bea: "lembra de todas as vezes que vocês pensaram que a Mitra e eu estávamos namorando?"

Bea: "bom, foi uma ótima ideia, no fim das contas"

Bea: "que bom que vocês nos incentivaram a fazer isso acontecer"

Bea: os dois sorriram e disseram "obrigado por nos contar"

Bea: mas foi o mesmo tipo de "obrigado por nos contar" que ouvi quando tinha 6 anos e admiti que tinha colocado massinha no triturador de lixo de propósito porque queria descobrir o que acontecia

Mitra: xiii

Bea: depois eles foram pro quarto deles pra ter uma "conversa particular"

Mitra: deixa eles fazerem birra. Você fez algo incrível!

Mitra: hora de aumentar minhas tentativas de conquistar os dois?

Bea: essa é uma causa perdida, meu bem

Bea: mas amo você por tentar

CINZAS E ABSTENÇÃO

Depois do nosso fim de semana de liberdade, temos que comparecer a mais uma missa obrigatória: a celebração da Quarta-Feira de Cinzas. O dia em que as folhas de palmeira são reduzidas a pó e esfregadas na nossa testa no sinal da cruz. Não entendo todos os rituais do catolicismo, mas esse feriado tem um ar muito gótico. O silêncio na capela parece se adensar ao meu redor.

Desde a UW, tento não passar muito tempo em silêncio. Quando as coisas ficam calmas, minha mente abre espaço para um monte de preocupações, procurando e procurando como um cachorro em busca de um osso enterrado. As coisas têm sido boas... boas *demais* com Bea, e parte de mim tem medo de que essa alegria não dure para sempre. Portanto, em vez de me deixar ser dominada pelo medo, estou tentando viver o agora. Bea cutuca meu dedo mindinho com o dela no banco entre nós. O perfume limpo e quente do xampu de coco dela é notável, mesmo enquanto o padre Mitchell esfumaça a capela com o balanço do turíbulo defumador. Assim como o som da respiração dela no meu ouvido.

E seu pé chutando meu sapato. Forte.

É quando vejo a letra dela no verso do envelope de dízimo.

Entediada. Me entretenha!

Pego um dos pequenos lápis na prateleira de hinários e escrevo uma resposta:

Hora de refletir e orar em silêncio, Beatrice. O seu entretenimento é Jesus.

Estou sendo cruel, eu sei. Mas, às vezes, a frustração e a impaciência dela na missa são *meu* entretenimento.

Faminta. Pega as hóstias e corre.

O padre Mitchell usa um tom de voz solene e a cerimônia é pontuada por um silêncio prolongado. Quando ele começa a falar, o assunto é a morte e a confissão dos pecados.

— Hoje é o início da Quaresma — explica ele. — Devemos purificar nossos corações, expiar nossos pecados, abster-nos daquilo que desejamos e nos esforçar para seguir um caminho mais virtuoso e santificado, para que assim possamos saudar a Páscoa com espírito de celebração.

— O refeitório deve estar vazio. — A voz de Bea faz cócegas no meu ouvido. Acho que ela desistiu dos bilhetes. — A gente podia roubar umas *quesadillas*.

Ela entrelaçada os dedos nos meus, e seu toque faz minha pele vibrar com eletricidade.

E lá se foi a abstenção de desejos.

— Você só tá querendo que a gente fique sozinha de novo — sussurro.

Ainda estamos tentando manter o decoro na escola, mas, desde que falamos "eu te amo", estamos permanentemente enroladas uma na outra, que nem polvos.

— E isso é algum crime? — diz ela.

Não consigo comprar a ideia lúgubre do sermão de hoje com Bea sentada a meu lado, com aquele sorriso malicioso e enfiando os dedos por entre as pregas da minha saia. Quero dizer ao padre Mitchell que, às vezes, o desejo é lindo quando realizado. E talvez seja isso que vá purificar meu coração.

Todo mundo se levanta e segue em uma fila até o centro da igreja para receber o sinal da cruz na testa.

— O que você vai parar de fazer na Quaresma? — pergunta Bea a Max, que está na nossa frente.

Ela não aderiu à prática, mas ainda respeita o fato de Max seguir o catolicismo com sinceridade.

— Parar de gastar horas no celular — responde Max. — Desinstalei todos os aplicativos de redes sociais.

— Que o Senhor te abençoe e te guarde. — Bea dá um tapinha na mão de Max em um gesto de empatia.

— Você consegue — incentivo.

— E você? — indaga Max à Bea. — O que vai parar de fazer?

Ela olha para mim, apertando os lábios.

— De me importar? — Max ri baixinho, e Bea completa: — Ainda mais em relação ao meus pais.

Quando chega nossa vez, o padre Mitchell mergulha o polegar em uma tigela de cinzas. Ele marca nossa testa com o sinal da cruz, e um pouco das cinzas cai nos cílios de Bea.

— Do pó viestes e ao pó voltarás — diz ele.

Fico pensando nessas palavras até me sentar de novo no assento. Há certa poesia nelas, um aceno a grandiosidade do universo. Viemos da poeira das estrelas e somos feitos das mesmas partículas elementares de Júpiter, dos diamantes e do ar. Talvez um dia façamos parte de tudo isto: a mesma poeira celestial.

Acho uma ideia romântica. Mas deve ser culpa da garota que está cinco centímetros à minha esquerda, bocejando e inclinando a cabeça para deitar no meu ombro, exausta por causa de nossa longa chamada de vídeo na noite passada. Se eu pudesse beijar o topo da cabeça dela agora mesmo sem incorrer a ira dos sacristãos, eu daria.

Em vez disso, uso a ponta dos dedos para tirar as partículas de cinzas dos cílios de Bea.

— Parar de se importar? Sério? — questiono.

Não entendo os pais de Bea. Eles não têm interesse em participar do dia a dia dela, mas ainda assim conseguem fazer com que ela se sinta uma filha ruim.

Bea sabe que é isso que eles fazem. E até faz piada. Mas isso não ameniza o impacto das críticas dos dois.

— Bom, eu não vou parar de beijar você — responde ela.

— Jamais — confirmo. — Nem Jesus gostaria disso.

O padre Mitchell chama a congregação para orar, e uma centena de joelhos pousam no chão, ressoando pela capela.

— Não vou mais me segurar pra poupar meus pais — comunica Bea. — Acho que quando Cara e eu terminamos, eles ficaram aliviados, como se pensassem que o fim do meu ensino médio seria recluso. Só estudando, chorando e sem sair com ninguém. Mas... surpresa! — Ela dá uma risadinha. — E você nem é católica. Então eu aumentei mesmo a dose de sacrilégio. Mas eles que lidem com o que estão sentindo. Estou cansada de tornar minha sexualidade e meu jeito de ser mais aceitável e palatável pra eles.

Ela desliza do banco e se ajoelha.

— Isso é muito corajoso — comento.

Mas, por dentro, estou reprisando a história do término no Halloween: as noites em claro, as lágrimas inconsoláveis, o rosto de Bea ao falar "dizem que você nunca esquece seu primeiro amor".

Ela me olha por cima do ombro, com as mãos unidas sobre o banco à nossa frente.

— Não vou esconder você.

A determinação em sua voz me faz sorrir.

Bea fecha os olhos em oração.

— Ajoelhe-se, sua pagã — sussurra para mim.

Eu me ajoelho ao lado dela e tento refletir e orar. Mas, quando Bea descansa o tornozelo no meu, só consigo pensar naquele ponto de contato.

Nunca cumpri a Quaresma, mas se o fizesse talvez isso fosse o pontapé de que preciso para deixar de me preocupar com Bea, o próximo ano e Cara. Não que meus pensamentos desastrosos fossem desaparecer por completo se eu rezasse. Mas estamos na época *certa* para a intervenção divina.

UM MOMENTO DRAMÁTICO

Na sexta-feira, Bea e eu chegamos à oficina de poesia pouco antes de o sinal tocar, e as únicas poltronas livres estão em lados opostos do círculo. Uma delas ao lado da Cara. Fico uns bons trinta segundos olhando para os dois assentos vazios, em pânico, como se estivesse participando de uma dança das cadeiras valendo algo muito importante. Por fim, eu me acomodo ao lado de Cara. Vou fazer isso pelo bem de todos. É isso que uma boa namorada deve fazer. Bea se senta do outro lado da sala, folheando as últimas páginas da leitura obrigatória.

Cara assente para mim. Está concentrada em uma pilha de papéis no seu colo, sublinhando diferentes partes do texto.

— O que é isso?

— Roteiro — responde ela. — Os ensaios do musical de primavera começaram.

Em uma reviravolta sem precedentes do comitê de seleção organizado por Max, a Santa Trindade apresentará *Os miseráveis* nesta primavera. É uma escolha ousada para uma escola tão conservadora, já que conta com cenas de profissionais do sexo e tudo mais. Mas Max disse que o novo professor de teatro, o sr. Sherman, é legal e está "pronto para o que der e vier". Cara vai fazer o papel de Cosette.

Observar as passagens realçadas em várias cores no roteiro de Cara me faz lembrar da produção de *As bruxas de Salém* no outono passado. Nós cinco nos enfiávamos na nossa mesa favorita de um restaurante vietnamita na Oitava Avenida, bebendo *bubble tea* e comendo *pho* quente e salgado enquanto repassávamos as falas com Cara. Ela interpretou Abigail, e eu a ajudei a ensaiar tantas vezes que Bea disse que eu deveria ter sido a substituta de John Proctor. E, não vou negar, eu teria arrasado com aquela calça folgada e o chapéu de aba larga.

Um dia, todo mundo mergulhou de cabeça no roteiro, recitando os diálogos com energia e gesticulando uns para os outros na mesa. Gritei a frase "Deus está morto!" bem na hora em que o garçom se aproximava com mais uma tigela de sopa escaldante, e ele pareceu horrorizado ao deixar o prato com um baque, espirrando sopa para todo canto.

— Desculpa — disse Cara, limpando o caldo com um guardanapo. — A gente estava no meio de um momento dramático.

Todo mundo caiu na risada.

Por mais estranhas que estejam as coisas com Cara agora, sinto falta daquela época.

— Boa sorte no ensaio — incentivo.

A sra. Acosta se levanta da mesa segurando um livrinho amarelo. A lição de casa desta semana era ler *O profeta*, de Khalil Gibran. Gibran era um poeta americano com ascendência libanesa, não iraniana, mas minha família o considera nosso mesmo assim. Em Sacramento, deixávamos *O profeta* em uma prateleira especial da estante de livros, uma com as edições do *Divān* em fársi e inglês, uma coleção das obras de Rumi e o *Rubáiyát*, de Omar Khayyám. Eu gostava de pensar nela como a Prateleira dos Ancestrais.

— Nos últimos dias, vocês leram as palavras de Khalil Gibran sobre a vida, o amor e a perda — afirma a sra. Acosta. — O livro começa com a história de um profeta prestes a deixar a cidade onde ficou ilhado. Ao ver um navio se aproximar da costa para enfim levá-lo para casa, ele percebe que é sua última oportunidade de transmitir sabedoria e ensinamentos aos habitantes daquele local. Os poemas que se seguem expressam sua filosofia de vida, suas verdades pessoais, tudo o que ele queria compartilhar antes de partir.

Cara se mexe na cadeira a meu lado, folheando as páginas xerocadas de *O profeta*. O cabelo comprido e escuro dela se espalha pelo braço da poltrona entre nós. Ela cheira a amaciante e xampu cítrico, e seu caderno de poesia está repleto de anotações brilhantes espalhadas em Post-its. Eu me encolho no lado oposto da poltrona.

— Ponderem sobre a tarefa do profeta — diz a sra. Acosta. — Se vocês tivessem um tempo limitado, assim como palavras limitadas em si mesmos, e fosse pedido que compartilhassem sua verdade antes de partir, o que diriam? Para quem diriam?

Os olhos de Cara se voltam para Bea. Baixo os meus para a página em branco à frente.

— Vamos fazer algo diferente hoje. Agora que vocês já estão um pouco mais à vontade uns com os outros, quero agitar um pouco as coisas. Vou designar duplas para que discutam essa questão — explica a sra. Acosta. — Depois, cada um vai escrever os próprios poemas no estilo do profeta.

Fico imaginando como vão ser os poemas de Cara. Provavelmente vão irradiar sabedoria e certeza, com títulos do tipo "Como se tornar uma lésbica de sucesso" e "Como viver uma vida impecável".

— Agora, as duplas — começa a sra. Acosta. — Max, você vai trabalhar com a Tala. Lilith, com Bea. Rashad, com Olivia. E, Cara, você fará dupla com Mitra.

Os olhos de Cara se voltam para os de Bea, depois para os meus, enquanto todo mundo se levanta e se acomoda em um novo assento. Eu me pergunto se ela e Bea têm algum tipo de telepatia de ex-namoradas. Sinto o estômago embrulhar quando me viro para Cara.

Ela coloca os textos no chão e suspira.

— Esse tema é meio difícil.

— Você acha?

— Quis dizer, a ideia de que posso ter minha própria profecia, sem levar em conta a profecia dos meus pais, a dos pais deles e a dos pais dos pais deles. Tipo, eu e meu irmão crescendo nos Estados Unidos e recebendo uma boa educação, esses eram os maiores sonhos deles. Já estou vivendo a profecia deles. — Os olhos negros de Cara se fixam em mim. — Não sinto que tenho o direito de ter uma só minha.

— Eu entendo — digo.

Faz tempo que Cara não fala de um jeito tão verdadeiro comigo. Mas nós duas sempre compartilhamos esse território. Ela entende o que é ser uma filha de imigrantes de segunda geração. Nós duas carregamos as histórias dos nossos pais nos ombros.

Pensando bem, é tudo muito católico. A culpa, o sacrifício. A ideia de que nascemos manchados, seja pelo "pecado original" ou pelos traumas dos nossos pais.

— Não dá pra criar a própria profecia quando se herda uma história que outra pessoa já começou a escrever — continuo.

Minha mãe deve ter tido uma profecia para Azar e para mim antes de a dependência obstruir tudo. Eu me pergunto o que ela imaginou quando tinha 17 anos e sua família deixou o Irã. Eu me pergunto se Jaleh pensou que daria à luz duas meninas que cresceriam mais livres do que ela.

Cara coloca uma mecha do cabelo atrás da orelha.

— Mas também... o objetivo dos sacrifícios dos meus pais deve ter acontecido para que a gente pudesse viver o melhor da vida, sabe? Então, talvez eu *devesse* estar vivendo a minha verdade e tudo isso. Ou, não sei. Será que existe um jeito de fazer as duas coisas?

— Talvez essa seja a sua profecia — proponho. — Descobrir como fazer as duas coisas.

— E a sua? — pergunta Cara, olhando de relance para Bea. — É sobre *amor?*

Percebo uma diferença no tom de voz dela, e talvez Cara esteja apenas tentando me provocar, mas sinto um formigamento na pele.

— Talvez.

— Deveria ser sobre como preservar algo bom quando você tem. — Ela ri. — Sobre como não estragar as coisas, feito eu. — Ela faz uma pausa de um segundo e depois engole em seco. — Estou feliz por você, de verdade.

Minha garganta fica seca.

Ela deve estar tentando ser simpática, fazer piada com a situação constrangedora ao mencionar o fato de eu estar namorando a ex dela. Mas tudo o que ouço nessas palavras são rios de arrependimento e ciúme. Cara queria não ter terminado com Bea.

Do outro lado do círculo, Bea agita as mãos no ar enquanto descreve sua profecia para Lilith. Meu coração bate tão alto que sinto como se tivesse debaixo d'água.

Eu estava errada sobre o poema profético de Cara. Ela já pensou no título: "Três passos simples para fazer a namorada da sua ex virar uma poça de insegurança".

DIÁRIO DE POESIA

Tema: O profeta

Praia

Eu vejo o navio no horizonte,
uma mancha preta arruinando o borrão
de azul descomplicado, arrastando

temor por meu coração. Ele promete
tudo: um mundo fora dessa tumba
selada da Santa Trindade, uma passagem

para longe desta ilha, talvez êxtase e
talvez terror, um barco em direção à
mudança, sumindo do mapa das águas

que conhecemos. Você vai subir a bordo
comigo? Ou está observando as ondas
em busca do próprio presságio, outra

carga sem âncora? O tempo passa
por mim como o vento, ainda tenho tanto
a te dizer, ou mais, coisas que sonhei

que poderíamos ser uma para a outra.
Mas minha boca entende a
inutilidade do próprio idioma.

Não tenho nenhuma profecia para você. Apenas
este coração, esta mão aberta, o desejo
de ficar aqui na praia com você.

Muito bem, Mitra. O eu-lírico menciona não ter uma profecia para o leitor, mas não se esperava que o profeta de Gibran predissesse o futuro. Apenas que refletisse sobre a vida como ele a via. Também foi exposto algumas reflexões significativas em relação à preciosidade do tempo, da mudança e da conexão (entre o "eu" e o "você"). Gostaria que você as aprofundasse, talvez em um próximo poema. Como esses três temas já se apresentaram em sua vida antes?

— Senhora Acosta

TRIÂNGULO AMOROSO

Na sexta-feira, depois da escola, damos uma carona para Azar até a casa da amiga dela perto do clube de campo. Nem Bea nem eu estamos com vontade de ir para casa ainda, então vamos até o riacho Kelsey, em Gary, e paramos perto do córrego. O fluxo de água está intenso devido aos meses de chuva, arrastando montes de terra e grama da margem. Agora tudo tem um tom de verde: a grama, o musgo e as árvores cobertas de líquen.

Bea flexiona as mãos no volante.

— Você soube que a Emily T. pegou mononucleose? Ela teve que desistir do musical.

— Que saco.

Emily T. iria interpretar Éponine, uma personagem importante para ter que ser substituída a essa altura do campeonato. Cara deve estar desesperada neste exato momento. Eu me sinto mal por ela estar em uma situação tão difícil, mas me orgulho ainda mais por não ficar feliz com a falta de sorte dela. Talvez eu esteja amadurecendo. Talvez eu esteja enfim me livrando da inquietação que comecei a sentir depois dos comentários estranhos de Cara na oficina de poesia.

— O que eles vão fazer? — pergunto. — Meu Deus, espero que a sra. Hastings não se ofereça pra fazer o papel como da última vez. *Mulherzinhas* não é a mesma coisa quando uma das *mulherzinhas* tem 63 anos.

Bea morde a unha do polegar e olha para mim.

— Eles estão meio desesperados. Cara me pediu pra fazer o papel.

— Uau. — Aquela sementinha de amadurecimento morre. — Eu entendo que ela esteja em pânico, mas o que estava pensando? Quer dizer, ela leu o roteiro? Éponine e Cosette ficam, tipo, presas em um triângulo amoroso angustiante durante a peça inteira. — Eu dou risada. — Não é o tipo de papel que alguém ia topar fazer com a ex. O que ela disse quando você recusou?

Bea me olha de relance.

— Eu não recusei. Quero fazer.

Sinto um buraco enorme se abrir na barriga.

— Como assim? Por quê?

— É a minha última chance de fazer um musical antes de a gente se formar — explica Bea. — Acho que vai ser divertido.

Solto o cinto de segurança e me viro para Bea.

— Mas Cara partiu seu coração.

— E ele não está mais quebrado, obviamente. — Bea faz um gesto entre nós duas. — Você fica mesmo chateada com isso?

Passo a mão pelo rosto, tentando pensar em alguma coisa, qualquer argumento racional que faça Bea perceber o desastre que isso pode virar. Mas meu coração está acelerado e minha mente, entulhada de pensamentos frenéticos que não posso admitir.

A própria Cara falou: ela tinha uma coisa boa com Bea e estragou tudo. Talvez esse seja o jeito que achou de tentar voltar com Bea.

Bea deve ter percebido, certo? E ela está escolhendo dizer sim à Cara apesar disso.

Eu faço de tudo para erradicar a voz que transforma meu pior medo em uma provocação: Bea disse sim porque parte dela ainda quer ficar com Cara. Bea pode me amar, mas Cara foi seu primeiro amor. Isso a mudou de maneira fundamental. Bea nunca vai esquecer de como se sentiu.

A voz da minha mãe ecoa por mim, trazendo as palavras de Rumi. "O amor nutre e conserta." Talvez nosso relacionamento tenha mesmo consertado o coração partido de Bea. Mas não posso depender de um talvez.

Abafo as palavras de Rumi com minha própria verdade: *Não posso perder Bea*.

— Eu só... não acho que você deveria participar — digo. É o único argumento em que consigo me concentrar em meio à tanto medo. — Por favor. Pensa melhor.

Bea se vira para o para-brisa e encosta no assento, observando o riacho passar.

— Você precisa confiar em mim. Depois de tudo o que passamos, deve saber que estou nessa com você.

Não sei como reagir. Amo Bea mais do que tudo. Mas tudo o que consigo ver é o rosto dela molhado de lágrimas no Halloween e em tantas noites posteriores. Ela chorou até ficar com dor de estômago, até não conseguir mais respirar. Ficou devastada e esgotada.

Ela deve saber que participar do musical pode não ser bom. Isso sem falar em todas as noites que vai ter que passar ensaiando cenas repletas de desejo, inveja e amor... ela precisa entender que essas emoções podem se infiltrar na vida real.

— Você não está enxergando as coisas do meu ponto de vista. — rebato. — Eu sei que você me ama. Sei de verdade. Mas... só não vejo nenhuma vantagem em participar do musical, entendeu? Sinto muito que a Cara esteja em uma situação difícil, mas não é você que tem que sair correndo sempre que ela precisar de ajuda. Ela pode resolver isso sem você.

Bea balança a cabeça e coloca a chave na ignição.

— Tudo bem, Mitra.

Ela volta para a avenida e segue para o leste.

— Pra onde estamos indo?

— Vou te deixar casa. — Sua voz é firme e baixa. — Você não consegue nem dizer que confia em mim, né? — Bea fixa os olhos na estrada à frente. — Isso é por causa de tudo o que aconteceu com a Harper?

Se existe uma ferida de Bea na qual eu nunca quero tocar, é essa. Durante todo o relacionamento com Cara, ela esteve insegura, achando que não seria levada a sério, que Cara não confiaria nela por ter traído a última namorada. No primeiro ano, Bea namorou uma garota chamada Natalie, mas aí conheceu Harper, da escola Nossa Senhora das Mercês. Bea tinha 14 anos, e as duas estavam no Snowflake Lane bebendo chocolate quente como se tivessem saído de um filme romântico de Natal quando se beijaram. Eu falei para Bea um milhão de vezes que ela deveria se perdoar, mas ela tinha certeza de que teria que suportar a vergonha de seu erro em todos os futuros relacionamentos pelo resto da vida. Quando Cara terminou com ela, só reforçou essa crença.

— Eu... Não tem nada a ver com isso! — retruco. — Só estou falando que participar da peça não é uma boa ideia.

Bea não olha para mim quando paramos em um sinal vermelho.

— Você sempre disse que não me julgava pelo que aconteceu. Que estava tudo bem, e que as pessoas cometem erros. Achei que você, mais do que qualquer outra pessoa na minha vida, me veria para além do que eu fiz. Mas acho que tudo o que você disse só valia para quando éramos amigas, né? — Ela crava as unhas no volante. — Agora que estamos namorando, você não confia em mim. Acha que eu te trairia.

O que aconteceu com Harper nem tinha me passado pela cabeça. Não se trata de Bea ter traído alguém. É sobre eu não ter certeza de que ela me ama — *de verdade* — do jeito que amava Cara.

— Ei. — Eu toco o ombro dela. — Bea, você sabe que eu não estava falando disso.

Bea estaciona em frente à minha casa.

— Eu vou participar da peça. — Ela não tira os olhos do para-brisa. — Você que decide se vai confiar em mim ou não.

Ela aperta o botão para destravar a porta e gesticula para que eu saia do carro. Fico na entrada da garagem, com a mochila nas costas e a cabeça a mil. Rumi fez promessas falsas. O amor não conserta, ele quebra.

MULHERES IMPORTANTES

Pouco depois que comecei a estudar na Santa Trindade, a escola organizou um evento para mães e filhas. Ou Dia das Mulheres Importantes, como chamaram de última hora, para incluir as meninas sem mães. A recepcionista que cuidava das inscrições garantiu a meu pai que Azar e eu poderíamos participar como uma dupla e que não ficaríamos deslocadas no dia. Eu não queria ir, mas minha irmã estava totalmente enfeitiçada pela programação, que incluía se vestir com roupas elegantes que não eram o uniforme, tomar um brunch especial na escola em um domingo e fazer um passeio de barco pelo lago Washington durante a tarde. Azar escolheu um vestido verde-limão e prendeu o cabelo com grampos, enquanto eu tentava me camuflar na arquitetura com meu suéter azul-marinho.

Assim que chegamos à escola, minha irmã e a nova melhor amiga dela grudaram uma na outra como ímãs. E ela não foi a única — a maioria das meninas havia trocado as suas "mulheres importantes" por amigas, deixando que as mães se reunissem nas mesas no auditório, com mimosas e pãezinhos de canela.

Então a recepcionista estava certa: não íamos ficar deslocadas por termos ido sem nossa mãe. *Eu* que ia ficar deslocada por não ter nenhuma amiga.

Eu me sentei em uma mesa vazia decorada com hortênsias azuis e uma toalha cor-de-rosa, comendo um pratinho de ovos mexidos e batata rosti. Os ovos não chegavam aos pés dos temperados com cúrcuma que meu pai fazia em casa. O sistema de som alternava entre uma curta playlist de mulheres emotivas, como Adele e Taylor Swift.

Quando começou a tocar uma música de Celine Dion, uma voz irrompeu atrás de mim.

— *For all those times you stood by me… for all the truth that you made me see…*

"Por todos aqueles momentos que você esteve ao meu lado... Por toda a verdade que você me fez entender..."

Eu me virei e deparei com Bea arrastando uma cadeira dobrável a meu lado.

— Como você sabe a letra? — perguntei, já sorrindo.

Ela fechou os olhos e continuou:

— *You were my strength when I was weak... you were my voice when I couldn't speak...*

"Você foi minha força quando estive fraca... você foi minha voz quando não pude falar..."

Ela agarrava as alças do macacão desbotado que vestia enquanto cantava.

Só tinha passado uma semana e meia desde que nos conhecemos através da fatídica bolinha de papel com o bilhete. Nós tínhamos começado a nos sentar lado a lado no primeiro período, mas eu nunca a tinha visto fora do horário da escola. Naquele dia, Bea estava usando uma camiseta laranja vibrante por baixo do macacão, além de purpurina sob os olhos e uma margarida falsa presa no cabelo cacheado.

— Essa música já tocou três vezes — comentou ela, interrompendo a cantoria para dar uma mordida no pãozinho de canela. — Se tocar de novo, vou hackear o sistema deles.

— Ou você pode apenas aceitar — falei, batendo o punho no peito como Celine Dion faz no clipe.

Ela ergueu as sobrancelhas acima dos óculos.

— Tá bom, então. Sua vez. — Começou a tocar outra da Adele, e Bea puxou meu braço. — Não finge que não sabe a letra!

— *Hello* — sussurrei para ela. — *It's me.* — Minha voz foi ganhando coragem à medida que eu cantava o começo da música.

No final, estávamos correndo pelo auditório, gritando "*Hello from the outsiiiiiiiiide*" tão alto que um funcionário pediu que modulássemos o tom de nossa voz.

Quando recuperamos o fôlego, Bea pegou minha mão e a balançou entre nós.

— Vamos ser amigas — disse ela.

Talvez tenha sido fácil para ela fazer uma nova amiga. Me escolher. Mas eu nunca tinha tido uma melhor amiga. Havia crianças com quem conversava na sala de aula e com quem eu me sentava no almoço, além de alguns convites para festas de aniversário, mas nunca aquilo. Eu nunca havia tido uma Bea.

É por isso que eu resisti tanto a declarar meus sentimentos por ela. É por isso que eu tinha a regra de nunca deixar meu amor por ela transparecer. Havia um motivo para eu ter ficado em silêncio por anos. Eu sabia o que poderia perder.

DIÁRIO DE POESIA

Tema: O profeta #2

Conchas quebradas

Khalil escreveu que *a dor é a quebra*
da concha que aprisiona a
compreensão. Eu fui imprudente

com as palavras, deixei que
rasgassem meu mundo como um animal
selvagem, estilhacei as conchas

em lâminas minerais sob
a maciez dos meus pés. Ela costumava rir como
a alegria sem reservas cresce livre

até que minhas palavras roubaram a paz
entre nós. Portanto, se eu tiver que ocupar o lugar do
profeta, e as pessoas esperarem

palavras de sabedoria, digo que: segure
sua língua, fortaleça as paredes dentro das quais
mora seu coração, o cálcio constrói

conchas, mas também ossos, seja
inquebrável: torne-se a
coisa mais resiste que conhece.

Pensamentos pungentes e dolorosos sobre mudança, Mitra. Algumas reflexões para esse profeta: será que endurecer protege de fato o orador? Ou limita seu potencial para uma maior capacidade de compreensão e conexão? Estou curiosa para saber o que aconteceria se o orador quebrasse de vez a concha!

— Senhora Acosta

BRIGA

Bea não me manda nenhuma mensagem durante o fim de semana e não quer falar comigo na escola. Ela se senta do outro lado da sala na oficina de poesia, afundando na mais profunda das poltronas. Eu só me permito observá-la escrevendo, quando sei que não vai estar olhando de volta.

O silêncio só aumenta minha raiva. Estou com raiva de mim, de Bea e de Cara, e nem sequer tenho como dar vazão a isso, por causa da nova regra do poema sem fim: nada de textos raivosos. Nada de briga no Livro. Então, em vez disso, me concentro na aula. Releio as páginas de *O profeta* durante o tempo de escrita livre, na esperança de que, de alguma forma, elas mudem alguma coisa.

Mas Khalil Gibran pode profetizar o quanto quiser; isso não muda o fato de que eu estraguei tudo, exatamente como Cara me avisou para não fazer.

NOWRUZ

No sábado, faltam duas semanas para o Ano-Novo persa, o Nowruz. Desde que nos mudamos para Bellevue, esse tem sido um feriado tranquilo na nossa casa: Azar faz um bolo de amor pegajoso e amendoado; meu pai prepara peixe e *sabzi polo* com ervas; e eu tento cultivar minha própria grama de trigo e jacinto para o altar de Haft-Sin. Ouvimos música iraniana e, às vezes, Bea vem para ler Hafez com a gente, depois tiramos uma soneca no sofá com a barriga cheia de arroz. É um jeito bem contido de celebrar a chegada da primavera, mas eu gosto.

Este ano é diferente. Jaleh consulta o meu pai pelo telefone e, em seguida, ele comunica que ela está nos esperando no domingo, para um jantar de Nowruz antecipado no apartamento dela.

Não é uma pergunta. E não tenho nenhuma boa desculpa para não ir; Bea e eu mal nos falamos a semana toda, então não posso dizer vou fazer alguma coisa com ela.

Ele nos leva até o apartamento da minha mãe em Highlands no domingo à noite, embora dê para ir a pé da nossa casa.

— Ainda nem é Nowruz — reclamo. — Não sei por que a gente precisa ir.

Desde que Jaleh voltou para nossa vida feito um ciclone há pouco mais de um mês, Azar tem passado a maioria dos sábados na casa dela, mas eu ainda nem vi o apartamento.

— O Nowruz é uma época para recomeços — relembra meu pai. — Por que você não dá uma chance a ela?

Ele não precisa me lembrar. Só estou no carro porque a culpa e o peso do feriado são esmagadores. O Nowruz é sobre a renovação e a purificação de energias antigas para abrir caminho para a promessa de um ano novo melhor. Mas meu espírito está todo esquisito para o feriado: meu relacionamento está carregado de tensão, e eu estou presa no passado com Jaleh.

O Nowruz deveria ser uma época para visitar e honrar os mais velhos também — uma chance de prestar respeito aos adultos que são importantes para cada um. Com Jaleh a poucos quarteirões de distância durante o Nowruz, sou confrontada com a realidade gritante de que ela esteve sozinha e não recebeu visitas nos últimos quatro anos.

Fico imaginando os Nowruzes que ela passou longe de nós: sozinha em Sacramento, na bancada da cozinha de algum apartamento desconhecido que eu nunca visitei, comendo kebab e arroz de algum restaurante iraniano. A pior parte é quando a imagino preparando o Haft-Sin sozinha. O altar deve conter sete itens que começam com a letra S e que representam intenções de crescimento e vida nova para o ano novo. Sete símbolos para seus desejos, para dar as boas-vindas ao amor, à saúde, à sabedoria e à renovação. E à paciência.

Eu me pergunto quais são as intenções da minha mãe para este ano.

Meu pai fica parado na rua, em frente ao apartamento de Jaleh, enquanto Azar me guia até a porta. No batente, há uma hamsa prateada no batente da porta, com um *cheshm nazar* em azul no centro. A visão julgadora da hamsa com o desenho de olho para espantar o mau-olhado me puxa de volta para o passado. Quando eu era criança, passava por essa hamsa todos os dias ao entrar e sair da casa em Sacramento. Aquilo simbolizava meu *lar*. E, agora, está aqui.

Azar tira a alpargata na porta e espera para que eu faça o mesmo. Não gosto do fato de ela saber todas as regras da casa de nossa mãe e eu não. Tiro meu tênis de cano alto.

— Seja legal — diz ela.

Azar abre a porta sem bater.

Lá dentro, Jaleh colocou para tocar uma música persa clássica, com violinos e cítara, e o *bum, bum, bum* de um tambor *tombak* nos recebe. O apartamento está impregnado do cheiro de salsinha, cardamomo e arroz fritando.

— Oi, meninas! — Minha mãe está na bancada da cozinha, que está repleto de ramos de ervas verdes. Jaleh limpa as mãos no avental e abre os braços para nós. — *Nowruz Mubarak*!

— Humm, o cheiro tá bom, mãe.

Azar aceita o abraço.

— A gente trouxe isso pra você — falo, estendendo um vaso de plástico que tem um bulbo de jacinto com três hastes grossas. Duas das hastes estão desabrochando em flores roxas.

— Que lindo. — Ela sorri para mim. — Obrigada, Mitra.

Ela coloca o jacinto no pequeno Haft-Sin que montou sobre uma mesinha de centro na sala de estar e jantar. O apartamento é pequeno e novo, mas também estranhamente familiar. Os quadros de copos-de-leite que ficavam no quarto dos meus pais na casa de Sacramento estão pendurados atrás do sofá. Uma poltrona verde-limão da nossa antiga sala jaz em um canto perto da janela.

Quando éramos pequenas, Azar e eu usávamos aquela poltrona para construir uma cabana com lençóis, depois enchíamos a parte de dentro de travesseiros. Mamãe enfiava a cabeça lá dentro para nos entregar um lanche. Quando chegava a hora de desfazer a cabana, o papai atropelava tudo como um gigante e arrancava os lençóis, e a gente gritava e ria lá dentro.

Tudo no novo apartamento de Jaleh é colorido e cheio de personalidade, assim como minha mãe, embora seja mais organizado do que eu me lembrava.

Jaleh percebe que estou observando tudo.

— Azar, você mostra a casa para sua irmã? — sugere ela.

Azar me guia pelo resto do pequeno apartamento, e eu assimilo todos os outros toques familiares: o tapete persa no corredor, o abajur de vidro verde. Há uma foto emoldurada de Azar, nossa mãe e eu, de pelo menos dez anos atrás, tirada no jardim dos fundos da casa de Sacramento. Estamos sorrindo, com a cara toda suja de melancia. No banheiro, há um porta-joias de arame com todos os colares e brincos de Jaleh. Passo a mão sobre as peças que já conheço: abalone, ouro, turquesa e jade. Cada uma delas me traz uma lembrança diferente.

— Aqui é o meu quarto. — Azar aponta para um pequeno cômodo com camas de solteiro. — *Nosso* quarto — corrige.

Azar colou algumas fotos dos amigos nas paredes, e a escrivaninha está coberta de esboços para futuros projetos de arte. Uma das gavetas da cômoda está entreaberta, com a perna de uma calça de pijama para fora.

Meu estômago revira quando observo o lado de Azar do quarto. Eu sabia que ela estava passando mais tempo aqui, mas não esperava isso.

Enquanto eu me distraía cuidando de outras coisas, Azar estava construindo uma vida aqui com nossa mãe.

Azar me pega observando o moletom favorito dela em cima da cadeira da escrivaninha.

— Você deixou aqui? — pergunto, tentando não soar acusadora, mas começo a ficar preocupada.

— Opa. — Ela o pega e o joga em direção à sua mochila de pernoite. — Esqueci da última vez.

— Meninas, vocês querem ajudar com o *kuku*? — questiona minha mãe, da cozinha.

Engulo o nó de pavor que se forma na garganta e me junto a ela na bancada. Eu me encarrego de colocar as uvas-espim de molho e picar as nozes para a fritada de ovos com ervas, ao mesmo tempo que Azar e Jaleh enxaguam ramos e ramos de ervas.

— Você tá vigiando o *tahdig* desta vez? — indaga Azar a nossa mãe, cheirando a panela de arroz fritando com desconfiança.

— Estou. Prometo. — Jaleh revira os olhos. — Eu só queimei *uma* vez. Azar não me deixa esquecer.

— Hum, é a parte mais importante da refeição — retruca Azar. — E você sempre se esquece de olhar.

— Não vou esquecer — insiste Jaleh. — Você não pode perturbar o *tahdig*. Ele precisa descansar em paz pra ficar gostoso.

— Parece que você tá falando de um bebê rabugento — diz Azar. — É arroz, mãe. É só olhar e ver se já tá douradinho.

— Não preciso ver pra saber quando está pronto — afirma Jaleh, batendo no nariz proeminente. — Eu sinto o cheiro.

— Ela sente o cheiro quando já tá fumegando — murmura Azar para mim, e as duas riem.

Jaleh atinge Azar com a ponta do avental.

Elas se sentem à vontade uma com a outra. Transitam entre assuntos como se fossem dançarinas profissionais.

Antes, minha relação com minha mãe era assim. Ela colocava o banquinho na cozinha da casa em Sacramento e eu me sentava enquanto ela cozinhava, entretendo-a com histórias. Eu moía açafrão com o almofariz e o pilão, e ela cortava cebolas em cubinhos e as refogava em azeite de oliva e cúrcuma até ficarem douradas. Minha mãe me deixava roubar um pouco do xarope de romã do pote antes de colocá-lo no ensopado. Nós trabalhávamos em sincronia, nos mexendo e cantando à medida que cozinhávamos, isso quando ela estava saudável.

Quando ela não estava saudável, as cebolas queimavam. Ela deixava o fogo aceso e ficava no quarto até que fumaça começasse a sair da cozinha. Fosse lá o que acontecesse com o *khoresh* e o arroz, era culpa minha.

Agora, nós dispomos todos os pratos sobre o balcão e pegamos os bancos para nos sentarmos durante o jantar. A comida tem o cheiro da minha infância. Tem *ash-e reshteh*, a sopa de macarrão espessa e cheia de ervas, arroz *tahdig* crocante, peixe branco com molho de endro e *kuku* com uva-espim.

Tento me lembrar da última vez que Azar e eu jantamos com nossa mãe. E isso me faz pensar em um sermão que ouvimos pouco tempo atrás sobre a Última Ceia. Quando Jesus fez a última refeição com os apóstolos, ele sabia que um deles o trairia. Ele previu que um deles também negaria conhecê-lo.

Fico me perguntando se, no nosso último jantar em família, minha mãe sabia que nós a deixaríamos. Se sabia que meu pai estava prestes a tirá-la de vez da nossa vida.

— Você mandou bem! — elogia Azar enquanto se serve de uma colherada de *sabzi polo*.

Jaleh respira fundo antes de falar:

— São todos os pratos que deixei de fazer para vocês duas durante o tempo em que ficamos separadas.

Azar aperta a mão da nossa mãe e depois me passa a colher para que eu me sirva. Mas eu só encaro Jaleh.

É isso que ela quer desse jantar? Nos encher de *tahdig* não vai apagar os últimos anos, por mais delicioso que o arroz frito dela seja. Ela age como se pudesse compensar todo o tempo em que não esteve por perto e reconstruir o relacionamento conosco, como se pudesse empilhar tijolos por cima dos entulhos de coisas demolidas há muito tempo.

Seguro a colher vazia conforme a raiva aumenta dentro de mim.

— Você vai se desculpar algum dia? Por tudo o que fez?

Azar pousa o garfo cheio de peixe e solta um suspiro. Mas minha mãe ergue o olhar para mim e o sustenta.

— Achei que minhas palavras não significariam nada — confessa Jaleh. — Já quebrei promessas muitas vezes. Qual seria o peso um pedido de desculpas agora? Queria mostrar para vocês que mudei por meio das minhas ações.

Ela apoia a mão sobre a minha no balcão, coberto por uma toalha de mesa ainda manchada do ponche da minha festa de aniversário de 5 anos.

— E eu sinto muito *mesmo*.

Não sei o que eu esperava sentir ao ouvir aquelas palavras. Achei que teriam *algum* significado para mim, mas fico apática.

— Tá bom — digo, por fim mergulhando a colher na tigela de *ash-e reshteh*. Vou comer a refeição de desculpas dela, porque seria uma tortura autoinfligida recusar a comida de uma mãe persa, mas não quero que ela pense que está perdoada.

O *kuku* tem um sabor verde-terroso e salgado, com notas de nozes. Cada uva-espim azeda faz explodir dentro de mim uma nova lembrança sensorial da culinária da minha mãe.

Quando terminamos de comer, Jaleh se vira para mim.

— Como vão as coisas entre você e a Bea? Ela é adorável.

Eu me concentro em juntar os últimos grãos de arroz no prato, enquanto minha mãe espera em silêncio.

— Ela e Bea brigaram — deixa escapar Azar.

— Aziz!

Eu lanço um olhar de advertência para ela. Talvez minha irmã se sinta à vontade para contar à nossa mãe tudo sobre sua vida pessoal, mas eu não.

— Que foi? — retruca ela. — A Bea quer participar do musical da escola com a ex-namorada, Cara. Ela é muito talentosa e bonita, então a Mitra ficou insegura e com medo de a Cara tentar roubar a Bea de volta. E a Bea tá irritada porque a Mitra não confia nela apesar de as duas terem dito que se *amam*.

Eu olho de cara feia para Azar, e ela apenas dá de ombros, enfiando um biscoito de cardamomo na boca.

— Seu humor tá péssimo a semana toda. E você me deu poucos detalhes com que trabalhar — explica ela. — Então tive que pedir mais informações pra Bea. Você nem me contou que vocês duas disseram "te amo"!

A farinha dos biscoitos *nan-e nokhodchi* incham ao redor das palavras de Azar, e ela termina seu monólogo tossindo com o pó seco de grão-de-bico. *Bem feito*. Minha mãe serve um pouco de *chai* para ela em uma xícara transparente.

Eu agarro a toalha de mesa. Lutei muito para manter minha vida em segredo da minha mãe desde que a deixamos. Quanto mais abro espaço para ela, mais Jaleh tem poder de me machucar.

— É uma situação difícil, Mitra — diz ela. — Mas, para manter um relacionamento, é preciso confiar na outra pessoa. Meu terapeuta diz que a confiança se constrói ao longo do tempo, que é como colocar um tijolo em cima do outro. Mas o amor e a confiança devem andar de mãos dadas.

O tom é instrutivo, como se ela estivesse orientando uma criança sobre um problema difícil de matemática.

— Ah, essa é boa vindo de você. Eu não pedi seu conselho. — Dirijo as palavras para o prato vazio. — Você não sabe nada da gente. Só encontrou a Bea uma vez. E não me conhece. — Eu crio coragem para olhá-la. — E não faz ideia do que é confiança.

— Mitra — avisa Azar, mas eu a ignoro.

Quero que Jaleh entenda que estou traçando um limite entre nós. Ela não vai entrar no meu coração como Hafez disse que iria. Não preciso dela.

— Consigo resolver isso sozinha. É o que tenho feito nos últimos cinco anos, e ando me saindo muito bem.

— Eu entendo. — Jaleh respira fundo e bebe lentamente o *chai*. — Eu também não gosto de conselhos indesejados. Inclusive, na sexta-feira, meu chefe me disse que o fato de eu usar um piercing no nariz no escritório era uma escolha "ousada".

— Quê? — retruca Azar. — Eles seguem o código de vestimenta da Santa Trindade no seu trabalho ou algo assim?

— Às vezes, parece que sim — desabafa Jaleh. — Faz só um mês que comecei lá e ele já tem uma opinião sobre tudo o que faço. Mesmo quando consigo obter um subsídio, se não for do jeito que *ele* faria, o homem reclama de alguma coisa.

Jaleh e Azar fofocam sobre o chefe e o emprego dela enquanto terminamos a sobremesa. Eu apenas bebo meu *chai* e como um *nan-e berenji*, assim como algumas *khormas*, usando os doces de desculpa para não falar. O biscoito de farinha de arroz derrete como uma nuvem de cardamomo na minha língua.

Quando termina o último biscoito, Azar vai para o sofá e estica as pernas nas almofadas.

— Acho que quero passar a noite aqui, mãe. Pode me deixar na casa do meu pai quando estiver indo pro trabalho amanhã de manhã?

— Claro. — Jaleh olha para mim. — Mitra, você também quer dormir aqui?

Tento ignorar a esperança na voz dela. Encaro o Haft-Sin, o jacinto, a maçã, o vinagre e todos os outros itens dispostos com cuidado naquele altar de intenções para o novo ano, e me pergunto o que ela quer de mim. Talvez queira que eu volte a ser a filha que era antes, moendo açafrão ao lado dela na cozinha, rindo, toda suja de tempero. Talvez Jaleh queira mesmo conhecer quem eu sou agora. Mas talvez não importe o que ela quer.

— É melhor eu ir pra casa — digo.

Ela percebe o que está implícito na minha voz. "Casa." Nós duas sabemos onde me sinto em casa, e não é aqui.

Jaleh assente.

— Espera um minutinho só para eu me arrumar e aí eu te dou uma carona.

— Não. — Energia se acumula nas minhas pernas quando me afasto do balcão e levo o prato para a pia. — Eu posso ir andando.

— Está escuro lá fora — argumenta Jaleh. — Pode chover.

— Estamos em Bellevue. Sempre pode chover.

— Para de ser teimosa — grita Azar para mim do sofá, onde ela se enrolou em um grande cobertor de lã.

— Vou ficar bem. — Eu me dirijo à saída sem abraçar nenhuma das duas para me despedir. — Obrigada pelo jantar.

Quando fecho a porta, a hamsa do batente me encara com seu olhar julgador.

FAZER AS PAZES

E chove mesmo. Caminho para casa pelas ruas arborizadas do novo bairro da minha mãe ao som do barulho da chuva no topo dos galhos cheios de folhas e da corrente do riacho Kelsey em algum lugar perto de mim. Estou me sentindo como o riacho, revirado e repleto de coisas há muito perdidas que se agitam e se chocam. Se eu conseguisse me acalmar por dentro, talvez voltasse a enxergar as coisas com clareza.

O único jeito que conheço para me acalmar é conversando com Bea. Quero que ela me diga que vai ficar tudo bem e que talvez um dia as coisas com minha mãe sejam diferentes. Bea é tão boa em ampliar a esperança. Todo o meu ser sente falta dela. Mas ela quer voltar a fazer parte do mundo da pessoa que a magoou, fingindo que dessa vez vai estar imune ao charme de Cara, como se, no final, todo mundo não fosse acabar se arrependendo.

Assim que começo a xingar as ruas escuras e assustadoras de Highlands, meu pai vira a esquina e me chama.

— O que você tá fazendo aqui? — pergunto, apesar de estar feliz em vê-lo.

— Azar mandou uma mensagem — diz ele, andando a passos largos ao meu lado. — Falou que você saiu de lá com raiva. E eu quis vir aqui te acompanhar.

Ele coloca a mão nas minhas costas, depois a deixa balançar ao lado.

— Obrigada.

Volto a prestar atenção no barulho da água, e todas as gotas de chuva murmuram "Bea, Bea, Bea" ao caírem sobre as folhas dos pinheiros.

— Sei que você está chateada com sua mãe — começa meu pai. Acho que ele é a única pessoa a quem Azar não contou sobre minha briga com Bea. — Mas acredito que você devia se dar a oportunidade de conhecê-la de novo.

Meu pai e eu sempre compartilhamos um senso interno e discreto de ordem. Nós criamos regras e as seguimos, e elas nos mantêm seguros.

Não sei por que ele decidiu violar essa ordem ao trazer Jaleh de volta para nossa vida.

— Olha quem fala — rebato. — *Você* nem foi no Nowruz com a gente. E não é você que está sendo obrigado a fazer as pazes com ela.

— É diferente para você e sua irmã. Ela é a mãe de vocês — argumenta meu pai, com um suspiro. — Quando ela ligou no verão passado, tentei imaginar como seria não ver você e Azar por anos. Não consegui. É doloroso demais.

— O fato de ser difícil pensar nisso não significa que tenha sido a escolha errada — retruco. — E não significa que você pode me forçar a ter contato com ela.

Meu pai diminui o passo e olha para mim.

— Você acha que é fácil para mim abrir mão de ficar com vocês duas? Ou ver Azar passando os fins de semana lá? Ele passa a mão pelo cabelo escuro. — Sua mãe tem uma doença, Mitra. Ela não pediu por isso. A dependência nos machucou de muitos jeitos, eu sei disso. Mas também machucou sua mãe. Ela tem se esforçado muito para continuar sóbria. Merece que reconheçamos isso.

Nossos passos sobre o cimento molhado conduzem a conversa pelo resto do caminho para casa.

Jaleh não me conhece, Azar não me ouve, e o meu pai continua traindo o próprio bom senso. Eu sei quem é a única pessoa que entenderia. E eu a afastei.

Bea, o que você diria agora?

Tento pensar na voz dela, imaginar as respostas que ela me daria. Mas minha versão imaginada de Bea não é nada em comparação à realidade. Quero que ela me abrace. Dê um jeito para que todos os meus problemas pareçam insignificantes diante do amor dela. Quero aquele cheiro de pele quente e a vibração da risada dela no meu corpo.

Mais do que tudo, quero confiar nela. Confiar nela da mesma forma que eu confiava quando Bea era apenas minha melhor amiga — quando o *amor* era algo mais simples e diferente do que é agora.

O QUE KYLA FARIA?

Na segunda-feira de manhã, meu pai pede um carro de aplicativo para ir trabalhar e me empresta o dele para eu ir à escola. Pego Azar no apartamento da nossa mãe cedinho e depois fico roendo a unha do polegar a cada sinal vermelho a caminho de Medina. Azar come o que sobrou de baclavá e toma um copão de *majoon* no banco do passageiro, então coloca um pedaço de *kuku* embrulhado em plástico no porta-copos do carro para mim. Ela me observa de canto de olho.

— Se você quer consertar as coisas, então conserta — aconselha ela, com a boca cheia de massa folhada.

— Você tá partindo do princípio de que a briga foi culpa minha — digo.

— Conhecendo você, deve ter sido mesmo — comenta ela, dando risada.

Azar faz a reconciliação com Bea parecer fácil. Eu não tenho nem ideia do que fazer para *consertar* as coisas.

Eu não deveria ter permissão para ter relacionamentos reais e maduros. Preciso de dispositivos de segurança, tipo tesoura sem ponta e protetor de tomadas, mas para me proteger da autossabotagem na minha própria vida amorosa. Se Bea me perdoar, juro que vou ser cuidadosa, atenciosa e esperta daqui para a frente.

Quando entramos no estacionamento subterrâneo, eu desligo o carro e me viro para Azar, mordendo o lábio.

— Como?

— Vamos lá. — Ela une a palma das mãos, se preparando como se fosse a pessoa para quem eu liguei como último recurso em um momento crítico de um game show. — Fala pra ela que você errou. Pede desculpas. Dê apoio. Em caso de dúvida, presentes são sempre bem-vindos.

— Mas como eu... mudo de verdade o que sinto em relação a ela e à Cara? — Suspiro no volante. — As duas estavam *apaixonadas*. Tipo, daqueles amores de mover montanhas, de buscar a lua pela pessoa. Isso não desaparece do nada só porque uma pessoa diz que o relacionamento acabou. E agora a Bea vai se inscrever pra compartilhar o palco com ela toda noite? As duas vão ficar lá em cima cantando canções de amor com o Spencer, que, sem querer ofender, se sairia melhor interpretando um objeto cenográfico. Ele tem zero presença de palco. — Recupero o fôlego. — É um tiro no pé. Pelo menos *uma* delas vai voltar a sentir a alguma coisa pela outra.

Azar se vira para mim, cruzando os braços. Parece tão formal, como se estivéssemos prestes a fazer uma coletiva de imprensa ou algo assim. "Notícia de última hora: irmã mais velha fracassa na primeira tentativa de ter um amor de verdade."

— Minha amiga Kyla passou pela mesma situação uma vez. Ela estava superinsegura porque o namorado dela, Cooper, estava trabalhando no anuário com a ex, e os dois sempre ficavam juntos até tarde depois da aula pra cuidar da publicação. Aí teve uma festa de fim de ano pra equipe do anuário, com uma banheira de hidromassagem... foi um evento.

— O que a Kyla fez?

Não acredito que quero saber sobre o drama amoroso de uma aluna do segundo ano que eu nunca vi na vida. Acho que atingi o fundo do poço mesmo.

— Bom, ela não queria dar uma de controladora e empurrar o Cooper pra ex dele, então fingiu que estava de boa até ficar de boa. Falou que estava feliz por ele ter hobbies extracurriculares e que não ligava que a ex dele estava participando. — Azar mastiga o último pedaço de baclavá, então continua: — Além disso, ela começou a jogar *ultimate frisbee*, e eles tinham os próprios jogos, festas e outras coisas. Kyla se dedicou a tudo isso e parou de ficar obcecada com o que Cooper estava ou não fazendo.

— Isso foi útil de verdade — digo.

Azar abre um sorriso enorme.

— Não fique tão surpresa. — Ela limpa as migalhas do colo. — Tem o porém que eles terminaram. Mas não teve nada a ver com a história do anuário. Kyla se apaixonou por um dos treinadores da equipe de *ultimate*. Mas essa história é pra outra hora.

Nós entramos no campus, Azar se despede e eu atravesso os corredores depressa em direção ao armário de Bea. Ela ainda não chegou, óbvio. Eu me sento encostada nos armários e abraço a mochila ao peito. "Fala pra ela que você errou. Pede desculpas. Dê apoio." Repasso o discurso de Azar na minha cabeça até ver o mocassim surrado de Bea à frente.

Faz mais de uma semana desde que ela sorriu para mim.

Levanto a mão para Bea, sem saber se ela vai aceitar, mas ela a segura e me ajuda a levantar. Seus olhos aguardam e seus lábios estão selados em silêncio.

— Eu confio em você — afirmo, as palavras abrindo caminho aos chutes para fora do meu peito. — Óbvio que confio em você. Desculpa por ter me passado. — Enfio as mãos nos bolsos do blazer. — E não teve nada a ver com a história da Harper. Juro. Eu nunca usaria isso contra você, tá bem? Sei quem você é e sei que posso contar com você. Você merece fazer o que quiser. Então vai lá, participa do musical.

Bea leva os dedos até meu queixo e inclina meu rosto para que eu a olhe.

— Obrigada — diz ela, com o primeiro brilho de um sorriso surgindo no rosto. — Eu entendo que seja estranho e desconfortável pra você. Mas não precisa se preocupar.

Coloco uma mecha de cabelo atrás da orelha e pego algo na mochila.

— Trouxe o Livro pra você — falo. — Nada de textos raivosos. Só... eu tentando descobrir como ser uma pessoa melhor.

Ela pega o Livro e me abraça.

— Não gosto de não falar com você. Não vamos fazer isso de novo.

Se estivéssemos em um lugar reservado, eu encheria as bochechas dela de beijos e aproximaria meus lábios dos dela para que Bea sentisse minha determinação. Mas vou me contentar em abraçá-la com força.

Quando nos separamos, o rosto de Bea se ilumina e seus olhos brilham atrás dos óculos.

— Jesus Cristo, Mitra. Tem *uma semana* de histórias que estou louca pra te contar.

Tento saborear a doçura de voltar a falar com Bea. Mas essa foi a primeira mentira que contei para ela desde que começamos a namorar. "Eu confio em você."

E eu queria confiar. Mas não confio.

Mitra

nós é uma palavra tão generosa
quanto sua fé retumbante em mim,
uma palavra que vou me esforçar

para merecer, à procura da
única verdade: o amor que aguça
minha audição à batida de todos os

corações, tão certo quanto
os quatro anos de poemas-presentes
que você gravou

em mim, mesmo quando meus pés
estão fixos na lama das
minhas próprias limitações

você me nutre, injeta
oxigênio neste lugar
faminto — então vou lutar

pelo seu amor, lutar por
mãos corajosas o suficiente para
achar a pulsação do que nós somos, outra vez

Bea

outra vez, os olhos da minha mãe acompanham a passagem
das contas de rosário que abrigam Ave-Marias e
Pai-Nossos sob a língua em minha honra,

como se eu fosse um problema consertável pelos encantamentos dela,
só que ela é educada demais para dizer isso na minha cara,
então ela e meu pai disfarçam a decepção com

frases feitas: que legal que você e a Mitra estão juntas,
mas é melhor não falar para sua abuela, você sabe que ela tem
o coração frágil, e por que você tem que ser tão

exibida com essas roupas e esses
poemas e essas músicas, você não pode baixar a bola?
como todas as pessoas queer confinadas antes de mim, forçadas

a chamar os amores de amigos — não farei isso com a gente, Mitra
farei de cada beijo um protesto, cada segundo de mãos dadas
uma rebelião silenciosa, uma revolução nasce no nosso amor

UMA COISA SÓ PARA MIM

Sinto um alívio imenso agora que está tudo bem com Bea de novo. A terapeuta conjugal Azar se saiu bem mesmo dessa vez — tenho que me lembrar de fingir que está tudo bem até que fique tudo bem, como ela aconselhou. Talvez eu ainda não confie totalmente em Bea, mas posso fazer meu papel e ser uma boa namorada até que a confiança chegue.

Na sexta-feira, estou prestes a sair da sala da oficina de poesia, quando a sra. Acosta me chama.

— Mitra, você pode ficar mais um pouco, por favor? Gostaria de falar com você em particular.

Na porta, Bea solta minha mão e nossas bochechas ficam vermelhas.

— Desculpa — diz Bea para mim, sem emitir som, enquanto sai da sala de aula.

Já tínhamos entrado no modo fim de semana, por isso fomos descuidadas e não disfarçamos direito nosso relacionamento na escola. A oficina de poesia é reservada, então é fácil parecer o único lugar da Santa Trindade em que não temos que nos esconder. Além disso, com Max e Cara, nossa turma já conta com quarenta por cento de bandeiras do arco-íris. Mesmo assim, tenho que me lembrar de que esta ainda é uma escola católica conservadora e que, por mais legal que a sra. Acosta seja, ela ainda é uma ex-freira.

Respiro fundo ao fechar a porta entre mim e Bea. Pela janelinha, eu a observo andar de um lado para o outro no corredor.

— Hum, oi — respondo à sra. Acosta.

Tenho me exposto bastante no diário de poesia durante todo o semestre, mas ainda é difícil para mim me abrir com as pessoas cara a cara.

Ela vai para trás da mesa de madeira e abre a gaveta superior.

— Quer coelhinhos?

— Quê?

A sra. Acosta tira da gaveta uma bandeja de papel com marshmallows amarelos em formato de coelhos e mostra para mim.

— Fiz um estoque antecipado para a Páscoa.

Eu a vejo pegar um dos coelhinhos brilhantes e morder a cabeça dele.

— Sei que o coelhinho da Páscoa não tem nada a ver com a ressurreição de Jesus, mas preciso admitir que esses aqui têm um apelo sentimental para mim. Eu como desde que era criança. Não conta para o padre Mitchell — confidencia ela, e dá uma piscadela para mim.

Pego um coelhinho da bandeja e esmago seu corpo macio entre os dedos. A sra. Acosta se senta em uma poltrona cáqui e eu me acomodo na cadeira ao lado dela, mordiscando as orelhas do coelhinho. A explosão de açúcar crocante domina minha boca.

— Pensei que poderíamos conversar sobre as faculdades que você está considerando — diz ela.

— Ah.

Meu rosto relaxa. Tento me recuperar da preocupação que senti pouco antes, quando achava que ela me repreenderia por ficar de mãos dadas com uma garota na sala de aula.

A sra. Acosta inclina a cabeça, a correntinha dos óculos dela balança.

— O que estava esperando?

— Não sei. — Minha boca abre e fecha como se eu fosse um fantoche de meia. E então eu apenas deixo escapar: — Sou bissexual.

A sra. Acosta assente devagar.

— Tudo bem.

— Só pro caso de isso afetar o que mais a senhora ia dizer — continuo, me embaralhando.

Ela ajusta os óculos e me observa, paciente.

— Como sua sexualidade afetaria nossa conversa sobre seu futuro universitário?

— A senhora é *freira* — retruco, alto demais. — Achei que não iria querer me ajudar com as coisas da faculdade se soubesse disso.

A sra. Acosta fica em silêncio por um minuto e então junta as mãos no colo.

— Eu tenho uma filha — revela ela. — Ela tem 45 anos. Mora em Vermont, com a esposa.

Meus olhos parecem que vão sair da órbita. Eu não sabia que alguém da Santa Trindade tinha um filho queer. Nem que alguém admitiria isso, se tivessem mesmo.

— Eu costumava ter uma ideia fixa sobre o que significava ser gay, ter um filho gay — conta Acosta. — E essa ideia acabou me impedindo de enxergar de verdade, de conhecer de verdade a minha filha por vários anos. Eu perdi muita coisa. — Ela levanta o dedo indicador. — Lembra o que o papa Francisco disse?

— A realidade é mais importante do que as ideias — recordo.

A sra. Acosta assente.

— Estou interessada na sua realidade, Mitra — diz ela. — Pois bem, sobre suas escolhas de faculdade. Conversei com a orientadora educacional e ela mencionou que você se inscreveu na Faculdade Reed.

— É.

Ainda estou em choque com a filha queer da sra. Acosta, mas agora tenho que processar o fato de ela ter conversado com a orientadora sobre mim.

— Foi a minha alma mater, e eu lecionei lá por onze anos. Ainda tenho contato com um professor associado de poesia no departamento de escrita criativa, o professor Gutierrez. Houve uma época em que ele foi meu pupilo. Se estiver disposta, gostaria de trabalhar com você no desenvolvimento de um portfólio de poemas para apresentar ao chefe do departamento. — Ela pega outro coelhinho amarelo. — Não é comum aceitarem calouros no curso de escrita criativa, mas é possível.

Meu cérebro reinicia por completo.

— Por quê? — pergunto. — Por que a senhora quer me ajudar?

A sra. Acosta sorri.

— Acho que você tem talento. É extremamente promissora. Os trabalhos do seu diário de poesia floresceram ao longo das aulas. Espero que não se importe, mas já compartilhei um dos seus poemas com o professor Gutierrez, e ele ficou interessado em ver mais.

— Sério? — Não sei como responder ao elogio. Encaro a borda cintilante da baía de Meydenbauer pela janela. — Eu não sei. Dizem que é difícil estudar na Reed, muito puxado. E é muito cara. Bea e eu já decidimos que vamos para a UW juntas, se conseguirmos entrar.

— Você não precisa se comprometer com nada — garante a sra. Acosta. — Este é um momento para explorar as opções. É uma ótima oportunidade para expandir os horizontes para o próximo ano.

Ninguém nunca sentou comigo para conversar sobre o futuro desse jeito. Meu pai sempre nos incentivou a ir para a faculdade, mas isso é porque ele enxerga o ensino superior como uma estratégia de sobrevivência, uma maneira de Azar e eu nos sustentarmos enquanto filhas de imigrantes que não possuem uma rede de segurança muito extensa. Na Santa Trindade, a maioria dos professores me tratou, na melhor das hipóteses, como uma aluna atípica e não católica e, na pior, como uma alma perdida. A sra. Acosta fala do meu futuro como se fosse algo em que valesse a pena acreditar. Como se *eu* fosse algo em que valesse acreditar.

É uma oferta intimidadora, mas não quero ignorar esse presente que a sra. Acosta está me oferecendo. E as palavras de Aziz voltam à minha mente. Pela primeira vez em muito tempo, vou ter um projeto só meu. Bea tem a peça, e eu posso ter isso.

— Obrigada — digo. — Sim, tudo bem. Quero trabalhar no portfólio com a senhora.

— Que bom — responde ela, levantando-se. — Por que você não tenta criar alguns poemas novos? Também podemos selecionar os melhores do seu diário de poesia.

Eu me sinto mais leve quando fico de pé.

— Vou começar a trabalhar nisso — asseguro à sra. Acosta.

Ela tira outro coelhinho da bandeja de papel enquanto me dirijo à porta.

— Leva um para a sua namorada — sugere ela.

Coisas que não importam quando se está escrevendo poesia

- O fato de que, em alguns dias, o ensaio da peça vai até depois das nove da noite.
- O que acontece entre Éponine e Cosette nesses ensaios.
- Por que sua namorada demora tanto para responder às mensagens.
- Sua namorada perguntando o que aconteceu no Nowruz e "Quando vai ver sua mãe de novo?".
- O fato de que seus pais saíram para tomar chá sozinhos e "colocar a conversa em dia".
- Por que Azar deixa mais e mais coisas na casa da mãe de vocês sempre que a visita.
- O fato de que Azar quer passar cada vez mais noites de semana lá.
- Como vai ser seu futuro.

NÃO É MENTIR, É APENAS SER GENTIL

Li uma vez sobre um pintor que dizia que tudo o que ele via no mundo era filtrado por suas tintas em óleo. Quando olhava para os milhões de tons de verde em uma árvore iluminada pelo sol, as engrenagens do cérebro dele começavam a girar. Ele via exatamente quais amarelos, verdes, azuis e marrons misturaria na paleta para recriar aquelas cores. Era pintando que esse pintor dava sentido a tudo o que via.

Depois de duas semanas trabalhando no meu portfólio para a Reed, sinto a mesma coisa em relação à poesia. Ela me dá um lugar para filtrar tudo — as perguntas que não posso fazer à minha mãe, o formigamento perfeito dos lábios de Bea nos meus e o desconforto estranho que sinto ao esperar o fim dos ensaios de *Os miseráveis*.

Quando enrolo o cabelo de Bea no dedo, meu cérebro oferece uma série de palavras na tentativa de prender-se ao conforto suave dos cachos dela. Na baía, o sol do início da primavera desperta todas as cores que adormeciam sob o cinza do inverno, e eu quero nomear todas elas. À noite, estrofes de poemas voam atrás das minhas pálpebras e eu as escrevo no bloco de rascunho na mesa de cabeceira. Às vezes, é apenas uma palavra que eu queria capturar e guardar para mais tarde, como "translúcido" ou "estorvo". Essas palavras-presentes me recebem pela manhã, me acordando como um café forte.

A sra. Acosta diz já perceber a mudança. Ela devolve os poemas do portfólio com carinhas sorridentes, sublinhados e algumas sugestões ou perguntas. As anotações são coisas do tipo "aprofundar isto" ou "continuar esse pensamento". Nunca pensei que alguém além de Bea entenderia ou se importaria com o que tenho a dizer. E meio que não consigo acreditar que a pessoa que entende é uma beata católica de quase 80 anos.

Hoje de manhã, depois da aula, a sra. Acosta me disse que havia marcado uma visita à Reed para mim neste fim de semana, com um convite para assistir a uma das aulas do professor Gutierrez, Poéticas de Resistência e Resiliência. Quase desabei e dei um abraço apertado nela ali mesmo, mas a notícia veio acompanhada por um soco de culpa na barriga. A Reed é muito cara para meu pai pagar e, se eu dissesse que gostaria de estudar lá, ele tentaria dar um jeito, mesmo que envolvesse grandes sacrifícios. Não quero fazê-lo passar por isso. E já decidi que vou para a UW com Bea. Estamos ansiosas para a próxima segunda-feira, quando os e-mails de admissão serão enviados. Parece egoísmo imaginar um futuro diferente daquele que sonhamos — uma coisa só para mim.

Não contei para Bea sobre a visita nem sobre o plano da sra. Acosta para me ajudar a montar um portfólio para o programa de escrita da Reed. Não quero que ela sinta que estou fazendo planos sem ela. Estou me sentindo estranha com tudo isso, quase como se fosse uma traição *acadêmica*. Mas decidi que não é mentir, é apenas ser gentil — por que preocupá-la com a possibilidade de seguirmos caminhos diferentes no ano que vem se não há a mínima possibilidade de eu acabar indo para a Reed? Bea e eu enfim demos um jeito de transformar nossa amizade em algo mais. Não vou complicar isso com um desejo improvável.

Mesmo assim, algo dentro de mim não para de gritar: *vai, vai, vai*. Só por um fim de semana. Só para ver como é. A sra. Acosta acredita em mim e na minha escrita, e ela se esforçou muito para organizar a visita. Seria rude desperdiçar a gentileza dela.

Só preciso fazer com que meu pai concorde. Não sei por que estou tão nervosa para pedir. Não é como se eu fosse perder alguma coisa se ele dissesse não. Mas meus dedos se inquietam quando penso em dar voz a esse desejo.

Crio coragem para tocar no assunto durante o jantar de terça-feira, quando Azar está passando a noite na casa de Jaleh.

— Pai.

Seguro a tigela de lentilha com força enquanto sirvo um pouco para ele. Começamos a comer todos os alimentos que amamos e que Azar odeia quando ela está fora. Também assistimos aos documentários sobre o universo que ela acharia chatos se estivesse aqui. Na verdade, é bem divertido.

— Preciso perguntar uma coisa. — Mordo a parte interna da bochecha. Dizer isso em voz alta vai fazer com que se torne real. — Minha professora de poesia organizou uma visita na Faculdade Reed, em Portland, para esse fim de semana. É uma boa instituição de ensino superior, e ela quer que eu a considere. Ela já foi professora lá. — Tento controlar minha voz para que ele não perceba como estou esperançosa. — Enfim, ela está me ajudado a montar um portfólio de poesia pra eles. Gostaria de ir lá só pra ver como é, mas é longe e preciso do carro. — Eu solto um suspiro para me acalmar. — Você poderia me levar?

Meu pai pousa a colher e sorri para mim.

— Essa é a minha Mitra *joon*! — Ele está superorgulhoso. Talvez porque acabei de falar que ando fazendo lição extra por escolha própria. É o sonho de todo pai. — Analisar todas as suas opções é uma decisão inteligente. Vai ser um prazer te levar.

A empolgação persegue a culpa na minha barriga até que as duas se misturem. Quero ficar feliz com o orgulho que meu pai está sentindo por mim, mas a sensação está um pouco ofuscada pelo egoísmo. Ele pode até gostar do fato de eu estar me esforçando para conseguir algo e explorando minhas opções, mas o preço da mensalidade da Reed continua igual.

— Obrigada.

Eu sirvo a última colherada de lentilha para ele. O gesto tem dupla função: demonstrar gratidão e penitência. Na nossa casa, comida é amor.

— Vai ser divertido — diz ele. — Eu adorava a faculdade.

Meu pai fica com um olhar saudoso, provavelmente relembrando seus dias de glória em Berkeley. Não sei muita coisa sobre essa época da vida dele, mas sei que ele era membro dos clubes de ciência da computação e aeroespacial. Nunca vou entender como ele arranjou tempo e habilidade para dar em cima da minha mãe enquanto construía todos aqueles aviões de controle remoto.

— E é uma chance de fazermos uma viagem de pai e filha.

Ele une a palma das mãos fazendo barulho.

Tento sorrir e ser grata. Mas, à medida que a culpa em relação ao meu pai se esvai, o nervosismo toma conta. Ainda não estou pronta para contar a Bea.

MENSAGENS NO GRUPO DO SANTO HORROR

Ellie: pessoal, precisamos fazer uma PAUSA

Ellie: os ensaios estão deixando a gente só o pó e quero um tempo pra descansar com meu grupinho do Santo Horror!!!

Max: concordo. já faz um tempão.

Max: além disso, já ouvi "I Dreamed a Dream" cerca de trinta e sete vezes esse mês

Max: o desespero tá começando a se infiltrar na minha alma

Mitra: não desiste, Max!!

Bea: bom, eu sei que a Mitra precisa de um descanso porque ela tá trabalhando em um projeto de escrita secreto sobre o qual ela não conta pra ninguém 💀

Mitra: não tô, não!

Mitra: são só uns poemas pra oficina

Bea: você lembra que a gente frequenta ela, né?

Cara: podem resolver suas brigas de casal em um lugar mais privado, senhoras?

Cara: estamos tentando solucionar problemas aqui

Bea: qual vai ser a nossa cura?

Bea: noite de karaokê, maratona de Netflix, afogar nossas mágoas em pho?

Cara: sinceramente, acho que todo o elenco precisa de ajuda

Cara: o Spencer e o Jack deviam estar representando o bromance do milênio, mas passam o intervalo entre as cenas brigando que nem um casal de idosos

Cara: e, não me leva a mal, Bea, mas sua química com o Spencer é inexistente

Cara: não que eu te culpe

Bea: ele é um pamonha no palco, ou eu sou apenas gay demais?

Ellie: os dois!

Cara: o elenco precisa se entrosar de verdade se esse musical for sair do papel um dia

Ellie: elenco mais Mitra 😆

Max: nossa contrarregra honorária!

Cara: deixa comigo.

SUBINDO DE NÍVEL

Já se passou mais de um mês desde o baile, desde que Bea estendeu a palavra "namorada" entre nós como um fio de pisca-piscas. Achamos que seria bobo fazer uma grande comemoração de um mês de namoro sendo que ela é minha pessoa favorita no mundo desde que tínhamos 13 anos, e eu a amo há anos. Nosso relacionamento não recomeçou do zero na noite em que definimos nossa *coisa*: apenas adicionamos uma nova camada. Mas ainda queríamos marcar o momento.

Na quarta-feira, depois da escola, Bea estaciona o carro no centro da cidade para pegarmos um café. Caminhamos até a orla da baía de Meydenbauer, percorrendo as trilhas do parque que cortam a grama. O ar cheira a sal e verde, e as rajadas de vento empurram os veleiros ao longo da baía.

Quando chegamos ao final do píer em semicírculo, Bea se senta em um banco e enfia as pernas no calor da saia. Eu me acomodo ao lado dela.

— Quando você soube?

Ela envolve minha mão na dela, aquecida pelo copo de café.

— Soube o quê?

Nessa caminhada já falamos sobre o último mês, sobre o baile, sobre nosso primeiro beijo e tudo o que veio antes; sei o que ela está perguntando, mas meu coração dispara no peito enquanto ganho tempo. A silhueta do monte Rainier é visível à distância e o vento vindo da baía agitada faz com que meu cabelo cubra o rosto.

Um sorriso toma conta do rosto de Bea, e ela passa o braço pelo meu.

— Que você me amava. De um jeito diferente.

Eu engulo a cobertura espumosa do café e conto sobre aquela noite de verão depois do segundo ano. Sobre a leitura do poema sem fim que fizemos juntas no telhado da minha casa, no escuro, e sobre ver parte dela que talvez só eu tenha visto até ali. Bea sorri ao ouvir a história em silêncio.

— Sabe quando eu soube?

Não sei. Já me perguntei, mas nunca conversei com ela sobre isso.

Ela aperta meu braço por um instante.

— Naquele dia que você me levou pra piscina.

— Sério?

— Quer dizer. — Ela pigarreia, olhando para a mancha vermelha de um caiaque na baía. — Eu já tinha pensado nisso antes.

— Jura?

— Claro! — Ela ajeita os óculos para olhar para mim. — Como não pensar? Me passou pela cabeça quando você se assumiu no segundo ano, e... na primavera passada também. Mas nunca achei que era algo que pudesse acontecer mesmo até aquele dia em que fomos nadar.

Ela beija minha orelha.

— Foi o meu umbigo, né? — digo, e ela ri, assustando um pato que estava por perto.

— Foi o umbigo — admite ela.

Penso em todos os momentos que passamos juntas — na aula de poesia, na casa dela, experimentando o terno para o baile — entre aquele dia na piscina e o dia em que nos beijamos na capela. Um mundo de momentos em que ela me amou e eu ainda não sabia. Cada um deles é um presente.

— Faz tempo que a gente não conversa assim — aponta Bea, afastando um cacho do canto da boca. — Eu fiquei ocupada com a peça. E você anda muito atarefada escrevendo.

— Desculpa. — Odeio ainda não ter contado para ela sobre o portfólio e a Reed. Só não quero estragar as coisas, agora que está tudo bem entre nós. — A oficina de poesia está quase acabando e quero aproveitar ao máximo.

— Mas o último ano está quase acabando também — lembra ela.

— Você tem razão — concordo. E encosto a cabeça em seu ombro enquanto observamos os patos e barcos flutuando na água. Também quero dar um presente para ela. — Vou te levar em um encontro.

Bea se mexe a meu lado no banco.

— Isso é, tipo, a próxima etapa dos seus *cortejos?* — Ela ri. — Tipo, *Como flertar por mensagens bregas, Volume Dois?*

— Estamos subindo de nível — confirmo.

COWABUNGA

É hoje. Enterradas no fundo da minha mochila estão minhas roupas civis: calça jeans preta, camiseta branca com mangas dobradas e o moletom verde-floresta com capuz, zíper e alguns dos broches do orgulho gay que Ellie confeccionou. O simples fato de saber que eles estão descansando debaixo do livro de religião, esperando o relógio dar 14h45, deixa o dia mais feliz.

Vamos à exposição *Monstros, vilões e super-heróis* do Museu de Arte de Bellevue às 15h10. Assim que a aula terminar, vamos fazer uma transformação à la Houdini, nos livrando do uniforme no carro de Bea. Em seguida, vamos correr até o museu para ficarmos de queixo caído com todos os brinquedos, pôsteres e relíquias bizarras de personagens de quadrinhos antigos. Bea adora esse tipo de coisa, por isso achei que seria uma exposição perfeita para nosso primeiro encontro no museu.

Quando o último sinal toca, eu atravesso os corredores da Santa Trindade o mais depressa que consigo enquanto evito levar uma bronca por correr. Tenho que encontrar Bea com Gary no estacionamento, mas uma mão segura meu pulso quando estou prestes a sair do Gostosão com Crucifixo.

— Espera.

Bea me puxa até as janelas na frente do prédio.

— Que foi?

Tento recuperar o fôlego depois da corridinha.

— Hum. Preciso conversar com você sobre uma coisa.

— Você pode falar quando a gente estiver no carro? — Olho pela janela para um monte de corvos na praça. — Se você me prender aqui por mais tempo, vou ter que começar a me despir no meio da escola.

Bea enruga o nariz em um sorriso.

— Não seria a primeira vez. Mas... tudo bem. O que você acha de uma mudança de planos pra essa tarde?

Sinto um buraco abrir no estômago.

— Como assim?

— Acho que a saída com o elenco vai ser hoje. Tipo, agora. A Cara acabou de enviar os detalhes no grupo.

Solto a alça da mochila.

— Mas hoje era seu dia de folga dos ensaios. A gente ia pra um encontro.

— Eu sei. — Ela franze as sobrancelhas atrás dos óculos. — Sinto muito. Mas eu preciso muito desse descanso com eles. — Ela encosta na vidraça, com os olhos fixos em mim. — Estou surtando. Os ensaios finais estão chegando e a gente tem que decorar todas as falas até a próxima semana, mas eu ainda não consigo nem lembrar o nome de todo mundo! Sei que entrei na peça tarde, e ninguém espera que eu esteja tão por dentro de tudo quanto a Emily T. estaria a essa altura. Mas não conheço o elenco e a equipe tão bem, e isso tá dificultando muito as coisas. Não estou pronta. — Bea está respirando rápido e falando mais rápido ainda: — O que deu na Emily pra pegar mononucleose no meio da temporada de primavera? Ela *tinha* que dividir uma garrafa de Gatorade com toda a equipe de *pickleball*? Quem faz isso?

— Calma — digo. — Vai ficar tudo bem.

— Sei que você queria muito ir à exposição — comenta Bea. — Se quiser, ainda pode ir. Mas você também foi convidada pro rolê com o elenco, se quiser ir com a gente. — Ela pega minha mão. — Todo mundo sente muita falta de ter você por perto.

A pequena teórica da conspiração dentro de mim diz: *Talvez a Cara soubesse que vocês duas tinham marcado um encontro hoje e orquestrou todo esse rolê com o elenco pra tentar sabotar o relacionamento de vocês.* Mas Cara teria que possuir a mente maligna de um vilão do James Bond para executar algo assim. Tiro meu chapéu de alumínio imaginário e afasto o pensamento.

— Não quero ir ao museu sem você. — Sinto como se fosse uma criança que não conseguiu o que queria, mas não posso conter a decepção. — Eu vou com vocês.

Damos uma carona para Max, Ellie e uma das contrarregras, Jessica, e encontramos o restante do elenco e da equipe na Rua Três, no centro de Renton. Somos cerca de treze pessoas, a maioria faz parte do elenco principal, além de alguns membros do coro e da equipe técnica; quase todos vestem uniformes vermelhos combinando como se fôssemos crianças do prézinho em uma excursão.

Entramos no fliperama 8-Bits às quatro da tarde em ponto, com Cara de olho na hora pelo celular.

— Perfeito — celebra ela. — Eles acabaram de abrir. Temos cinco horas até que eles expulsem quem é menor de idade. — Cara tira um saco plástico gigante cheio de moedas da mochila. — Trouxe o suficiente pra todo mundo. E o sr. Sherman disse que a pizza é por conta dele. — Ela saca um cartão-presente e Spencer assobia. — Cortesia do orçamento do departamento de teatro da Santa Trindade.

Eu tinha esquecido como Cara leva a sério a organização do lazer. Na época das nossas festas Santo Horror, ela cuidava de todos os detalhes: o gelo seco, as várias opções de sabores da pipoca e a acústica perfeita para nossas interpretações de *Rocky Horror*. Fazia tempo que eu não participava de uma das festas minuciosamente planejadas dela. Só queria que não fosse hoje.

Nós fazemos fila na entrada vermelha e branca do 8-Bits, junto à vitrine desenhada com Homer Simpson, Donkey Kong e Super Mario, e Cara distribui as moedas entre nós. O interior é semi-iluminado pelo brilho do arco-íris de dezenas de máquinas retrô de *pinball* e de outros jogos fliperama. Os bancos estão alinhados junto a um balcão onde são servidos milk-shakes e refrigerantes e, mais tarde, cerveja. A porta dos fundos está aberta, dando acesso a um pátio de madeira com algumas mesas de piquenique e guarda-sóis.

Spencer e Jack, que interpretam Marius e Enjolras, começam a gritar "PIZZA! PIZZA!" e erguem os punhos no ar, marchando até o balcão do bar. Jessica e Ellie se acomodam em assentos de plástico laranja iguais para disputar um jogo de corrida no estilo dos anos 1990.

Cara deixa a mochila perto de uma parede e aponta para Bea.

— Você e eu — diz ela. — Revanche de *Tartarugas ninja*.

Bea ri.

— Foi por isso que você planejou a festa do elenco aqui? Só pra gente tentar derrotar o Clã do Pé de novo? Não vai rolar nunca. Juro, esse jogo só serve pra comer moedas.

— Olha como fala! — retruca Cara. — Vai, vamos tentar. Eu deixo você ser o Michelangelo. — Ela abre um sorriso enorme para Bea. — Se tem uma dupla que pode derrotar o Destruidor e o Krang, essa dupla é a gente.

Bea revira os olhos.

— Bem, as moedas são suas.

Ela dá de ombros, apertando a palma da minha mão em sinal de despedida, enquanto as duas se dirigem à máquina do jogo das *Tartarugas ninja*.

Bea e eu viemos ao 8-Bits algumas vezes nas nossas Sextas-Feiras Antibaile, mas eu não sabia que ela tinha vindo com Cara. Será que as duas tiveram um encontro aqui? Será que dividiram um milk-shake, flertaram sobre quem era o melhor no *Ms. Pac-Man* e se beijaram nos cantinhos escuros?

Sinto a barriga revirar. Vou até o bar, me sento em um banco de couro e peço uma fatia de pizza de azeitona preta ao cara barbudo atrás do balcão. O queijo está encharcado de óleo e a borda é crocante e quente, o que não me ajuda em nada com a barriga nervosa. Pego a fatia e vou até uma fileira de máquinas de *pinball*, onde encontro Max jogando um jogo retrô de *Star Wars*.

Eu observo elu jogar algumas vezes até criar coragem para perguntar:

— Você vai em todos os ensaios?

— Não. — O jogo reinicia, e Max suspira, tirando mais uma moeda do bolso. — Mas estou indo mais agora que o ensaio geral tá quase aí. Por quê?

— Por nada.

Olho para trás, onde Cara e Bea estão rindo enquanto golpeiam os botões e giram o joystick. Cara esbarra o ombro no de Bea, olhando para ela por um segundo demais entre os movimentos.

— Belo chute — diz Cara.

— Quantas vezes você acha que elas já vieram aqui? — pergunto. — Elas têm um monte de piadas internas específicas sobre as *Tartarugas ninja*.

Max segue meu olhar até Cara e Bea na máquina de fliperama. Cara se aproxima do painel de controle de Bea para apertar um botão. E Bea afasta a mão dela com um tapa.

— Entendi — constata Max. — Pare de pensar no que você tá pensando.

— No que estou pensando?

Largo minha fatia de pizza mordida na borda de um jogo abandonado.

— Eu sei o que você tá pensando, porque é o mesmo tipo de coisa que *eu* penso. — Max aponta para o peito. — Com a Jessica. As coisas estão ótimas, a gente se fala todo dia e tá *pertinho* de namorar. E, mesmo assim, a ansiedade me faz ter uma coceirinha de preocupação, tipo: por que ela demorou uma hora pra me responder hoje? E isso me leva a uma montanha-russa de pânico por nada.

O jogo das *Tartarugas ninja* emite um apito alegre, e Cara e Bea se cumprimentam com um toque de mãos.

— Michelangelo arrasa! — comemora Cara. — Você andou treinando sem mim?

Não consigo nem olhar. Levo a pizza já fria para o pátio, Max me segue e nós nos sentamos em uma mesa de piquenique lascada.

— E se for algo? — pergunto.

Max balança a cabeça, afastando o cabelo dos olhos.

— Bea nunca faria algo assim com você. E lembra como foi horrível pra todo mundo quando as duas terminaram? A gente parou de sair e não podia nem almoçar junto. É *bom* elas estarem de boa de novo. Faltam só alguns meses para a formatura. Não temos muito tempo juntes. Agora podemos voltar ao normal.

Consigo distinguir a risada de Bea em meio à multidão de vozes lá dentro.

— Tá bom.

Ellie sai correndo do salão ao nosso encontro.

— Acabei de derrotar a Jessica — conta ela, orgulhosa. — No *Super Cars* e no *Donkey Kong*. — Ela flexiona as mãos à sua frente. — Eu falei pra ela não levar pro lado pessoal. Faz dois anos que trabalho na mesa de controle do teatro. Tenho mãos *ágeis*!

Atrás dela, Bea atravessa o pátio e se senta ao meu lado no banco.

— Te achei! — Ela sorri para mim. — Nossa. A gente arrasou! Quer dizer, eliminamos três chefões. Não chegamos no Destruidor nem nada do tipo. Mas mesmo assim!

— Tenho pena de qualquer vilão que tente enfrentar você — comento.

— Quer jogar um pouco comigo? — Ela sacode um monte de moedas na mão. — Você escolhe o jogo.

Olho para Max, que me dá um tapinha nas costas.

— Claro — digo.

Todo mundo segue Bea até o fliperama escuro, as máquinas iluminam as bordas da roupa dela com vermelho, laranja e verde.

Eu vou até a máquina das Tartarugas ninja e tamborilo os dedos nos botões.

— Vai, me mostra seus truques. Quantas pessoas podem jogar isso? — pergunto a Bea.

— Quatro.

Faço um sinal para Max e Ellie atrás de mim, mas Ellie me dispensa.

— Na próxima eu vou! Quero jogar no *pinball* de *Stranger Things*.

Avisto Cara no balcão, em um banco giratório, terminando de comer uma pizza de pepperoni. Engulo o nó na garganta e aceno para ela.

— Quer jogar?

Ela sorri e levanta a sacola de moedas, que caem na máquina tilintando e acionam a música-tema, um rock dos anos 1990. Bea encosta o ombro no meu quando nós quatro nos posicionamos para jogar.

— Como joga? — quero saber.

— É só ficar dando soco — explica Cara. — Eu quero ser o Leonardo!

Eu fico com Raphael, e Max escolhe Donatello, deixando Bea com Michelangelo de novo. O jogo começa com as tartarugas saindo de um bueiro em uma explosão de cores neon, rodopiando pelo ar com espadas e *nunchakus*.

— Elas são bem robustas e musculosas pra répteis — comento.

— É só aceitar a premissa. — Cara ri. — São tartarugas, ninjas e lutadoras de rua treinadas. A gente não questiona.

— Xiiiu! Tá começando! — alerta Max ao mesmo tempo que uma voz grita "Cowabunga!".

As tartarugas saltam do topo de um arranha-céu e, em seguida, entram em um prédio devastado pelo fogo para enfrentar o Clã do Pé.

— Bate neles, Rapha! — grita Cara a meu lado quando um guerreiro vestido de roxo arromba uma porta e se lança contra mim.

Eu esmago os botões e mexo o joystick como se minha vida dependesse disso. Raphael agita as espadas, chutando e socando um guerreiro até que ele rodopie no ar e caia no chão com um *BOOM* eletrônico.

— Essa é a minha garota! — exclama Bea, bagunçando meu cabelo, e depois volta a apertar os botões.

Jogamos com bravura, e Ellie abandona a máquina de *pinball* para torcer. Todo mundo grita, pula e provavelmente acaba torcendo os dedos, até sermos derrotados por guerreiros em *hoverboards*.

Quando o jogo emite a música final, Max nos puxa para um abraço em grupo.

— Conseguimos.

— E vocês viram como a Mitra desviou daquela tampa de bueiro para derrotar o carinha do Clã do Pé? — Bea se maravilha, envolvendo minha nuca com a mão e me puxando para um beijo.

— Somos uma boa equipe — diz Cara.

Ainda sob o efeito do beijo, recupero o fôlego e levo Bea comigo até o balcão para tomar um milk-shake.

Talvez o que Max disse seja verdade. Talvez nós cinco estejamos voltando ao normal. Quem diria que algumas rodadas de fliperama dos anos 1990 funcionariam como terapia familiar.

MEIA-VERDADE

Bea: o que você vai fazer nesse final de semana?

Mitra: viajar com meu pai

Mitra: vamos naquela livraria enorme de Portland dar um oi pros livros

Mitra: acho que vamos visitar a Faculdade Reed também

Bea: ah, legal, mas por quê?

Mitra: só para dar uma olhada no campus

Mitra: meu pai quer que eu vá

Mitra: mas sem chance de superar nosso fim de semana na UW 😍

Bea: ah, mas seria impossível mesmo!

Bea: a menos que outra garota se declare pra você em Portland

Mitra: improvável

Mitra: vou ficar com saudade

Bea: aproveita, amor

Bea: mas não aproveita DEMAIS 😉

Bea: cheira todos os livros usados de lá por mim!!!

GINJAS

Na manhã de sexta-feira, no dia da viagem, o nervosismo me acorda cedo e vou para a cozinha preparar o café para meu pai e Azar. Ele comprou *sangak* no mercado na volta do trabalho ontem, então coloco um pedaço comprido no forno. Coloco o pão para assar em uma cama de seixos, de modo que a superfície plana e crocante fica ondulada devido às impressões de todas as pedrinhas. Pego nozes, queijo feta e rabanetes vermelhos novinhos na geladeira para usar de acompanhamento.

Na prateleira de cima da geladeira, há um frasco fechado de geleia de ginja com meu nome escrito na letra de Jaleh. Azar o trouxe depois da última visita que fez à nossa mãe, na terça-feira. É difícil achar essa geleia nos Estados Unidos devido aos embargos comerciais com o Irã, por isso a maioria das pessoas tem que trazer do Canadá ou encontrar a variedade certa de ginja para fazer em casa. É uma grande honra receber a cobiçada geleia de ginja de alguém.

Ainda não me sinto pronta para quebrar o lacre do frasco. Seria como se eu estivesse aceitando o pedido de desculpas da minha mãe. Ouvi as palavras dela no Nowruz e acredito que esteja arrependida. E acho que ela acredita de verdade que as coisas vão ser diferentes daqui para a frente. Mas não sei se consigo acreditar que ela tenha mudado lá no fundo. A mãe que não consegue ficar sóbria ainda está dentro dela em algum lugar, à espreita, aguardando o momento de sair e estragar tudo mais uma vez. Um pedido de desculpas não pode mudar isso.

Azar vem para a mesa ainda de pijama, assim que o cheiro do *sangak* tostado chega ao quarto dela. Preparamos sanduíches enrolados e esperamos pelo nosso pai, que não apareceu ainda.

— Não acredito que você vai faltar à aula — comenta Azar, mastigando. — Vai perder a missa da Sexta-Feira Santa.

Esqueci completamente que hoje é Sexta-Feira Santa.

— Em tese, não é uma missa — digo. — É uma liturgia. Não tem eucaristia.

— Como você se lembra dessas bobagens? — Azar joga uma noz em mim. — A gente nem é católica.

— Eles só me deixaram faltar porque sabem que eu vou visitar uma faculdade.

— Entendi. — Ela dá uma risadinha. — Só você mesmo se inscreveria pra passar o fim de semana passando *mais* tempo em uma escola.

— Não existe isso de aprender demais — informo a ela. — Cadê o pai?

Quando enfim entra correndo na sala de jantar, meu pai está usando a calça do trabalho e uma camisa polo com o crachá pendurado torto no pescoço. Pelos olhos frenéticos, ele está no modo máximo de estresse.

— O que tá rolando? — pergunto, deixando o sanduíche de *sangak* no prato.

Meu pai passa a mão no cabelo ainda desarrumado.

— Sinto muito, Mitra *joon*. Aconteceu um vazamento de dados no trabalho, um ataque de *ransomware*, querem pagamento para devolver as informações. Os clientes não param de ligar. Meu supervisor acabou de falar comigo e eu preciso ir para lá. Estão chamando todo mundo.

— Mas a gente ia pra Portland hoje. Tenho uma visita marcada pra daqui a quatro horas.

— Eu sei. — Ele beija o topo da minha cabeça e depois a de Azar. — Sinto muito. Não posso levar você. Mas falei com sua mãe e ela se ofereceu para te levar. Ela vai me substituir. Tudo bem?

— Não, pai... Posso dirigir sozinha — argumento. — São só umas horas daqui até Portland. Vou ficar bem.

— Mitra, é muito longe — diz ele. — Não quero que você dirija até lá e depois volte sozinha. E você precisaria do carro durante o fim de semana inteiro, mas eu preciso do nosso carro para ir trabalhar. — Ele rasga um pedaço de *sangak* e o devora a caminho da porta. — Sua mãe foi muito gentil em se oferecer para largar tudo de última hora e nos ajudar. Agradeça, ok?

Nem sequer tenho a chance de rebater. Meu pai calça os sapatos na entrada.

— Aziz, sua mãe vai te deixar na escola antes de ela e Mitra irem para Portland. Mitra... faça dessa uma ótima viagem — grita ele ao sair. — Faça desse o melhor fim de semana da sua vida!

Azar e eu nos encaramos por um minuto depois que nosso pai vai embora em um turbilhão. Um fim de semana inteiro sozinha com minha mãe.

Merda.

SOS

Mitra: socorro!

Mitra: reviravolta não planejada na viagem

Mitra: meu pai teve uma emergência no trabalho então minha mãe vai me levar

Mitra: sos

Bea: ah, não! sinto muito, linda ☹

Bea: por que você e seu pai não remarcam?

Bea: não ia ser um fim de semana de pai e filha?

Bea: a livraria ainda vai estar lá outro dia!

Mitra: a gente tinha que visitar a Reed nesse fim de semana

Bea: mas a visita não era ideia do seu pai?

REED

Não sei como responder à mensagem de Bea. Deixo a pergunta pairar entre nós, como uma aranha pendurada na teia.

Depois de deixar minha irmã na Santa Trindade, Jaleh e eu seguimos para o sul quase em silêncio completo.

— Quer pôr uma música? — pergunta ela quando passamos por Tacoma, como se uma canção fosse tornar a situação menos constrangedora.

— O que você quer ouvir? — retruco, pegando o celular.

— Não sei o que você ouve hoje em dia — diz ela. — Põe alguma que você goste.

Um peso recai sobre as palavras. É como se cada segundo tivesse de ser um momento de conexão com ela. Como se tudo fosse uma forma de compensar o tempo perdido.

Mexo no celular até encontrar uma playlist que Bea fez para meu aniversário em dezembro. Jaleh tamborila os dedos no volante e acompanha todas as músicas que não conhece.

Atravessamos o rio Columbia, a fronteira marítima entre Washington e Oregon. Só estive em Portland uma vez, e foi quando meu pai, Azar e eu nos mudamos de Sacramento para Washington. Naquele dia, o rio Columbia parecia maior do que qualquer outro rio que eu pudesse imaginar, e os pilares verdes que sustentam a ponte pareciam se estender até o infinito.

Aquele foi o dia em que deixamos a mamãe para trás.

— Obrigada por me levar — falo quando passamos pela placa de Portland que exibe um veado branco saltando sobre as letras. — Você teve que faltar no trabalho?

— Não foi nada. — Ela dispensa a coisa com um gesto. Está usando três anéis de ouro na mão direita, dois dos quais eu me lembro da nossa vida anterior, e um novo. — Consigo fazer boa parte da redação dos projetos de forma remota. Fico feliz de estar com você.

Paramos para deixar as malas no apartamento que meu pai alugou em um bairro ao norte da Reed. Como ele queria transformar este fim de semana em uma viagem de pai e filha, optou por uma hospedagem para nós dois fora do campus, em um Airbnb, em vez de me inscrever para dividir o dormitório com um guia estudantil. Quando descarregamos as bagagens, eu me sento na beirada da cama e me obrigo a responder a mensagem de Bea.

> **Mitra:** Ele marcou uma coisa no campus pra mim e eu não quis desistir. Acabei de chegar em Portland. Vai dar tudo certo. É só um fim de semana.

Estou furiosa comigo mesma por falar meias-verdades para ela. Acho que Bea entenderia se eu contasse sobre o coro na minha cabeça dizendo *vai, vai, vai* e sobre a fé que a sra. Acosta está depositando em mim. Mas não quero estragar a ideia dela de que vamos fugir para a UW no ano que vem. Bea está enfim conseguindo enxergar uma saída, e se sente tão confiante nesse futuro que até contou para os pais que estamos namorando.

Depois de deixarmos as malas no apartamento no bairro de Hawthorne, Jaleh e eu vamos direto para o campus. Ela segue por uma alameda arborizada até um castelo de tijolos e pedras ladeado por cerejeiras repletas de flores cor-de-rosa.

— Acho que não é aqui — alerto. — A gente tem que encontrar o guia estudantil no prédio de artes e ciências. Eliot Hall.

Jaleh aponta para as letras gravadas acima das portas duplas.

— Ali diz Eliot Hall — responde ela.

O prédio parece até uma fortaleza Tudor, com caixilho de pedras em torno das janelas salientes e coruchéus que se projetam do telhado. Enquanto a UW exibia uma arquitetura moderna imponente e uma biblioteca catedralesca, este lugar parece um refúgio em meio às árvores saído direto do interior da Inglaterra.

Quero tomar um chá e me aconchegar com um livro da Mary Oliver em um cantinho ao lado das janelas arqueadas. Este lugar é um castelo de conto de fadas, não um cenário para aulas corriqueiras de linguística, ciências e literatura. Não consigo acreditar que as pessoas *estudam* aqui.

Minha guia estudantil, Amalia, está esperando em um banco de pedra na entrada.

— Bem-vinda, Mitra! — Ela sorri.

Amalia tem o cabelo ruivo preso em uma trança simples que desce pelas costas e está usando calça cargo e uma camisa térmica verde. O molho de chaves dela tilinta no mosquetão preso a uma argola na calça.

Muito prática e utilitária. Acho que gosto de Amalia.

Minha mãe e eu nos apresentamos e contamos que alugamos um apartamento para passar o fim de semana.

— A gente costuma começar com um tour — conta Amalia. — Mas está quase na hora da minha aula de poesia, e sei que reservaram um lugar pra você assistir à aula como ouvinte, Mitra. Então por que a gente não vai pra aula e depois faz a visita guiada?

Meu corpo vibra com os mesmos níveis críticos de empolgação que Bea deve ter sentido quando Jae nos convidou para a festa fora do campus na UW.

Uma aula de literatura *de faculdade* em uma instituição não religiosa. Meu cérebro dança tango dentro do meu crânio.

Eu olho para Jaleh, que faz um gesto para que eu siga Amalia.

— Vou arranjar um lugar para trabalhar um pouco — diz ela. — Me manda uma mensagem quando sair da aula. Aproveita.

Quando entramos, arregalo os olhos com surpresa. Esperava que fosse um auditório ao estilo anfiteatro, com quatrocentos alunos de graduação amontoados para ver a apresentação em PowerPoint de um professor que fala com um microfonezinho perto da boca. Pelo que Jae falou, algumas das aulas introdutórias da UW são assim. Aqui, a sala é pequena, como a da oficina de poesia na Santa Trindade, mas com uma mesa retangular no centro, rodeada de cadeiras.

— Como isso funciona? — pergunto para Amalia. — Onde o professor fica? Achei que fosse uma aula expositiva.

— Aqui não tem muitas aulas expositivas. As turmas são pequenas, então várias disciplinas são dadas assim, no formato de discussão. A Reed tem só uns mil e quatrocentos alunos. — Ela sorri para mim. — Não parece demais quando você tem aula com, tipo, os mesmos oito alunos todo dia.

As turmas são tão pequenas que não soa alarmante nem considerando meu grau extremo de introversão.

Mais nove pessoas se juntam a mim e a Amalia na mesa, seguidas pelo professor Gutierrez. Só que ninguém o chama assim: todo mundo o cumprimenta com um "Oi, Davíd!". Quase engasgo com minha própria saliva. Se chamássemos os professores pelo prenome na Santa Trindade, receberíamos uma escova sanitária e nos mandariam direto para o Serviço Comunitário.

A aula começa com a leitura do poema "Ainda assim eu me levanto", de Maya Angelou, depois eles partem para uma discussão intensa. Observo os alunos às idas e vindas com a análise do poema.

— As imagens são incríveis — comenta um rapaz de cabelo liso e escuro. Ele lê alguns de seus versos favoritos para que possamos saborear a imagética.

Uma garota com um piercing no nariz e cabelo tingido de azul fala:

— O tom de resistência é incrível. Tipo, Angelou fala sobre ser atrevida, altiva e sensual! Está celebrando todas as características maravilhosas que ela tem e que os opressores estão furiosos por não terem conseguido arrancar dela.

— Ela descreve toda essa abundância ao longo do poema — emenda uma garota de hijab amarelo. — Certeza, esperança, riso. Aí, por fim, ela afirma que são dádivas de seus ancestrais.

— O que podemos aprender com Angelou e esse poema? O que ela tem a dizer sobre resistência e resiliência? — questiona o professor Gutierrez.

Não consigo chamá-lo de *Davíd* nem na minha cabeça.

— A princípio, parece que é uma declaração apenas sobre o eu lírico, mas depois acaba se mostrando um grito de guerra para um movimento maior — diz Amalia. — Se erguer, mesmo em meio ao ódio e às dificuldades, para celebrar e amar a si mesmo.

— O eu lírico não para de repetir esse refrão "ainda assim eu me levanto" — assinala uma garota com box braids e óculos. — Mas ela não está falando só de si mesma, superando a discriminação que enfrentou como indivíduo. Está se referindo a um levante maior, de todos os negros superando a opressão da escravidão e do racismo estrutural.

Eu ouço enquanto eles passam a falar sobre temas mais amplos na escrita de poetas como Langston Hughes, Adrienne Rich, James Baldwin e Nikki Giovanni. Eles abordam a tradição poética, a estética, a interseção da política, e como a poesia pode ser um catalisador de resiliência diante das dificuldades.

Não entendo metade do que eles falam, e isso me encanta.

— O que você acha, Mitra? — O professor Gutierrez se volta para mim. Ele está orientando e moderando a conversa, porém se assemelha mais a um colaborador do que um professor onisciente e intocável.

Minha pele começa a ferver.

— Não estou em dia com as leituras — digo, me justificando. Tenho plena consciência de que esses alunos de graduação são pelo menos dois anos mais velhos do que eu, além de superintelectuais. Não quero fazer papel de idiota na frente deles. — Não sei se tenho algo bom para acrescentar.

— Esqueça o "bom" — responde o professor. — E esqueça as leituras. O que você acha? Como acredita que a escrita pode ser usada como uma ferramenta de resistência?

— Bom, a escrita está me ajudando a sobreviver à escola católica — brinco.

O professor Gutierrez abre um sorriso, e alguns alunos dão risada. Mas a piada não desvia a pergunta. Todos aguardam em silêncio, olhando para mim, esperando que eu diga mais alguma coisa.

Talvez seja a liberdade do anonimato total que me motiva a falar. Depois deste fim de semana, não vou precisar interagir com ninguém desta sala de novo. Ou talvez seja o fato de eu querer estar à altura da fé que a sra. Acosta tem em mim. Seja o que for, sinto que quero ser sincera com a turma.

— É o único lugar onde posso falar sobre o que estou passando sem me sentir encurralada — confesso. — E sinto que isso me conecta com as pessoas que vieram antes de mim, que enfrentaram muito mais dificuldades do que eu. Mais ou menos como Maya Angelou falou sobre os ancestrais dela.

— Em que sentido? — quer saber o professor.

Já falei mais do que planejava quando entrei nesta sala, e parte de mim quer balançar a cabeça e deixar que o foco seja transferido para outra pessoa. Mas também me sinto mais forte ao pensar no incentivo da sra. Acosta e até mesmo de Hafez, que me lembrou que não fui feita para ficar em silêncio.

— A poesia é muito importante no Irã. É o jeito como contamos histórias, como nos lembramos da nossa história e até como interpretamos o futuro — continuo. — Minha mãe me contou que meu tataravô escrevia poesia lá no Irã. Na época, os britânicos estavam ocupando a região e extraindo petróleo para levar à Europa. Meu tataravô escrevia poesias em protesto contra o imperialismo e as distribuía pela cidade em formato de panfletos. Isso foi suficiente pra que ele fosse exilado do país por anos.

"Ele teve que fugir da própria casa porque estava sendo ameaçado de morte. Então acho que a poesia é uma ferramenta potente. A vida dele estava em risco só por causa das palavras naqueles panfletos... elas eram vistas como uma ameaça poderosa. Porque sua poesia era um vetor da resistência. É um vetor de mudança."

— Muito bem colocado — afirma o professor Gutierrez.

No final da aula, o professor me chama para conversar.

— Mitra, fiquei feliz que você veio. A Carlotta me falou muito de você.

— Quem?

— Sua professora na Santa Trindade — esclarece ele. Sinto como se ele tivesse acabado de me revelar alguma informação secreta ao citar o nome da sra. Acosta. — Ela foi minha mentora quando lecionava aqui. Falou coisas maravilhosas sobre você.

— Obrigada. — Minhas bochechas ficam rosadas.

— Ela me enviou seu portfólio e eu adoraria que você fosse minha aluna no próximo ano. Acho que você se daria muito bem na Reed. Acredito que nossos alunos são tão apaixonados e atenciosos em relação aos estudos quanto você. — O professor me entrega um envelope com informações sobre o departamento de letras da Reed. — Além disso — continua ele —, pela história que você nos contou hoje, a poesia é um legado de família.

— Obrigada, professor. A aula foi ótima.

Aceno em despedida e saio da sala correndo antes que passe vergonha com o brilho neon do orgulho que está exalando de mim neste momento.

Penso no que ele falou sobre a poesia ser um legado de família. Eu nunca tinha pensado dessa forma. Isso me lembra o que Cara disse quando fizemos dupla na oficina... que a profecia dela não existe em um vácuo; que ela está atada às profecias dos pais dela e dos pais dos pais deles, ao longo de toda a história.

Talvez seja isso que eu e Bea estamos criando ao escrever o poema sem fim: estamos perpetuando nosso legado, dando vida às nossas profecias. Existe um motivo pelo qual o Livro não tem pontuação final, não tem fim nem começo. Estamos apenas acrescentando mais versos ao que nossos ancestrais começaram. Só mais um poema épico de amor de uma história que começou muito antes de empunharmos a caneta.

MISSÃO DE RESGATE

Bea: como tá indo em Portland?

Bea: e, mais importante ainda: como você tá??

Mitra: Portland é meio que perfeita

Mitra: muitas árvores!!

Mitra: muitos nerds!!

Bea: tá gostando da Reed?

Mitra: eu nunca vou conseguir entrar, e a gente com certeza não tem dinheiro pra isso

Mitra: mas tá sendo legal ver como é por um fim de semana

Mitra: apesar de eu não ter recebido nenhuma declaração de amor até agora 😉

Bea: bom saber!

Bea: você está sobrevivendo a essa viagem inesperada de mãe e filha?

Mitra: seis horas com minha mãe até agora, mas ainda estou viva

Bea: precisa que eu e o Gary nos preparemos pra uma missão de resgate?

Mitra: na verdade, tá tudo bem com a minha mãe

Mitra: eu não sei o que tá acontecendo, tem algo de diferente aqui

Mitra: ou talvez a gente esteja diferente?

Bea: fico feliz, linda

Bea: vou falar pro Gary que vamos abortar a missão de resgate

Bea: e pense só: quando você voltar, vai ser o dia de admissão da uw!!

Bea: podemos começar a queimar o uniforme xadrez e comprar todas as coisas roxas!!

HISTÓRIA PARA DORMIR

— Aqui é o Cânion — apresenta Amalia, enquanto guia a mim e a Jaleh em um passeio pelo campus. — É uma reserva natural. A leste, vocês vão ver o lago Reed e o pomar centenário, e a oeste, a escada de peixes.

Dentro do cânion, avistamos salgueiros, o riacho Crystal Springs e uma pequena revoada de pintassilgos-americanos. E no Great Lawn, um gramado enorme, vejo mais nerds queer do que já vi na minha vida todinha. Alunos tocando banjo, usando camisa de flanela e argola no nariz, com o cabelo raspado na nuca e com os fios tingidos em casa, lendo *Stone Butch Blues* e *Fun home* na grama. Talvez *todo mundo* seja queer aqui.

Jantamos no refeitório Commons com os amigos de Amalia e, depois, ela nos leva ao café Paradox para uma batalha de rima. As apresentações me deixam sem fôlego, e cada verso faz germinar a semente de um novo poema na minha cabeça. Uma das poetas declama versos atrevidos e ritmados, apimentando a apresentação com uma quantidade suficiente de palavrões para fazer Jaleh arregalar os olhos. Mesmo assim, minha mãe dá uma salva de palmas calorosas quando ela termina.

— Alguma inscrição de última hora por aí? — A pessoa que media o evento examina a plateia à procura de interessados, usando um blazer amarrotado e o cabelo escuro cacheado em um coque. — Alguém quer fazer uma improvisação essa noite? — Seu olhar pousa em mim. — Estou olhando pra você mesma, novata. Acho que você tem algo a dizer! E este é público muito compreensivo, não é, pessoal?

A plateia bate palmas e grita em resposta.

Eu aceno para a frente e para trás como se estivesse tentando desviar um avião prestes a aterrissar. Pelo menos, Jaleh fica em silêncio; e o foco muda para outro membro da plateia.

Mesmo assim, eu me imagino no palco, segurando o microfone, no ano que vem. Talvez eu entre em pânico e mantenha as mãos enfiadas nos bolsos, mas acho que conseguiria ser corajosa diante de um público pequeno e encorajador como esse.

Depois da batalha de rima, minha mãe e eu voltamos para o Airbnb, que fica nos fundos de uma casa. Janelas enormes enchem a quitinete com o verde dos abetos-de-douglas do lado de fora. Há duas camas de casal separadas por uma mesinha de cabeceira, além de um frigobar, um banheiro e uma televisão, nada mais.

É um lugar aconchegante, e eu estou exausta depois de hoje. Minha mente está em alta velocidade, sonhando com um futuro repleto de colegas nerds que me ensinam sobre a vida selvagem do Cânion e leem em silêncio comigo no Great Lawn. Talvez eles me ensinem a tocar banjo, e eu escreva poemas sobre a natureza embaixo de um salgueiro junto ao riacho.

Consigo me imaginar ganhando mais coragem aqui. Eu aprenderia a ser uma escritora melhor e descobriria a quantidade exata de coisas que eu ainda *não* sei, o que me empolga bastante. Entretanto é mais do que isso. Este lugar me daria o espaço, a paz e a motivação para me tornar a versão mais completa de mim.

Mas esse não é o futuro que planejei com Bea. E a UW também tem muito a oferecer... é uma universidade que está em constante movimento, é agitada, ativa e grande. É linda de todos os jeitos que Bea é linda. Eu quero estar ao lado dela, e ela seria feliz lá. Bea ficaria sufocada em um lugar tão pequeno e silencioso quanto este. Ela nem sequer se inscreveu na Reed — quando pesquisamos faculdades juntas, ela descartou assim que viu o número de alunos matriculados.

"É quase do tamanho da Santa Trindade", comentou ela. "Não posso estudar em outro lugar pequeno e sufocante, onde todo mundo se mete na vida de todo mundo."

Não sei por que continuo escondendo a Reed de Bea. Estudar aqui é inacessível, e isso deveria ser o suficiente para afastar meus pensamentos desvairados. Mesmo assim, aquela partezinha de mim que não parava de repetir *vai, vai, vai* continua viva, lá no fundo da mente enquanto tento dormir.

Minha mãe se enfia debaixo dos lençóis brancos da outra cama e pega um livro e os óculos de leitura. Eu não sabia que ela tinha começado a usar óculos. A luz fraca do abajur da mesinha de cabeceira cria sombras nos cantinhos enrugados de seus olhos, iluminando todos os fios prateados no cabelo cacheado. Ela parece mais velha. Mas também está igualzinha à mãe que me colocava na cama quando eu era criança.

Jaleh aponta a capa do livro para mim: *Americanized*, de Sara Saedi.

— Quer que eu leia um pouco para você?

Minha mãe sempre lia para mim antes de dormir. Quase nunca eram livros infantis — líamos biografias e romances, ensaios e livros científicos. "Vai expandir sua mente", dizia ela.

As lembranças caem sobre mim em uma avalanche. O sussurro baixo da voz dela, enquanto Azar e eu nos enfiávamos debaixo dos cobertores. A xícara de *chai* fumegante na mesa ao lado da minha cama. A dança que a ponta dos dedos dela fazia sobre minhas sobrancelhas e nariz, tentando me convencer a fechar os olhos. Ela não ia embora até que eu pegasse no sono.

Era minha parte favorita do dia porque era um momento que ela dedicava só para nós. Sem trabalho, sem tarefas, sem papai. Apenas a voz calma da mamãe, que pintava mundos para nós nas sombras do quarto. Quando ela leu *A lacuna* em voz alta, as cores vibrantes de uma cozinha na Cidade do México ganharam vida a meu redor. Eu senti as mãos mergulharem no gesso frio da casa de Frida Kahlo. Fizemos pães doces e mergulhamos juntas em lagoas de água quente. Mamãe nos convidava, noite após noite, a descobrir terras encantadas junto a ela.

Engulo a onda de lembranças e me afundo ainda mais na cama, virando a cabeça para o outro lado.

Ela está me convidando de volta. Se eu quiser, posso desbravar esses mundos com ela outra vez. E voltar para a vida dela.

— Só algumas páginas? — proponho.

Cubro os olhos com os lençóis. No escuro, a voz dela soa da mesma forma quando eu era pequena. E, como antes, adormeço com o embalo de suas palavras.

Querer

Querer é um problema. Ele abre
minhas costelas, espia lá dentro, vê o que
está faltando em mim. Depois me deslumbra
com rolos de filme: uma imagem perfeita e
incrível do que poderia ser. Querer
é um pedinte faminto. Ele anseia por
coisas demais: uma mãe, um amor
eterno, um futuro. Aprendi há muito tempo
que querer era o problema. Mas
talvez querer seja a bússola
que me impulsiona para a frente, o mapa,
os músculos e o motor em direção
a um futuro tão amplo quanto meus desejos.

IMAGINE

De manhã, visitamos o Cânion de novo com cafés e burritos que pegamos no refeitório. Observo os salmões subindo a escada de peixes, nadando contra a correnteza para voltar ao local onde nasceram e botar ovos. Caminhamos ao longo do riacho até o lago Reed e encontramos um lugar para nos sentar perto de uma ponte para pedestres. Os gansos-do-canadá grasnam, bicam e afofam as penas no lago. Alguns alunos passeiam pelas trilhas enquanto tomamos o café da manhã.

Minha mãe me observa conforme olho para todo mundo que passa.

— Sabe, eu me diverti muito na Universidade da Califórnia. Mas teria gostado de estudar em um lugar tão íntimo e verde como aqui — conta ela.

— Como era? — pergunto. — A faculdade.

Ela bebe um gole do café para viagem.

— Eu vivia um milhão de experiências novas todo dia. É uma sensação única. Aproveitei o máximo de oportunidades que consegui.

— Tipo o quê?

— Entrei para a associação de estudantes estrangeiros. Fiz um curso de cerâmica. Até tentei fazer tecido acrobático.

— Sério?

— Não por muito tempo. — Ela ri. — Eu caía muito.

Observamos um ganso mergulhar para um pouso desajeitado na água, com as asas balançando para todos os lados.

— Não é a mesma coisa que você faz, eu sei, mas eu também me interessava por poesia — acrescenta Jaleh.

— O que você escrevia?

— Qualquer coisa. — Minha mãe gargalha. — Eu tentava de tudo. Alguns textos políticos sobre o Irã. Cheguei até a escrever um livreto. Uma editora chamada Tin House publicou. Foi uma tiragem pequenininha, mas fiquei orgulhosa. Fiz uma leitura no campus no lançamento.

Não acredito que minha mãe é uma poeta publicada. Da última vez que ela comentou que gostava de escrever, no Jardim Botânico, eu estava muito irritada para ouvir de verdade. Desta vez, fico curiosa sobre a vida que Jaleh teve antes de ser minha mãe.

— Você ainda tem algum exemplar?

— Tenho certeza de que sim — diz ela.

— Posso ler um dia?

As bochechas de Jaleh se erguem com um sorriso.

— Claro.

Pego o último pedaço de tortilha do burrito e atiro alguns farelos para os gansos.

— Aposto que a Reed seria um ótimo lugar para um recital de poesia.

Eu refreio o pensamento. Isso é tudo que posso me permitir imaginar de um futuro aqui. Uma vida longe de Bea é uma vida em que não quero pensar, mesmo que ela pudesse me fazer feliz.

Minha mãe observa os pássaros se aproximando para comer as tortilhas.

— Sei que você prefere não ouvir conselhos vindos de mim… mas dá para perceber que você se vê aqui — aponta ela. — Não tem problema querer isso, Mitra. Espero que você siga sua imaginação, suas paixões. — A voz dela é generosa na permissão. — Faça o que achar que é o certo para você.

As lágrimas embaçam meus olhos antes mesmo que eu possa perceber que estou sentindo algo. Os músculos da minha garganta se contraem.

São palavras simples. Mas fazem com que Jaleh se pareça com a mãe de que me lembro antes da dependência, quando ela queria tudo de bom no mundo para mim.

No jantar de Nowruz, minha mãe disse que queria me mostrar que estava arrependida por meio de suas ações. E aqui está ela, fazendo exatamente isso repetidas vezes.

Enfio as mãos dentro das mangas do moletom enquanto ela observa o lago.

— Obrigada, mas não temos dinheiro pra pagar a mensalidade — digo. — E, mesmo que não fosse tão caro, acho que não vou conseguir entrar. Eles aceitam menos da metade dos candidatos.

Eu me concentro em respirar, observando uma tartaruga na água. Ela estica os membros escamosos para fora do casco, tomando sol sobre um tronco caído. Quando sua cabeça se estende para fora da segurança do casco, ela pisca para mim, parecendo surpresa. Sua boquinha de tartaruga se escancara.

— Coisas boas podem acontecer — incentiva minha mãe, pousando a mão na minha. — Talvez uma coisa boa aconteça com você.

Coisas boas que podem se tornar realidade

Podemos voltar da Reed pelo caminho mais longo, pegando costa pela rodovia 101.
Parar em uma loja para comprar bala puxa-puxa e
fazer um desvio para visitar o farol de Tillamook.
Onde ouvimos as gaivotas grasnando alto e alegremente.
Onde ouvimos as histórias uma da outra de novo.
Para onde voltaremos de novo algum dia —
Só nós duas.
Eu prometo.

QUERIDOS ANJOS DO CÉU

— Como você ousa? — Bea abre um sorrisinho para mim quando atravesso as portas da capela na segunda-feira durante o almoço, distraída com o aplicativo de e-mail no celular. — Não é permitido usar o celular na igreja.

Ela o arranca da minha mão.

— Nossa, muito madura — digo, rindo.

— Você sabe o que o padre Mitchell diria. — Ela coloca meu celular no bolso. — Você não precisa de celular pra falar com Deus.

Eu me jogo nos braços de Bea, me enrolando toda nela. Foi um fim de semana longo, empolgante e confuso, e as consequências de toda essa mudança ainda ressoam em mim. Além disso, ter ficado fora durante o fim de semana inteiro me fez pensar no que aconteceu nos ensaios do musical e se Cara convenceu Bea a participar de mais alguma festinha para a "enturmar o elenco".

— Senti saudade — falo.

— Como é que é? — resmunga ela no meu ouvido. — Enquanto você estava perambulando por Portland, fui coagida a preparar o jantar de Domingo de Páscoa com meus pais. Acho que enfim perceberam que estou irritada pela forma como eles têm agido desde que contei que estamos namorando. Minha mãe e eu fizemos empanadas em completo silêncio. E levou *horas*. Meu Deus, que saudade de você.

— Sinto muito, Bea.

— Mas o lado positivo é que acho que eles estão começando a notar que toda aquela história de serem pais não intervencionistas saiu pela culatra. As empanadas foram só a primeira tentativa de "serem pais presentes". Eles disseram que vão comprar ingressos pra me ver na peça.

— Uau, é um grande passo — destaco.

— Eu sei. Vai ser a primeira vez que eles vão aparecer em um evento da Santa Trindade, fora aquelas reuniões para "falar sobre a filha problema". É, tipo, um grande evento.

— Viu? Milagres de Páscoa acontecem mesmo — brinco, mas sei o quanto significa para Bea que os pais se interessem pela vida dela, mesmo que não diga isso em voz alta.

Eu me afasto do abraço, roubando meu celular do bolso dela no processo.

— Ei!

— Eu tenho que saber. Você não quer acabar com o nosso sofrimento?

Hoje é o dia em que as cartas de admissão da UW vão chegar. Estou atualizando o e-mail desde as seis da manhã para ver se a minha chegou. Só vou descobrir o resultado da Reed quando me enviarem uma carta pelo correio, afinal eles são tão tradicionais quanto a sra. Acosta.

— Não estou pronta. — Bea me encara. — Quero mais um almoço normal na capela ao seu lado antes que tudo mude. Só... me conta como foi seu fim de semana primeiro e depois a gente verifica o e-mail juntas. Pode ser?

Eu entrego o celular e a levo em direção ao primeiro banco.

— Tudo bem.

Bea faz um travesseiro com seu suéter sobre o centro do banco e se estica nele. Eu me junto a ela, roubando parte do travesseiro improvisado e me esparramando na outra metade do banco.

— Um fim de semana inteiro. Sozinha. Com sua mãe.

Ela estende uma empanada embrulhada em plástico para mim, e eu dou um saco de Doritos em troca.

— Foi até que... legal — digo. — E estranho, assustador e esquisito. Mas as coisas foram mais como nos velhos tempos dessa vez. Isso me fez lembrar de como ela era antes.

Bea encosta o topo da cabeça no meu.

— E a Reed?

Dou uma mordida na empanada para ganhar tempo.

— É pequena. A reserva natural era legal. E fomos a uma batalha de rima no campus.

— Sério? — diz ela, entre um salgadinho e outro.

— Essa empanada tá incrível — comento, mudando de assunto. — Mal consigo sentir o gosto da hostilidade.

— Pode confiar, ela existe. — Bea suspira. — É um sabor sutil.

Eu me desloco no banco para poder beijar a testa dela. É um gesto tão simples. Mas, depois de tanto tempo reprimindo meus sentimentos por Bea, valorizo até mesmo um beijo na testa. Cada toque é uma fonte de maravilha.

— Como foi o ensaio do teatro?

— Um pouco agridoce. Foi nosso último ensaio de fim de semana. Ellie preparou pãezinhos pro jantar em homenagem ao pão que Jean Valjean roubou. — Bea se aproxima para que fiquemos frente a frente, de cabeça para baixo. — O ensaio geral é na sexta-feira. Podemos convidar pessoas pra assistir.

— Então você tá me convidando?

— Com certeza.

— Posso jogar rosas em você da plateia? E usar uma camiseta com a frase "Minha namorada é uma estrela"?

É uma piada, mas Bea sabe que há outras perguntas nas entrelinhas. *Posso ser sua namorada em público? Podemos demonstrar sentimentos em um lugar assim?*

Um sorriso se insinua nos lábios dela.

— Temos menos de sessenta dias neste convento. E nossas cartas de admissão chegam hoje. Que mal poderiam fazer contra a gente agora? — Ela beija meu nariz. — Vai fundo.

Quero ficar neste momento para sempre, no espaço entre os lábios dela e minha pele. No segundo antes de nosso futuro chegar, quando tudo parece fantástico e possível.

Um sino solitário soa em algum lugar bem acima de nós, fazendo os bancos vibrarem. Meio-dia e meia.

— Beleza. — Bea lambe o tempero vermelho dos dedos e tira nossos celulares do bolso do blazer. — Vamos lá.

Nós nos sentamos e entrelaçamos nossos dedos sobre o banco, atualizando o e-mail com a mão livre. Ontem à noite, limpei minha caixa de entrada e, pela primeira vez na história, não tenho nenhuma mensagem não lida.

Nada ainda.

Alguma parte bem pequenininha de mim deseja que o responsável pelas admissões brinque de ser Deus e tome a decisão por mim. Eu entraria na UW, mas não na Reed, e então eu não duvidaria dos planos que Bea e eu traçamos. Ou o contrário... eu seria forçada a obedecer àquela voz em Portland que ficava me instigando, dizendo "Aqui você pode ser você mesma".

Os deuses das admissões poderiam me liberar da tensão de escolher entre mim mesma e meu futuro com Bea. Desde que voltei de Portland, minha barriga não para de revirar diante da impossibilidade dessa decisão. Não tenho ideia do que quero. Só sei disto:

— Quero passar o próximo ano com você — digo.

E o próximo, e o próximo, e o próximo.

— Deus deve uma pra gente — decreta Bea. — Ela vai fazer dar certo.

— Será que a gente devia orar ou algo assim?

Bea me olha fixamente e parece pronta para me dar um soco no braço, mas então solta minha mão e fica de joelhos no banco. Ela une a palma das mãos à frente e fecha os olhos.

— Queridos anjos do céu — começa ela —, por favor, tenham piedade de nós. Somos queer. Nosso lugar não é aqui. Por favor, façam um favorzão e nos mandem pra faculdade. Se fizerem isso, prometemos nunca mais assombrar a capela de vocês.

— "Anjos do céu"? — pergunto.

Ela abre os olhos e me espia.

— É meio falta de educação orar a Deus só quando você precisa de alguma coisa.

Bea se levanta e atualiza o aplicativo do e-mail pela enésima vez.

— Mitra!

O grito dela ecoa pela igreja vazia. Bea pula no meu colo e vira a tela para mim. Ela ainda nem abriu o e-mail, mas a linha de assunto diz "Parabéns!".

Eu abraço a cintura dela e pressiono o nariz em sua têmpora.

— Você conseguiu!

— Aqueles anjos deram um jeito! — exclama ela.

— O mérito é todo seu — digo. — Você se esforçou *muito* na escola. É o seu sonho. Você merece.

Ela se inclina para trás e procurar meu celular.

— Alguma coisa?

Eu atualizo o aplicativo de novo.

— Ainda não.

Eu engulo em seco. A adrenalina dispara nas minhas veias. Talvez os deuses das admissões tenham ouvido meus pensamentos e agora estejam brincando comigo. Deixando os dois futuros fora de alcance, esperando para ver por qual deles eu luto com mais afinco. Dá até para ouvir meus batimentos cardíacos.

— Quando enviaram seu e-mail? — indago.

— Há dois minutos. Deve ter sido no meio da oração.

Ficamos sentadas olhando para a tela do celular, arrastando sem parar a tela para baixo para atualizar, como macacos de laboratório à espera de uma recompensa. Uma pedra de dúvida cai no meu estômago. Ela retumba cada vez mais forte com minha preocupação.

E se Bea conseguiu entrar e eu não? E se eu quis demais ter uma vida com ela e o universo decidiu arrancar isso de mim? Será que as pessoas são punidas por terem esperança demais?

Bloqueio a tela e coloco o celular de volta no bolso do blazer de Bea. O calor toma conta do meu rosto.

— Não — diz ela, sempre segura. — Espera mais um pouco.

Ela me entrega o celular para que eu o desbloqueie e, em seguida, assume a tarefa de atualizar o e-mail, ainda sentada no meu colo. Por cima do ombro dela, observo seus dedos teimosos arrastarem a tela.

Por dentro, acrescento uma frase à oração de Bea. Para quem estiver ouvindo: mudei de ideia. Quero tomar essa decisão sozinha. Por favor, por favor, me deixem entrar na UW. Por favor, não tirem o futuro que prometemos uma à outra. Me deixem escolher a Bea.

O PODER DA ORAÇÃO

Caixa de entrada (0)

[atualizar]

Caixa de entrada (0)

[atualizar]

Caixa de entrada (0)

[atualizar]

Caixa de entrada (1 e-mail não lido)

De: UW Admissões

Assunto: Parabéns!

Prezada Mitra,

PARABÉNS! Temos o prazer de convidá-la a fazer parte da turma de 2028 da Universidade de Washington.

Esta admissão é um reconhecimento do seu trabalho árduo, excelência acadêmica e outras conquistas. Como futura aluna, você compartilhará seus talentos com um grupo diverso de estudantes excepcionais de todo o estado de Washington, do país e do mundo. A comunidade da UW está ansiosa para recebê-la no nosso campus de Seattle no outono de 2024 para o primeiro trimestre da sua graduação.

Este e-mail de admissão é apenas o primeiro passo. Em breve, você receberá por correio um envelope com informações importantes e instruções para se matricular no seu primeiro trimestre na UW.

Para garantir sua vaga como parte da turma de calouros da UW, você deve aceitar esta oferta de admissão até 1º de maio de 2024.

Agora é o momento de comemorar! Compartilhe a boa notícia da sua admissão na UW com aqueles que a apoiaram — família, professores e amigos.

Com os mais sinceros parabéns de toda a Universidade de Washington,

Adina Williams

Diretora de Admissões

Mitra

amor é você sorrindo,
feliz na plenitude
do nosso futuro:

você foi a certeza,
enquanto eu rodopiava
em meio ao desconhecido, minha preocupação

era uma pipa renegada,
e você era a pedra
que me firmava com uma convicção

brilhante e profunda nascida
do seu ser — talvez você
tenha sonhado com estas palavras

antes de eu escrevê-las:
isso é fé, Bea, e
você desperta uma coragem firme

e elementar dentro de mim,
como o carbono, como o oxigênio,
um presente do seu amor

Bea

amor como o nosso pode abraçar a lua reluzente,
e nós podemos mergulhar os dedos em seu brilho líquido,
cobrindo nossa pele até que tudo o que tocamos ria contente,

adornado por redemoinhos lunares: está em nosso DNA
lançar sonhos na escuridão, sem a esperança de pousos
seguros, nós deixamos nossa marca no mundo sem pensar

nas consequências, mas às vezes elas alcançam ouvidos
divinos, às vezes nossa visão ousada cria música,
obrigando até mesmo os anjos estáticos dos vitrais

a dançar, consideramos aqueles santos operadores
de milagres, mas o verdadeiro milagre é a fé
que acendemos uma na outra, a devoção a uma história

que ainda se desenrola — vamos encher as páginas com nossas
digitais cheias de brilho lunar, um futuro que abençoamos
com um amor implacável e fé em nós

PRÉ-MUSICAL

Bea: manda mensagem quando chegar!

Mitra: acabei de entrar. Você vai ser INCRÍVEL!!

Bea: VOCÊ TÁ TENTANDO ME INFECTAR COM TODAS ESSAS MAIÚSCULAS SENDO QUE EU JÁ ESTOU ANIMADONA PRA PEÇA

Mitra: EU SEI!!! ISSO É O QUANTO EU ACREDITO EM VOCÊ. VOCÊ VAI ARRASAR HOJE À NOITE

Bea: OBRIGADA, AMOR!

Mitra: É VERDADE!!

Bea: QUE BOM QUE VOCÊ VEIO!

Mitra: NÃO PERDERIA POR NADA NO MUNDO

Bea: OK, EU PODERIA CONTINUAR NISSO A NOITE TODA, MAS O DIRETOR TÁ CHAMANDO A GENTE!

Mitra: VAI LÁ SER INCRÍVEL

NO MEU CORAÇÃO

O resto da semana passou flutuando em uma nuvem do entusiasmo de Bea. Todos os "e se" que estávamos acumulando ao longo dos últimos quatro anos e meio finalmente vão ter um fim. Agora tudo *vai ser*.

Voltar ao campus da Santa Trindade em uma sexta-feira à noite parece contraintuitivo, ainda mais sem uniforme. Isso me faz lembrar a noite do baile de inverno, quando Bea e eu usamos nossos melhores trajes queer de festa, prontas para destruir todas as expectativas. Mas, desta vez, estou sozinha, então minha roupa é discreta: uma camisa de botão azul-marinho e calça jeans cinza, um buquê de dálias com cores pastel na mão.

Até que tem bastante público para um ensaio geral. Alunos de todos os anos estão aguardando fora do auditório, junto a um punhado de professores e funcionários. Alguns pais obstinados se voluntariaram para montar mesas e vender ingressos para a noite de estreia, inclusive a mãe de Cara, mas a maioria dos pais só vai assistir à estreia. Os pais de Bea, que ainda estão na onda de serem pais presentes, já compraram os ingressos para a apresentação oficial. Bea não falou em voz alta, mas sei o quanto o fato de os dois se comprometerem a vir significa para ela.

Abro caminho por entre as pessoas e subo a escada da entrada dos funcionários até ver Max. Elu tinha me enviado uma mensagem pedindo para eu encontrar o pessoal na cabine de controle de luz e som antes da apresentação. Além da cruz fina de prata no pescoço, Max está usando preto da cabeça aos pés: calça engomada, camisa de colarinho e botas com cadarço.

O traje monocromático é obrigatório para a equipe técnica, mas acho que, para Max, é como estar usando um dos seus looks favoritos de fim de semana. Eu entro na cabine e espremo meu rosto no de Max, como se fosse um abraço de bochechas. De perto, consigo apreciar a aplicação impecável de rímel delu.

— Você tá elegante — digo.

Max afasta uma mecha loira dos olhos e sorri.

— Valeu. As pessoas não costumam prestar atenção no traje da equipe, mas você sabe como é. A gente comanda o show. Gosto de estar à altura.

— Além disso, a Jessica tá aqui — comento.

Max cora.

— A gente vai tomar alguma coisa depois.

— Quero todos os detalhes mais tarde. Mas e aí, tá tudo bem com a apresentação?

— Tá, acho — hesita Max. — A menina que interpreta a Cosette mais nova pegou um resfriado, e o Jack tentou dar um soco no Spencer ontem. Mas tenho certeza de que vai dar tudo certo.

Dou um tapinha no ombro de Max.

— Deus no comando.

Ellie entra na cabine de controle, frenética.

— Aquele spot de trilho que se exploda! — exclama ela, furiosa.

— Oi, Ellie.

Ela fecha as mãos em punhos e se agacha para ver a mesa de luz.

— Oi, Mitra.

Max a orienta a respirar fundo. Quando para de espumar, Ellie se vira para mim.

— A Bea guardou um assento na primeira fileira pra você. É a cadeira com a jaqueta amarela dela. Faltam cinco minutos para as cortinas se abrirem.

— É melhor eu deixar vocês trabalharem, então.

Eu me viro para a porta. A equipe técnica é surpreendentemente rígida em relação a quem entra na cabine, e eu não quero estragar nada. Na primeira vez que Max me convidou para vir aqui, senti como se tivesse sido iniciada em algum culto de sangue.

Já estou saindo quando Ellie batuca as mãos na mesa de luz. Ela coloca o brilho da luz da plateia no máximo e, depois, a acende e apaga, como se fossem relâmpagos. Os alunos do sexto ano na plateia soltam gritinhos e todo mundo começa a sussurrar, correndo para seus lugares. No meio do auditório movimentado, avisto a inconfundível nuvem de cabelo branco da sra. Acosta na última fileira.

Quando passo pelo corredor, me deparo com a jaqueta vintage de Bea. Ela reservou um lugar para mim bem na frente, então vou ter uma visão fantástica de todo o choro, morte e miséria. As luzes se apagam e eu me acomodo no assento, esperando meus olhos se ajustarem ao cenário do estaleiro no palco. O naipe de cordas da orquestra toca as primeiras notas da abertura e eu coloco a jaqueta de Bea sobre os joelhos. Nós a encontramos em um brechó no segundo ano, e a peça tem a palavra "Royal" gravada nas costas em letras cursivas bem grossas. Bea sempre fala que isso dá uma energia de rainha a ela.

Prendo a respiração à medida que as luzes do palco se acendem. Sou um poço de puro entusiasmo pela minha namorada. Todo o meu nervosismo devido ao tempo no palco de Bea e Cara enfim começa a diminuir. Azar estava certa: Bea tem o hobby dela e eu encontrei o meu, e agora posso desfrutar da atuação sem ficar com ciúme. Eu me sinto muito madura e orgulhosa de mim mesma, como se por fim estivesse alcançando a utopia queer em que todo mundo é amigo do ex e não tem nada de estranho ou ciumento nisso.

E se eu ficar com um pouco de ciúme... bem, a peça termina em uma semana, e todo o tempo extra que Bea está passando com Cara não vai mais existir mesmo.

No início da peça, a jovem Cosette e a jovem Éponine são interpretadas por duas meninas do sexto ano. A mini Éponine se parece muito com Bea quando nos conhecemos: rosto redondo e pele bronzeada, salpicada de sardas, com óculos de grau e uma nuvem de cabelo castanho curto. Quando a menina fala, é difícil não ouvir a voz de Bea ainda criança.

No meio da peça, Bea sobe ao palco como a Éponine adulta, com um vestido de espartilho esfarrapado e aparência suja. A luz do palco ilumina seus olhos e cintila sua pele. Ela se junta a Spencer na beira de um rio pintado como pano de fundo.

— Então finalmente o conheci! — A voz de Bea atravessa o auditório com clareza quando ela diz a primeira fala.

Sua devoção a Marius ressoa em cada palavra. É como se ela estivesse ensaiado para este momento a vida inteira. Bea *é* uma rainha.

Cara e Ben, que interpreta Jean Valjean, juntam-se a ela no palco. Sei que Cara é uma atriz incrível — ela brilha no papel de Cosette, da mesma forma que brilha em tudo que faz. Mas é difícil para mim notá-la. Bea magnetiza minha atenção toda vez que aparece em cena.

— Cosette!

Ela se volta para a plateia, reflexiva, pensando em tudo que passou desde a última vez em que ela e a jovem Cosette se encontraram. Cada gesto e expressão estão impregnados das dificuldades pelas quais ela passou e do desejo de ter uma vida diferente.

Mesmo quando Cosette canta "No meu coração" com Marius, são os vocais em contraponto de Bea que capturam minha atenção. Não sei se alguém na plateia consegue tirar os olhos dela.

Os personagens se preparam para a revolução e cantam "Só mais um", e Bea canaliza todas as emoções de Éponine em uma corrente que vai direto a meu coração. Ela se levanta do chão e brada "Minha vida é como um nó", e todo o amor, o desejo e o arrependimento de Éponine me atingem. Meus olhos se enchem de lágrimas.

Eu costumava desejar Bea dessa forma. Eu me sentia tão sozinha por amá-la. Mas agora estou aqui, assistindo a essa garota radiante que me ama também, e cujo amor apazigua todos os dias solitários que vieram antes. É um final feliz que Éponine nunca teve, e um final que ainda estou tentando provar a mim mesma que mereço, e que posso confiar nele.

Se o desejo de Éponine me deixou com os olhos marejados, sua cena de morte nos braços de Marius, sob o barulho da chuva cenográfica, me leva aos prantos. Quando a peça termina e a cortina desce, tento me recompor, enxugando as lágrimas na manga da jaqueta de Bea. Todos os membros do elenco voltam ao palco e o público se levanta para aplaudir.

Bea está irradiando alegria como um farol. Ela segura a mão dos colegas de elenco e faz uma reverência e, quando as mãos deles se soltam no final da ovação, ela pula da beira do palco para falar comigo.

— Isso são lágrimas? — pergunta ela, tocando minha bochecha.

— Não. — Eu fungo.

— Eu fiz você sentir *sentimentos*?

Entrego o buquê de dálias para ela.

— Talvez? Tudo bem, sim. Não fica se achando.

— Eu fiz você *chorar*! — cantarola ela.

— Eu não sou a única! O sr. Frederich estava soluçando de tanto chorar atrás de mim. E... você estava tão radiante — digo. — Não tinha ideia de que você sabia fazer isso.

Bea sorri, olhando o buquê.

— Fingir ser perdidamente hétero pelo Spencer por duas horas? Nem eu. — Nós duas rimos. — Significa muito pra mim que você tenha vindo — afirma ela, olhando para minha camisa. — Hum, me prometeram uma declaração pública de amor estampada numa camiseta.

Levo a mão à cintura do figurino rasgado de Bea. Meus batimentos cardíacos disparam como o trovão de alunos deixando os assentos no auditório.

— Posso te beijar em vez disso? — proponho.

Bea responde envolvendo os braços no meu pescoço, com o buquê de flores e tudo. Seu rosto tem um leve brilho das luzes, e está marcado com a sujeira cenográfica e o batom. Eu encosto meu nariz no dela, em um leve cumprimento.

Sei que as pessoas estão observando — alunos, professores e funcionários. Não temos o amparo da escuridão que me deu coragem na noite do baile de inverno. Agora, a luz intensa do palco revela tudo. Talvez tenhamos problemas. Talvez mexam conosco na escola na segunda-feira.

Mas eu a beijo mesmo assim, e todo o resto desaparece. Somos apenas Bea e eu, reivindicando nosso lugar, e celebrando isso, como se tivéssemos estourado confetes por dentro. Eu me esqueço de tudo quando seus lábios encontram os meus. Pela primeira vez na Santa Trindade, me sinto intocável.

GRUPO DO SANTO HORROR

Mitra: parabéns pra todo mundo!!! vocês foram incríveis!

Max: a gente conseguiu!

Cara: obrigada, mas não sei, sinto que não fui bem em "Eu vivi"

Cara: vou melhorar nisso

Ellie: amiga, não seja tão exigente com si mesma! você foi impecável

Bea: alguém mais ouviu o peido da jovem Cosette no meio de "Castelo no céu"

Cara: ouviu ou cheirou? porque... sim

Ellie: não era o tipo de coisa que a gente esperava ter no *céu*

Max: ecaaaa parem

Mitra: ninguém vai lembrar disso na noite de estreia

Mitra: vocês vão deixar todo mundo de boca aberta!

Bea: own, obrigada, Mitra!

Max: Spencer e Jack não se agrediram no intervalo

Max: então, no geral, eu consideraria uma vitória

Bea: Cara, você viu a sua mãe lá na frente?

Cara: TODO MUNDO viu

Cara: ela ficou de pé o tempo todo tirando foto

Ellie: você sabe que eu adoro a sra. Liu, mas é melhor você lembrar ela que NÃO pode tirar fotos com flash quando abrirmos as cortinas!

Ellie: olha que eu tenho coragem de expulsar ela, hein!

Mitra: ai, gente, ela só estava sendo fofa, deixem a mulher em paz

Mitra: eu ouvi ela cantando "Eu vivi"

Bea: inclusive, acho que nosso rolê pra unir o elenco valeu a pena

Max: nada como estar lado a lado enfrentando Godzilla e Darth Vader pra fazer com que a equipe trabalhe em conjunto

Bea: o que a gente vai fazer pra comemorar quando a peça acabar?

Ellie: vai ter um Rolê do Elenco Parte Dois?

Cara: deixa comigo!

TUDO

Bea não larga as dálias durante toda a volta para casa. Eu dirijo o Gary para ela se esparramar no banco do passageiro reclinado, com os pés apoiados no painel.

— Eu sabia que você era excepcional — digo à Bea quando paramos na garagem vazia dos pais dela. — Mas não esperava aquilo. Estou muito orgulhosa de você. E orgulhosa de estar com você.

Ela se vira contra o assento para me olhar, com a mão debaixo do rosto.

— Não sei quando foi a última vez que alguém me disse que sentia orgulho de mim.

— Sério?

— Meus pais não se orgulham de mim desde que eu tinha, sei lá, uns 7 anos. Na época em que eu ainda fazia aulas de piano e ia à escola dominical.

Quando Bea fala sobre os pais, quase sempre faz uma piada. Para ela, rir da ausência deles é mais fácil. Dessa vez, ela deixa as palavras pairarem no ar, sem inspirarem nenhuma risada.

Em casa, sei que Bea se sente meio desconectada e sufocada ao mesmo tempo. Eu não sabia que ela nunca se sentiu digna. Não consigo imaginar como é isso. Meu pai arranja novos motivos para se orgulhar de mim todos os dias. Até minha mãe deixou claro que está orgulhosa de quem eu me tornei, e só voltamos a ter contato nos últimos meses.

Eu estendo o braço sobre o freio e acomodo a mão na dela.

— Ei, tudo que você faz me deixa orgulhosa.

— É bom ouvir isso. — Bea hesita, ainda segurando firme a minha mão. — Eles falaram que não vão poder ir à peça.

— Quê? — Sinto um buraco se abrir no estômago. — Mas eles já compraram os ingressos. E… prometeram pra você.

— Convenceram a minha mãe a palestrar em algum retiro corporativo em Santa Fe, ou é em San Antonio… enfim, não sei. E meu pai vai junto.

O cansaço pós-espetáculo parece ter anulado o estoicismo habitual de Bea. Ela fecha os olhos quando volta a falar:

— Eu queria que eles fossem. Só dessa vez.

Eu gostaria de poder mudar isso na vida dela. Fazê-la enxergar que merece cada grama de amor e carinho que não está recebendo deles. Os pais da Bea não têm ideia de como a filha deles é incrível nem do quanto estão perdendo.

Eu seguro a nuca dela, acariciando o cabelo macio.

— Sinto muito. — Não é o suficiente, mas eu digo mesmo assim. — Vou estar lá, ok? Torcendo por você. Prometo.

Bea olha para mim.

— Obrigada, Mitra. — Ela beija a palma da minha mão.

Quando saímos do carro, entramos na casa escura e vamos direto para o quarto dela. Bea se acomoda na cama e faz um gesto para eu deitar também. Eu me aconchego a seu lado e ela se enrosca no meu corpo, entrelaçando nossas pernas. Ela tira os óculos e, embaixo deles, as sardas estão começando a escurecer por causa do sol da primavera.

— Fica aqui hoje. Por favor? — pede ela.

A voz dela tem um quê de anseio, como se não conseguisse me abraçar forte o bastante.

Aproximo a boca da dela, passando a língua pelo lábio inferior até que ela responda. Bea aprofunda o beijo e afunda em meus braços, e eu me deixo ser engolida pelos lençóis macios, pele e cheiro. Quando beijo seu pescoço, a pele tem um gosto salgado, suave e um pouco floral.

Há tantas coisas que eu quero experimentar com Bea. Adorei curtir a tensão pré-sexo com ela, aproveitando todo aquele frio na barriga juntas. Mas imaginar o que nos aguarda me faz perceber algo.

— Eu quero tudo com você.

Bea beija o ponto fraco abaixo da minha orelha.

— É?

Os dedos de Bea abrem os botões da minha camisa, desde o colarinho até a barra. Todas as terminações nervosas invisíveis da minha pele ficam alertas quando tiro a camisa.

Eu toco seus brincos, tirando as tarraxinhas de metal uma a uma. Bea ri quando levanto a bainha do vestido de algodão, porque isso faz cócegas nos joelhos. Ao puxar o vestido sobre sua cabeça, ela me empurra de volta nos lençóis. Eu seguro o crucifixo dela e a conduzo para outro beijo.

Bea se abaixa para abrir o botão da minha calça jeans, e eu me deixo ficar completamente imóvel sob o corpo dela.

— Talvez eu não saiba o que estou fazendo — alerto.

— Como se eu soubesse? — Ela dá uma risadinha enquanto tira minha calça.

Sem a calça, eu curto de novo aquela sensação aguçada: nossa pele criando a própria magia combinada. Quando ela desliza a perna entre as minhas, parece que fomos feitas para nos encaixarmos.

Eu encosto os lábios na testa dela, e então a observo.

— O que você quer? — sussurro. — O que você gosta?

Ela responde abrindo o sutiã estampado e tirando a calcinha, e eu faço o mesmo.

Nunca vou me acostumar a vê-la. Algo no meu cérebro lembra as primeiras palavras que escrevemos no poema sem fim, o início de tudo: "você é o trovão e o clarão no horizonte". Bea tem um relâmpago dentro de si.

— Eu nunca fiz isso — confidencio.

— Eu sei.

— Mas eu quero fazer isso com você. Estou pronta.

Ela não para de sorrir para mim.

— Eu também. E... eu também nunca fiz.

— Sério?

Bea afasta o cabelo dos meus cílios.

— Você acha que eu teria tido o tipo de autocontrole necessário pra esconder algo assim de você? — Ela ri. — Pode confiar, você saberia.

Então, vamos descobrir juntas. Beijo os lábios de Bea e passo o nariz por sua mandíbula, descobrindo cada parte dela pouco a pouco. Ela me puxa para cima de seu corpo, e meu cabelo se espalha sobre a clavícula dela. Então Bea segura meu rosto e dá um beijo que ilumina o caminho adiante.

NÓS

Eu: pronta para tudo que
nunca fiz, com os dedos dos pés na
beira de uma ponte da qual nem
consigo ver o chão, mas sua mão
se une à minha e

Você: toca, saboreia,
sussurra e ri, fazendo todos os meus
sentidos acordam no caminho
que você percorre em mim e

Você: é uma oração ganhando vida
sob meus dedos, um poema
que se forma a partir das suas sardas,
palavras se erguem da pele
e aterrissam na minha boca,
prontas para serem ditas e

Eu: costumava dormir a seu lado com
os punhos fechados e os olhos arregalados,
aterrorizada, afastando
a promessa de ter mais que uma queda,
mas agora eu caio em rendição

E nós: saboreando cada
presente que descobrimos, e a espuma
dos nossos batimentos cardíacos se formando
na onda da nossa alegria, uma magia
selvagem demais para permanecer
engarrafada dentro de nós

A MANHÃ SEGUINTE

Mitra: adivinha

Bea: que foi???

Mitra: minha namorada e eu transamos!!

Bea: que loucura!

Mitra: primeira vez

Bea: e como foi?

Mitra: ...

Bea: ... ??

Mitra: INCRÍVEL

Mitra: só queria contar isso pra minha melhor amiga

Bea: ME CONTA TUDO!!!

SIMPLESMENTE PERFEITO

Na manhã seguinte, acordo com a mão de Bea se contorcendo um pouco na minha barriga enquanto ela dorme; e chegam três notificações seguidas no meu telefone:

Jaleh: Oi, Mitra *joon*!

Jaleh: A Azar está planejando vir aqui mais tarde para passar o fim de semana. Pensei em perguntar se você gostaria de vir com ela dessa vez...

Jaleh: Você decide. Te amo. Mãe.

Mordo a unha do polegar, encarando as palavras da minha mãe. "Você decide." Uma abelha preocupada zumbe no meu pulmão.

Posso ficar assustada e posso me machucar. Posso me arrepender de ter aceitado. O mais fácil seria ficar em casa com meu pai. Eu poderia fazer isso. E poderia perder a chance de ver minha mãe me mostrando, repetidas vezes, que posso confiar nela.

Uma hora depois, Bea me deixa em frente à casa em Crossroads. Eu tinha certeza de que Azar ia perceber um certo brilho em mim, mas deve estar tão chocada com minha disposição de ir com ela à casa da nossa mãe por um fim de semana que não se dá conta da minha vibe EU TRANSEI!

Azar e eu andamos juntas até o apartamento de Jaleh. Estou levando uma mochila com uma muda de roupa, a escova de dentes e uma coletânea antiga de poemas da Naomi Shihab Nye como apoio emocional. Quando tiramos os sapatos e passamos pela hamsa ao entrar na casa, nossa mãe está sem maquiagem, vestindo uma calça de moletom. O cabelo cacheado está amarrado para trás com uma bandana verde dobrada. Todas as vezes que a vi nos últimos meses, era como se fosse um evento formal muito importante, mas hoje Jaleh parece mais ela mesma, e isso me conforta. Há alguns pratos na pia e uma máquina de waffle quente em cima do fogão. Ela está no sofá, com um livro aberto sobre o cobertor e um travesseiro.

— Meninas! — Nossa mãe nos puxa para um abraço duplo. Comigo e Azar, são quatro bochechas, mas ela beija todas. Pegamos pratos e vamos até o fogão, onde Jaleh já se postou. — O que vocês querem fazer?

— Tem umas edições de foto e uns negócios de design que eu quero fazer — comenta Azar, jogando um waffle no prato. — Quer maratonar *Making a Murderer* de novo enquanto fazemos umas artes?

— Acho que a Mitra não gosta desses programas de *true crime* tanto quanto você, Aziz — diz minha mãe.

Essa é uma constante na minha vida durante os últimos cincos anos. Fico surpresa que Jaleh se lembre.

Terminamos de nos servir e levamos as guarnições — chantilly, calda e morangos — até o balcão para comer.

— A gente podia assistir àquela minissérie nova sobre arqueologia — sugere Azar. Ela está me dando uma colher de chá ao sugerir um documentário científico. — Além disso, preciso de mais alguns temas pra série em que estou trabalhando. — Azar olha para mim e para nossa mãe de forma incisiva enquanto espeta um morango. Como nós permanecemos em silêncio, ela suspira. — Estou falando de vocês duas. Vocês são os temas.

— Não sei.

Corto um quadradinho do waffle.

— Qual é o projeto? — pergunta a minha mãe.

— É meio que inspirado em matemática. — Quando levanto as sobrancelhas, Azar sorri para mim. — Eu sei. Mas teve um dia que eu estava olhando pra uns azulejos geométricos nos porta-retratos antigos do Irã que o pai tem, e isso me fez pensar que seria legal fazer alguns designs de tesselação. Tipo, fazer uma série de fotos de família com coisas inspiradas nos antigos padrões de azulejos iranianos.

— Me parece inovador. Pode contar comigo — incentiva minha mãe.

A última vez que tirei uma foto na presença de Azar foi antes do baile de inverno, e ela fez uma dancinha de robô atrás do nosso pai só para me zoar. Não ficou boa. Mas, depois da noite passada, acho que eu diria sim a tudo e a todos.

— Eu vou te dar três minutos pra tirar a foto — aviso. — E, dessa vez, vou ver todo o processo da arte.

Isso a faz sorrir mesmo com a boca cheia de waffle.

— Combinado.

Terminamos de devorar o café da manhã e, em seguida, Azar liga a TV e coloca um episódio sobre a escavação de fósseis de mamute da Era do Gelo. Ela pega o tablet e começa a editar uma foto de perfil que tirou de Gigi. Eu me sento no pequeno sofá ao lado da minha mãe, que pegou um pote de plástico com contas e fios.

— Quer fazer alguns acessórios enquanto assistimos? — pergunta minha mãe. — Aprendi umas técnicas básicas durante o tratamento. Talvez você possa criar algo para a Bea.

Passo a mão pelos pequenos compartimentos de contas. Há muitas cores que Bea gosta.

— Pode ser.

— Você já teve alguma notícia da Reed? — indaga minha mãe quando Azar vai ao banheiro.

— Nada ainda.

Não contei para ninguém sobre as orações desesperadas aos deuses das admissões quando Bea e eu estávamos esperando os e-mails de aceitação da UW. Meu pedido foi atendido: ganhei um novo mundo para explorar com Bea e quatro anos para aproveitá-lo. Mesmo assim, minha mente entremostra lampejos de mim sob o abrigo de árvores em frente a Eliot Hall, ou apoiada nos cotovelos enquanto participo de uma discussão profunda com a turma de Poéticas de Resistência e Resiliência. Aquela pedrinha de dúvida ainda está se revirando na minha barriga.

A esta altura, só quero que o universo faça a escolha por mim. Nem que seja a força. Que ele me dê um futuro sem complicações na UW, como Bea e eu planejamos.

Minha mãe percebeu as faíscas de entusiasmo em mim quando visitamos a Reed.

— Espero que tenha novidades em breve — diz ela, dando um tapinha no meu joelho. — Inclusive, lembrei de uma coisa. Encontrei isto aqui quando voltamos de Portland.

Ela levanta o livro aberto entre as almofadas do sofá e o entrega a mim. O exemplar é fino, e a capa roxa está descolada no canto, obstruindo um pouco do título: *Sonhos de açafrão*, de Jaleh Vakhshoori.

Passo os dedos na capa velha. Há tantas coisas que minha mãe e eu não sabemos uma sobre a outra. Às vezes, parece que são coisas demais das quais se recuperar. Mas estou segurando um livro que nasceu dela — tudo aqui dentro foi filtrado por seus olhos, sua mente e suas mãos.

— Obrigada, mãe.

Coloco o livro ao lado da coletânea velha de Naomi Shihab Nye, prometendo lê-lo ainda essa noite.

Mais tarde, caminhamos até o shopping center do outro lado da rodovia para comprar frango frito do Ezell's, depois levamos a comida até um banco no parque Highland. É um dia claro de abril e as flores silvestres na extremidade do parque estão começando a desabrochar. Enquanto comemos iscas de frango, milho e pãezinhos, observamos um grupo de meninas do ensino fundamental jogando uma partida de softbol no campo.

— Vamos lá. — Quando terminamos, Azar limpa os dedos gordurosos em um guardanapo e pega o celular. — A luz tá boa. — Ela nos chama para o calçadão de madeira sobre o canal pantanoso do riacho. — Primeiro a mãe.

Eu me afasto com Azar e a observo dar instruções.

— Olha pra mim. Beleza, agora olha pra longe. Mas com personalidade. Ótimo. Você tá indo muito bem. Agora, quero que olhe pra mim como se estivesse contemplando o sentido da vida.

Nossa mãe obedece a todos os pedidos de Azar. Quando minha irmã desvia o olhar para checar as fotos, Jaleh dá uma espiada em mim.

— *Que exigente* — reclama ela, sem emitir som. Mas acho que, na verdade, ela gosta de receber ordens da filha mais nova.

— Agora vocês duas juntas. — Azar aponta para mim.

Minha mãe me observa.

— Deixe sua irmã decidir — diz ela baixinho para Azar. — Talvez ela queira sair sozinha na foto.

Penso na foto emoldurada de nós três no apartamento da nossa mãe — com sorrisos pegajosos na varanda quente da casa em Sacramento, sujas de melancia. Eu tinha só uns 6 ou 7 anos na época.

É uma boa lembrança, mas não somos mais aquilo.

Eu me junto a Jaleh no calçadão de madeira perto do riacho. Ela coloca o braço ao redor dos meus ombros. Durante os trinta segundos em que Azar tira fotos, eu me deixo relaxar ao lado da minha mãe.

Quando Azar fica satisfeita com as milhões de fotos, eu a arrasto para o playground. O sol está quase se pondo e o parque está vazio. Azar dá algumas cambalhotas na grama úmida, depois me arrasta para o escorregador.

— Vaaai! — instiga Azar, até que eu suba a escada. — Descer *uma vez* no escorregador em espiral não vai te matar.

— E se alguém me vir? Vão me mandar de volta pro ensino fundamental, ou revogar minha carteira de motorista, ou algo assim.

Ela bufa.

— Não tem ninguém aqui.

Não a vejo tão animada desde que éramos crianças, e isso é tudo que eu preciso para subir a escada atrás dela.

Eu me pergunto se ela está sentindo o mesmo que eu: a força imensa de nós três, mulheres Esfahani, reunidas.

De noite, depois que Azar fez nossas unhas, vamos para nosso quartinho. Há uma cama de solteiro em cada parede, mas o lado dela do quarto está repleto de fotos, livros e roupas desdobradas. Minha cama nunca foi usada. Eu me enfio debaixo das cobertas e, quando olho para cima, vejo uma foto bem perto de mim, colada na parede. Azar e eu sorrimos para a câmera, de braços dados e com lancheiras combinando, na volta às aulas. Devíamos ter 8 e 6 anos, e ambas tínhamos sorrisos banguelas.

Azar me pega olhando para a foto.

— Eu encontrei essa nas coisas da mãe. Achei que seu lado do quarto precisava de umas decorações.

— Obrigada, Aziz.

Antes, eu tinha muito medo de resgatar momentos como esses do mar da lembrança. Todos eles haviam sido estragos pela dependência de Jaleh... até os mais doces. Desta vez, não afasto a lembrança e todas as emoções espinhosas que a acompanham. Desta vez, eu me deixo mergulhar nela.

SONHOS DE AÇAFRÃO

DIÁSPORA
por Jaleh Vakhshoori

Este homem e eu choramos por nossos lares separados
por um deserto, estradas de caravançarai percorrendo
a distância entre nossos corações enterrados. Como
um ser humano pode sobreviver por tanto tempo com esse
órgão vital fora do corpo? Apenas cartões-postais
dos nossos pais, fotos da minha irmã crescendo
na cidadela de rocha vermelha onde dei
meus primeiros passos — apenas uvas-espim secas e
açúcares-cande embrulhados como joias na bagagem da mãe dele
podem ser a ponte que nos conecta com a terra
que perdemos. Esse homem pega nas mãos sementes de hortelã e
melancia, e as planta na terra da Califórnia e
canta para elas baladas de amor perdido na nossa
língua nativa, *para que saibam de onde*
vieram. Nós as regamos e cuidamos delas como
se fossem crianças. Um grande luto nos une,
mas essas mudas também, assim como este sonho.

DEUSES DAS ADMISSÕES

Acordo com uma batida na porta e, por um minuto, não consigo me lembrar de onde estou. Então meus olhos pousam na foto da volta às aulas e a voz da minha mãe soa atrás da porta.

— Mitra *joon*, você já acordou?

Azar reclama da cama ao lado.

Eu me aproximo da porta, com os pés descalços e de pijama. Minha mãe me cumprimenta com uma xícara de *chai*.

— Seu *baba* está aqui — diz ela. — Ele trouxe uma coisa para você.

Nada faz sentido para meu cérebro sonolento.

— Que horas são?

— Oito e meia — responde meu pai, no balcão da cozinha, onde está se servindo de um copo fumegante. — Esperei o máximo que pude.

— O que tá rolando?

Minha mãe e eu nos juntamos a ele no balcão e coloco leite no meu *chai*, me preparando para o caos. Não sei por que meu pai apareceu aqui às oito da manhã de um domingo, mas sem chance de ser algo bom. A parte irracional do meu cérebro me diz que eu não deveria ter passado a noite aqui. Estraguei a ordem normal da vida entre mim e meu pai, e agora alguma coisa ruim aconteceu.

— Esqueci de verificar a correspondência ontem — explica meu pai, ofegante, me dando um beijo apressado em cada bochecha. — Chegou uma carta para você. Eu peguei hoje de manhã. Achei que seria bom você receber logo.

Ele tira um envelope amassado do bolso interno da capa de chuva. Está um pouco amassada. Eu me pergunto se ele correu até aqui.

O envelope tem a insígnia vermelha da Faculdade Reed.

Os olhos da minha mãe e meu pai se arregalam como biscoitos recém-saídos do forno.

— Bom... — Ele entrega o envelope para mim. — Eu ainda não abri. — Ele parece satisfeito com o autocontrole. *Obrigada por não ter cometido um crime federal, pai.* — Guardei para que você fizesse as honras.

Toda a nebulosidade induzida pelo sono se esvai da minha mente conforme encaro a insígnia. Eu não estava preparada para isso hoje. Queria ter tempo para pensar, tempo para ouvir o conflito das minhas vozes internas antes que a carta chegasse.

Eu aliso o envelope nas mãos, sem saber o que fazer. Não é grande. Isso é um mau sinal. Mas também não é de todo plano e minúsculo.

— Espera aí, deixa eu acordar primeiro — peço.

Levo o *chai* para o sofá e tomo um longo gole, enquanto os dois fingem esperar com paciência. A expectativa deles penetra meu silêncio.

Passo o polegar sob o selo do envelope e meus pais se inclinam para a frente nos assentos. Um punho se fecha na parte superior do meu peito. Esta carta pode começar com "é com pesar" ou "infelizmente". Tudo que eu sonhei no campus da Reed — aquela coisa boa que minha mãe e eu imaginamos juntas — pode desaparecer neste exato momento. E isso deveria ser um consolo, porque então eu saberia com certeza que estou destinada a ir para a UW com Bea. Um "não" da Reed significa apenas um futuro claro e sem complicações. Mas ainda parece uma derrota.

— Certo.

Eu tiro a carta do envelope com as mãos trêmulas.

— O que diz? — grita meu pai antes mesmo que eu desdobre os papéis.

— Prezada Mitra — começo a ler —, parabéns! Estamos felizes em oferecer a você uma vaga na Faculdade Reed... — Só consigo chegar até aí antes que o orgulho e o alívio preencham qualquer espaço vazio nas minhas vias respiratórias.

— UHUUUUUUL! — comemora meu pai, dando pulinhos.

Minha mãe ulula com a língua um trilo agudo de empolgação.

Isso atrai Azar para fora do quarto, ainda enrolada no cobertor. O cabelo dela está meio solto, mas preso em um coque matinal desleixado.

— Quem morreu? — resmunga ela.

É uma suposição justa. A última vez que ouvimos minha mãe ulular deve ter sido em um casamento ou um funeral.

— Você quer contar a ela? — pergunta meu pai, com os olhos ainda brilhando.

— Eu entrei na Reed.

Verbalizar essas palavras faz minha barriga revirar.

Azar transforma seu cobertor em uma capa e me derruba no sofá.

— Parabéns, irmã!

Eu me solto do abraço dela e olho para os outros dois papéis dentro no envelope. Um deles é uma carta de concessão. Que propõe auxílio financeiro, estágio e bolsa acadêmica, o benefício cobre a maior parte da mensalidade, moradia e alimentação. Algo quente brota nos meus olhos.

— Deixa eu ver — diz meu pai, pegando os papéis de mim conforme tento me recompor. — Mitra, há um bilhete escrito à mão aqui.

Ele o lê em voz alta para mim, enquanto apoio a cabeça nas mãos.

"Mitra,

Espero que você considere se tornar aluna da Reed no próximo ano. Precisamos de vozes como a sua na nossa comunidade discente, e seria um prazer recebê-la no programa de especialização em escrita criativa. Continue compartilhando suas histórias de resiliência e resistência. Elas estão em seu sangue.

Cordialmente,

Davíd Gutierrez."

— Estamos muito, muito orgulhosos de você — expressa minha mãe, apertando meu ombro.

Não sei o que dizer a meus pais. Entre os picos de empolgação e alívio, o pânico se instala. Não estou pronta. Não estou pronta para voltar atrás na decisão que Bea acha que já tomamos. Ainda não quero dizer não àquela voz esperançosa na minha cabeça. Não agora… quando tudo que eu imaginei na Reed acaba de se tornar possível.

O cobertor não consegue dar conta das minhas lágrimas.

— Você ainda tem aquela lista de contatos oficiais da Santa Trindade? — indago a meu pai.

— Tenho salva aqui — responde ele, tirando o celular do bolso. — Por quê?

— Quero ligar pra minha professora.

COISAS DE EX-FREIRA

Mitra: oi, hum, é a sra. Acosta?

Senhora Acosta: isso mesmo.

Mitra: oi. É a Mitra, da sua oficina de poesia na Santa Trindade.

Mitra: é uma boa hora pra conversarmos? ou a senhora está ocupada com... coisas de ex-freira agora?

Senhora Acosta: oi, Mitra! não, estou fazendo palavras cruzadas. fico feliz que tenha entrado em contato.

Mitra: ah, é que como é domingo. sabe como é. não tinha certeza.

Senhora Acosta: Eu frequento a missa das dez da manhã aos domingos e as reuniões secretas de ex-freiras são à noite.

Mitra: ah. haha. ok.

Senhora Acosta: sobre o que você quer conversar?

Mitra: meu pai me trouxe a correspondência. tinha uma carta da Reed.

Senhora Acosta: ah, é?

Mitra: só queria contar que fui aceita.

Senhora Acosta: ah, parabéns, Mitra!
Eu sabia que você ia conseguir.

Mitra: também recebi uma carta escrita à mão do professor Gutierrez. Ele quer que eu entre no programa de escrita criativa.

Senhora Acosta: que incrível! espero que tenha planejado alguma coisa para comemorar.

Senhora Acosta: você tem muito do que se orgulhar, Mitra. é uma conquista e tanto.

Mitra: obrigada. bem, eu só queria agradecer por tudo que a senhora fez pra me ajudar. isso não teria sido possível sem a senhora.

Senhora Acosta: duvido. mas estou feliz por poder te apoiar.

Senhora Acosta: você já decidiu o que vai fazer no ano que vem?

Mitra: hum… não. ainda não.

MAIS INTELIGENTE DO QUE OS NERDS MAIS INTELIGENTES

Depois de tomar *chai* com minha mãe, meu pai me empresta o carro para ir até Bea.

— Vocês têm que comemorar — diz ele.

Estaciono na entrada da garagem, e Bea sai correndo da casa, descalça e gritando meu nome. Ela pula nos meus braços assim que saio do carro. Está usando um vestido de tricô com listras azuis e verdes, o que a deixa aconchegante como um suéter favorito. Enterro o rosto na curva do pescoço dela, e sinto o cheio de alecrim e coco da pomada para cabelo cacheado.

— Você conseguiu! — comemora ela no meu ouvido. — Minha namorada. Mais inteligente do que os nerds mais inteligentes. Você entrou na faculdade que criou a *sra. Acosta*.

Não há um pingo de preocupação em relação à minha admissão na Reed na voz de Bea, o que só aumenta minha culpa.

— Como você soube? — pergunto.

— Azar me mandou mensagem.

Aquela fuxiqueira.

— Entra no Gary — pede Bea. — Vou te levar pra sair.

Ela corre de volta para casa e pega a chave do carro.

— Sapatos! — grito atrás dela.

Bea dirige até a sorveteria Molly Moon's no parque Downtown. Eu peço uma bola de sorvete de caramelo salgado na casquinha de waffle para ela, e ela pede um sundae de creme com calda de morango para mim.

— Minha namorada entrou em uma das faculdades mais difíceis da Costa Oeste — anuncia Bea para o caixa com cavanhaque. — Coloca mais granulado no dela.

Nós pegamos os sorvetes e vamos para um banco no parque amplo em forma de círculo. Sempre tem algo acontecendo aqui e, hoje, uma banda de instrumentos de cordas se posicionou no centro do espaço verde, com uma mulher tocando contrabaixo ao lado de dois homens com um violino e um violão. Um público de patos vai da fonte com cascata até a banda. Isso me faz lembrar dos gansos da Reed.

— Não consigo acreditar que a gente conseguiu — digo a Bea. — Vamos pra faculdade.

Faz muito tempo que sonhamos em sair da Santa Trindade, mas isso nunca me pareceu um futuro possível até este instante. Fugir juntas era o objetivo. Nunca pensei muito sobre o que viria depois; a faculdade era só um sonho cintilante ao qual nunca demos uma forma de verdade. Agora eu vou sonhar com o quê?

— Se você não tivesse entrado, eu com certeza teria sido expulsa da Santa Trindade — comenta Bea, lambendo o caramelo derretido dos nós dos dedos. — E ir pra faculdade só seria possível por um milagre.

— Quê?

— Se eu não tivesse você com quem desabafar, teria exposto minhas queixas sobre a Santa Trindade na cara de *cada um* dos professores. Acho que eles não teriam me aguentado por muito tempo.

Deixo Bea experimentar minha calda de morango.

— Eles não teriam expulsado você por isso — argumento. — E você é brilhante. Estaria recebendo ofertas de todas as faculdades possíveis, independentemente da minha presença.

Ela me cutuca com a colher de plástico.

— Lembra quando eu quis boicotar todas as tarefas de religião no primeiro ano? Isso teria acabado com minhas médias gerais. Você me convenceu a fazer pelo menos o mínimo pra passar na disciplina. — Bea me observa por trás do brilho dos óculos. — Você me manteve nos trilhos, Mitra. Você tem uma sensatez que eu nunca vou ter. Além disso, você era minha motivação pra ir à escola todo dia. — Ela dá uma risadinha e balança a cabeça. — Mesmo quando não sabia. Você é a razão pela qual eu aguento aquele lugar.

Um calor se espalha pela minha pele e, mais abaixo, pontadinhas de dúvida. Bea precisa de mim tanto quanto eu preciso dela. Não consigo imaginar ficar longe dela no próximo ano.

— Tenho mesmo que dizer isso? — pergunto. — Sem você, eu estaria almoçando sem ninguém na capela todo dia. Me escondendo. E escrevendo poemas tristes e angustiantes sozinha.

Ela descansa a cabeça no meu ombro, aninhando-se nas ondas do meu cabelo.

— Mas a gente se encontrou.

Esse é o milagre. Em todas as milhões de realidades em que eu nunca teria conhecido Bea, de alguma forma tive a sorte de viver esta, em que eu a encontrei.

Ainda assim, o próximo ano está cheio de incógnitas. Eu me sinto como o profeta de Gibran na praia, assistindo ao navio chegar, mas o pavor me invade porque não sei qual é o destino dele. Não sei o que vai acontecer quando eu subir a bordo. E, uma vez que eu suba, não vou poder voltar à praia de novo.

Quando terminarmos de tomar o sorvete, pego a mão de Bea e andamos por um caminho de cascalho ao redor do perímetro do parque. Ela balança nossas mãos entrelaçadas como um pêndulo que acompanha o ritmo dos passos. Carvalhos enfeitados com lanternas fazem sombra, filtrando a luz migrante pelas folhas. As roseiras ostentam botões de um rosa profundo e as crianças se aglomeram na beira da cascata. Já viemos aqui mil vezes juntas, mas começa a cair a ficha que não teremos mais mil pela frente.

Acho que enfim estou começando a perceber a verdadeira dimensão do amor: ele não pode existir sem perda. Eu não poderia amar Bea da maneira que amo agora sem perder o que éramos uma para a outra. Amar minha mãe significava que eu era — e sou — perseguida pela dor que a dependência dela causa. E não posso ter um dos futuros que sonhei sem recusar o outro.

As perguntas rodopiam na minha mente, então me concentro no que sei.

— Chegamos até aqui juntas — digo, apertando a mão de Bea.

A verdade mais forte em que consigo pensar para nos consolar é: seja lá o que venha a seguir, nós também vamos descobrir juntas.

Esse pensamento desabrocha semelhante a uma flor dentro de mim. Tudo o que eu temia — a faculdade, as incógnitas do próximo ano, até mesmo a situação com minha mãe —, eu me imaginava enfrentando sozinha. Mas não estou sozinha.

Não preciso ter todas as respostas. Bea vai estar comigo durante todo o caminho.

Mitra & Bea

Outro véu é suspenso entre
nossos corações, a barreira final
desvanece e eu vejo você por inteira

me recebendo em seus braços abertos como as asas
de uma águia, de alguma forma, você, em sua totalidade,
consegue abraçar cada centímetro doido e bagunçado de mim

e eu aprendo o que significa
te conhecer, presa nas
tramas entre seus dedos,

presa na delicada teia de aranha formada por nossa respiração
misturada, você se torna um tipo de maga que estica
o tempo até que haja o suficiente para mergulharmos

e emergirmos da água
transformadas, se o seu beijo me abriu,
agora você me selou por inteira

para avançar em uma floresta de pontos de interrogação
com essa força indomável semeada entre nossas
mãos entrelaçadas: sabemos como encontrar nosso caminho juntas

JANTAR EM FAMÍLIA

Na sexta-feira seguinte, depois da escola, Azar transforma a cozinha no seu laboratório particular. Fico no batente, observando-a, com um avental velho amarrado na cintura, presidir uma panela cuspindo óleo.

— O que você tá fazendo?

— Cozinhando. Não me distrai — diz ela.

— Você não consegue falar e cozinhar ao mesmo tempo?

Azar fecha o bico de uma garrafa com massa e eu me aproximo, assistindo à minha irmã formar círculos de uma mistura de iogurte e amido de milho na panela. As massinhas em formato de flores onduladas incham assim que entram em contato com o óleo.

— É a primeira vez que faço *zoolbia* sozinha — explica ela. — Não quero estragar.

As flores pastosas se tornam douradas e ela prende a respiração, virando-as com a ajuda de palitinhos.

— Eu posso ajudar. — Eu me junto a Azar no fogão e ela me entrega a garrafa. — Qual é a ocasião?

Azar olha para mim e tira uma flor de massa frita e quente da panela.

— A mãe vem jantar aqui. — Minha irmã mergulha a flor no xarope de açafrão, e o cheiro do doce quente perfuma o ar. — Ela me ensinou a fazer há umas semanas, mas nunca tentei sozinha.

— Ela vem jantar *aqui*? — Faço minha primeira flor de *zoolbia* sem molde, tentando deixá-la tão simétrica e elegante quanto a de Azar. Mas ela já treinou bastante, e eu não tenho a mesma destreza. As ondas que eu faço parecem o desenho de uma criancinha. — Com o pai?

Azar parece tranquila, mas sinto como se tivéssemos acabado de concordar em sediar negociações de paz entre dois territórios em conflito.

— Que horas?

Os miseráveis estreia essa noite, às oito horas, e tenho grandes planos de acampar na primeira fileira com um buquê de girassóis para Bea. Agora que os pais dela não vão mais, quero entrar no auditório com três vezes mais energia encorajadora do que um ser humano normal. Nunca fui a nenhum tipo de evento esportivo, mas estou tentando reunir o equivalente teatral ao entusiasmo de um daqueles caras que vão nos jogos de futebol americano com o rosto pintado e sem camisa. A única coisa que está faltando é uma bandeira com a cara dela.

— É, foi ideia do pai. Ele falou seis horas, então dá tempo de você ir ao musical.

Azar não consegue esconder a satisfação. E parte disso deve ser por causa da *zoolbia* perfeita, mas acho que outra parte é por ela saber que nossos pais vão comer juntos debaixo do mesmo teto de novo.

Eu sei que meus pais andam se falando com frequência desde que a minha mãe se mudou para Bellevue, sobretudo para organizar nossos horários e bater um papo enquanto entramos ou saímos dos carros. Eles tomaram algumas xícaras de *chai* juntos, mas são iranianos, então isso é tipo o nível básico de civilidade esperado. Achei que a maioria das conversas privadas deles era só uma desculpa para se gabar e reclamar de mim e de Azar. Mas um jantar em família?

Troco a garrafa de Azar pelos palitinhos e espero alguns segundos até que a massa adquira um tom de marrom-escuro para virá-las. Exige muita concentração tirar essas coisinhas delicadas do óleo, mas a pergunta na ponta da minha língua é mais forte.

— Você quer que eles voltem? — pergunto.

Olho para Azar quando banho minha flor no xarope de açafrão, mas ela não tira os olhos da panela.

— Eu não lembro muito como eles eram antes da dependência da mãe. Mas... — Ela desenha a próxima flor. — Eles parecem bem juntos, agora. Acho que seria legal, sabe, se fôssemos uma família de novo. — Azar me observa cutucar as flores no xarope. — E você?

Eu lembro como meus pais eram antes. Lembro de vê-los na cozinha juntos, durante o Nowruz, antes do acidente de carro da minha mãe. Eles pareciam dançar em volta um do outro com punhados de ervas e temperos, enquanto minha mãe preparava o *ash-e reshteh*, e meu pai grelhava o peixe com sumagre. Ela acrescentava mais açafrão aos pratos dele quando ele não estava olhando, e o meu pai ficava parado junto à panela de sopa dela, inalando o vapor. Nosso pai nos contava histórias sobre como o macarrão longo trazia sorte para o ano seguinte, e a nossa mãe cantava músicas iranianas cujas letras não lembrava direito.

Mas essa era nossa família antes, e ela se desfez quando minha mãe começou a usar drogas. Penso nas palavras de Khalil Gibran: "A dor é a quebra da concha que aprisiona a compreensão". Eu tinha uma compreensão do que era minha família, mas isso desmoronou sob o peso da dependência da minha mãe. Não é possível ressuscitar o que foi quebrado. Não é possível reparar todas as rachaduras do que costumava ser.

E talvez não importe. Se eu me apegasse demais ao que achava que nossa família era, eu perderia o que estamos nos tornando.

— Quero que os dois sejam amigos — digo à minha irmã. — Quero que tenham uma boa relação. Tipo, estável.

Ajudo Azar a tirar as porções de *zoolbia* do xarope e colocá-las em uma grade de resfriamento. Sempre achei que era uma sobremesa doce demais para mim, mas o cheiro é delicioso, como os verões quentes de Sacramento que passávamos dentro d'água. Quando nossa mãe embrulhava o doce em plástico e nos entregava para um lanche entre os mergulhos. Ficávamos todas pegajosas e lavávamos as mãos no rio.

— Posso experimentar um?

Azar assente e sorri quando pego uma das flores dela. Estão simplesmente lindas. A massa é crocante e depois macia sobre a língua, derretendo em uma poça doce de açafrão, rosa e limão.

— Tá perfeito — declaro. — A mãe vai adorar.

Meu pai chega em casa às cinco e toma conta da cozinha, enchendo a casa com o cheiro de *lubia polo* e salmão assado.

Às seis e dez, ele coloca o *polo* e o *sabzi* na mesa, junto ao salmão, e cobre tudo com papel-alumínio para manter a comida aquecida, porque minha mãe ainda não chegou. Azar dispõe as flores de *zoolbia* em um dos pratos elegantes de porcelana. Esperamos à mesa, com água na boca, sentindo o cheiro dos temperos tostados que vêm na nossa direção.

— O peixe vai esfriar — comenta meu pai, colocando as palmas das mãos na mesa. — Talvez devêssemos começar sem ela?

— Vou mandar uma mensagem — comunica Azar.

Estou meio irritada com minha mãe por nos fazer esperar, mas também não posso culpá-la. É muita pressão vir e jantar com toda a família de novo pela primeira vez. Quando meu pai me obrigou a ir ao jantar de Nowruz no apartamento dela, eu quis me esconder no carro dele o máximo de tempo possível. No final da noite, fui embora tão rápido que devo ter deixado só uma fumacinha atrás de mim, tipo o que acontece em *Looney Tunes*.

O celular de Azar apita.

— A mãe falou que tá atrasada.

— Ela mora aqui do lado — murmura meu pai, sem parar de alinhar o garfo e a colher sobre a mesa.

— Ela foi comprar sidra de maçã pra brindar a admissão da Mitra na faculdade — explica Azar. — Talvez tenha se enrolado no mercadinho.

Esperamos mais dez minutos, beliscando rabanetes, manjericão e folhas de hortelã do prato de *sabzi*, tentando não estragar o bonito arranjo de ervas que meu pai fez.

Ele pede para Azar verificar o celular de novo, mas não há nenhuma mensagem nova.

— Ninguém gosta de peixe frio — diz ele. — Vamos comer. Ela pode se juntar a nós quando chegar.

Meus olhos deslizam de meu pai para Azar, que claramente quer esperar um pouco mais.

— Tenho que comer agora se quiser chegar cedo no teatro — me justifico a Azar. — Desculpa.

Meu pai parece mal-humorado, e eu me sinto triste por ele. Por baixo da cara feia, ele está sem dúvida decepcionado e acho que também preocupado conosco. Ele cortou um dos rabanetes em formato de rosa e ficou lindo. Meu pai nunca faz isso quando o jantar é só para nós três. Fico imaginando o que ele pensou que hoje significaria.

Eu quero lembrar a ele que nós dois compartilhamos o mesmo senso interno de ordem e regras. Quando você combina uma coisa, tem que aparecer na hora certa. Quando diz que vai fazer algo, tem que cumprir. Mas minha mãe nunca foi assim, mesmo antes da dependência. A palavra favorita dela era *improvisar*. Havia dias em que eu adorava essa característica dela — tipo quando ela nos buscava mais cedo na escola para nos levar ao Fairytale Town, e, em outros dias, como hoje, eu desejava que ela fosse uma pessoa confiável. Mas, para convidá-la de volta à nossa vida, temos que abrir espaço para *tudo* que ela é.

Mesmo assim, a preocupação ressoa no meu cérebro, uma batida que se intensifica à medida que os minutos se arrastam.

Começamos a jantar e eu distraio Azar de sua decepção contando as últimas fofocas de bastidores da peça que Bea me falou.

Quando estou terminando de comer e pegando mais uma porção de *zoolbia*, minha mãe bate à porta. Eu me levanto para abrir e, quando o faço, ela está virada para a rua molhada de chuva.

— Você andou até aqui na chuva? — pergunto. — Não trouxe o guarda-chuva?

— Esqueci — responde ela.

A voz dela me deixa paralisada.

— Mãe?

Estendo a mão para tocar seu ombro e ela se vira para mim. O cabelo dela está molhado, com alguns cachos grudados na testa, e a calça e a blusa amarrotadas estão manchadas com água.

Sob a luz da varanda, os olhos de Jaleh brilham, sem foco. As pupilas voam a meu redor como insetos à procura de um lugar para pousar.

Todas as pequenas engrenagens da minha mente começam a se movimentar.

— Onde você estava?

Sinto as pernas ficarem bambas. Leva três segundos para que a esperança se esvaia do meu corpo. O sangue esquenta atrás dos meus olhos e dentro do meu peito.

Em algum lugar atrás de mim, uma cadeira se afasta da mesa, e eu rezo para que seja meu pai. Mas são os passos de Azar que se aproximam. Bloqueio a porta com o corpo, na esperança de manter minha irmã do lado de dentro. Não quero que ela veja Jaleh assim.

— A reunião atrasou. Me deixa entrar, *joon*, está chovendo. — As palavras de Jaleh se misturam umas com as outras, como as poças de água a seus pés.

— Você tá falando arrastado — digo baixinho.

— Não estou me sentindo bem — replica Jaleh. — Estou com dor de cabeça.

Uma risada amarga escapa dos meus lábios. Quero gritar para ela que já ouvi essa antes. Que já ouvi *todas* essas antes.

Minha barriga se revira com a comida: o peixe que meu pai temperou do jeito que minha mãe gosta, a *zoolbia* que Azar transformou em botões de rosa perfeitos para ela. Os dois fizeram cada prato com amor.

E eu também.

Tinha esperança de que ela tivesse mudado. Na nossa viagem a Reed, vi a mãe da qual me lembrava: aquela que só queria coisas boas para mim. Aquela que era amorosa, presente e sábia. E eu a deixei entrar, acreditando que ela ficaria. Confiei nela. Mas essa outra mãe sempre esteve à espreita.

Posso sentir Azar atrás de mim.

— O que tá acontecendo? — pergunta ela, tentando se encaixar na porta comigo.

— Vai lá pra dentro rapidinho, Azar — peço.

— Aziz! — dispara Jaleh. — Sua irmã não me deixa entrar.

Azar congela atrás de mim ao ouvir a voz de Jaleh. Eu achava que ela era muito nova para se lembrar dessa mãe, mas alguma lembrança inconsciente paralisa o corpo de Azar. Os olhos dela voam para os meus e, quando sua mão roça meu braço, sou atingida por uma parede de decepção esmagadora.

Nós duas sabemos. Nossa mãe sumiu.

Eu me afasto da porta e pego a mão de Azar. A expressão dela é de pura devastação, e ela volta a ter 9 anos. Jaleh está gritando com Azar por ter derramado cereal no chão, e mamãe pisa nos flocos espalhados até transformá-los em pó.

— Papai — chamo da porta, as lágrimas embargando minha voz antes que eu possa contê-las.

Ele se levanta da mesa de jantar e vai até a porta depressa, então compartilhamos um olhar que diz tudo o que ele precisa saber.

Eu deixo Jaleh entrar e depois levo meu pai até o corredor.

— O que vamos fazer?

Ele suspira, coçando a barba. Seus olhos não desviam de Jaleh e Azar.

— O que sempre fazemos — diz ele.

Limpeza

Voltamos aos velhos hábitos, como
uma memória muscular, um circuito de
nervos que eu torcia para que o tempo
expurgasse, mas aqui estão eles,
prontos, como tendões tensionados
para o terror iminente que eu
pensava ter eliminado. Ele vai preparar
a cama para ela, ligar para o padrinho,
levá-la a uma reunião para que ela possa
recitar o refrão de sempre: "Oi,
meu nome é Jaleh, e sou uma adicta",
e eu já sei de cor meu papel:
fazer de mim mesma um escudo
para minha irmã, "Azar, eu estou aqui, estou
com você", cuidando de cada pedaço ferido
do coração dela, mas sem o poder
de desfazer nada que já foi
feito, apenas varrer os
estilhaços que nos restaram.

O QUE SEMPRE FAZEMOS

Anulo todos os sentimentos e reajo no piloto automático. Meu pai leva Jaleh para o carro e depois eu o encontro na varanda, onde o toldo nos protege da chuva.

— Tem uma reunião na zona sul que começa daqui a meia hora — diz ele. — Eles podem nos ajudar a entrar em contato com um programa de internação.

— Quer que eu vá junto?

Estou vestida com minha melhor calça jeans, uma camisa social verde-oliva e uma gravata, que coloquei para a noite de estreia de Bea. Meu sapato Oxford está esperando na porta da frente, assim como o buquê de girassóis e a pulseira que fiz para ela na casa de Jaleh, mas não estou de meia. Não consigo me lembrar de onde deixei as meias de cano curto que combinam com o sapato. Preciso encontrá-las. Tenho que encontrá-las e tenho que ir com meu pai.

— Não — responde ele, enquanto desfaço o nó da gravata. Minha roupa não é apropriada para uma clínica de reabilitação. — Eu cuido disso. Tem a peça hoje à noite. Você deveria ir.

— O quê?

Não faz nenhum sentido. Não entendo como meu pai pode estar pensando em algo como a peça depois do caos que minha mãe acabou de instaurar.

Meu pai passa a mão pelo cabelo para tirar a água da chuva.

— Você já cuidou de muita coisa que não deveria ter cuidado. — A voz dele é como uma correnteza de tristeza que poderia me levar para longe se eu permitisse. — Eu deixei você assumir muitas responsabilidades quando era mais nova. Foi por isso que você resistiu quando ela voltou para nossa vida. Porque você se machucou naquela época. Eu deveria ter te protegido melhor. — Ele ajeita minha gravata e passa o polegar pelo meu queixo. — Vá na peça. Seja uma adolescente. Vai ficar tudo bem.

Sinto um nó na garganta, bloqueando todas as palavras que eu gostaria de dizer a ele. Quando meu pai abre a porta do motorista do carro, vejo o rosto de Jaleh iluminado através da janela embaçada. Ela está me observando, e eu gostaria que ela apenas virasse a cabeça. Não é minha mãe que está olhando para mim. É a mulher que odeio, me provocando com o rosto da minha mãe. Mesmo na escuridão, à distância e com a proteção da janela, não aguento olhar para ela.

Dentro de casa, Azar está sentada no sofá, abraçando os joelhos. Ela esticou as mangas do moletom até a ponta dos dedos e enterrou o queixo na gola, e lágrimas quentes escorrerem pelo tecido. Ela está tão pequena e escondida quanto possível.

Não posso deixar minha irmã aqui. Não vou deixá-la sozinha esta noite.

Preciso mandar mensagem para Bea e dizer por que não vou à peça, mas não quero contar sobre esse desastre dezessete minutos antes de a cortina subir. Vou escrever para ela assim que o espetáculo terminar e explicar tudo. Talvez até lá eu encontre palavras para dar sentido ao que aconteceu aqui e para compensar o fato de tê-la abandonado na noite de estreia.

Eu me sento ao lado de Azar e coloco a mão em seu joelho. Ela fecha os olhos com mais força, derramando mais lágrimas.

— Só fala — murmura ela, com a voz embargada e machucada.

— Falar o quê?

O prato de porcelana com *zoolbia* ainda está sobre a mesa de jantar. Ela fez tudo com tanto cuidado. Parecia tão orgulhosa.

— Você estava certa. Avisou que isso ia acontecer. — Azar enfia o rosto no tecido do moletom.

Eu a envolvo em um abraço e ajeito a cabeça de Azar para descansar no meu colo.

— Eu não queria estar certa — sussurro.

Não me sinto nem um pouco feliz em estar certa. Azar só queria ter uma mãe de novo. Ela teve a coragem de torcer para que não se machucasse dessa vez.

Os versos do poema de Hafez ressoam na caverna do meu peito:

Meu coração cansado permanece em um silêncio eterno —
Não sei quem entrou em meu coração;
Embora eu esteja em silêncio, alguém em mim chora.

Consigo sentir agora. Sem perceber, sem ter feito a escolha de forma consciente, eu deixei minha mãe entrar no meu coração outra vez.

A raiva dispara pelas minhas veias. Jaleh me levou a confiar nela de novo com promessas de que havia mudado e discursos sobre o quanto estava arrependida. Sabia bem o que fazer para que eu me sentisse vulnerável, para que eu tivesse esperança mais uma vez. Soube dar a Azar exatamente o que ela ansiava, só para arrancar tudo depois.

Odeio Jaleh por fazer isso comigo e com Azar. E odeio Hafez por me atingir com lições indesejadas. Mas eu sabia que isso aconteceria e, mesmo assim, pisei no campo minado.

Azar descansa a cabeça no meu colo, e seu cabelo preto como o de Jaleh escapa para fora do moletom. Ela segura meu joelho com força.

— O que a gente vai fazer? — pergunta ela.

Em meio às lágrimas, pego o celular e coloco as músicas da Robyn de que Azar mais gosta, as que eu costumava tocar para ela ouvir no quarto de Sacramento, para abafar os gritos de Jaleh. Elas são animadas demais para essa noite, mas quero que o ritmo esperançoso a envolva como se fosse um abraço. Me faltam as palavras certas para minha irmã nesse momento. Talvez eu nunca saiba a coisa certa para dizer a ela quando se trata da nossa mãe. Mas as letras da Robyn assumem esse papel por mim.

Little star, I got you. I got you, you'll be okay. You'll be okay.

Estrelinha, eu estou aqui. Eu estou aqui, você vai ficar bem. Você vai ficar bem.

Ficamos abraçadas, envolvidas pela música, e depois choramos até dormir.

PÓS-MUSICAL

Acordo com o som da porta de casa abrindo. Azar ainda está dormindo, esparramada na outra extremidade do sofá, enrolada em um cobertor. Meu pai anda em silêncio na nossa direção até perceber meus olhos abertos.

— E a mãe? — pergunto.

Eu pisco para afastar a sonolência, mas não consigo dissipar a névoa de desorientação.

Ele se acomoda no pedacinho de sofá que não está ocupado por eu e Azar.

— O conselheiro da reunião achou uma clínica de reabilitação perto daqui que tinha uma vaga para sua mãe. Ela concordou em se internar. — Ele passa a mão pelo rosto cansado. — É um programa de quatro semanas. Com dias para receber visitas da família. Se você e Azar quiserem vê-la. A decisão é de vocês.

A luz suave do corredor ofusca meus olhos. Meu cérebro pulsa e lateja dentro do crânio.

— Não consigo pensar nisso ainda. — Eu me sento e tento me estabilizar. — Que horas são?

— Dez e meia da noite.

Merda.

— Você não foi no musical — nota meu pai.

— Não quis deixar a Aziz sozinha.

— Você é uma boa irmã.

Talvez, mas não consegui ser uma boa namorada. A peça já terminou há bastante tempo, e eu desmaiei sem mandar mensagem para Bea. Pego o celular e verifico a tela, mas não há nenhuma mensagem dela. Bea deve estar com raiva de mim. Prometi que estaria lá para apoiá-la e a decepcionei. Espero que ela saiba que eu não teria perdido a estreia por nada menos devastador do que o que aconteceu essa noite.

Limpo as lágrimas dos olhos e sacudo a cabeça para afastar o sono, olhando para meu pai e Azar a meu lado.

Fomos uma família de três pessoas por muito tempo. Era fácil deixar a beleza do que construímos juntos passar batida. Mas agora eu percebo. Esta é a história de amor que nunca teve seu poema.

Meu pai pega a chave no bolso.

— O que eu falei mais cedo é verdade. Você precisa ser uma adolescente. Vá encontrar a Bea. Eu fico com a Azar.

Aziz se vira, ainda dormindo, perto de mim. Não quero que ela acorde e não me encontre aqui. Depois de tudo o que aconteceu essa noite, quero que ela saiba que ainda tem uma família com a qual pode contar. Mas preciso me fazer presente a Bea.

— Te amo — digo a meu pai, pegando a chave.

Meu Oxford ainda está na porta, ao lado do buquê de girassóis, já um pouco murcho. Coloco os sapatos e a jaqueta e corro para o carro. Perdi a peça, mas ainda consigo ir à comemoração pós-musical.

Durante o trajeto, o piloto automático de reação a desastres do começo da noite é desativado por completo. Agora estou sozinha. Não há mais problemas para resolver, nem ninguém para cuidar. Cada respiração me força a sentir a vulnerabilidade dentro de mim. É como se toda a minha pele tivesse sido esfolada. Minha barreira protetora se foi, e não há nada entre mim e meus sentimentos em chamas. Só sei que preciso de Bea.

Quero abraçá-la. Ela não precisa saber o que aconteceu para operar milagres em mim. Apenas o fato de estar com ela e sentir seu abraço firme já vai me fazer sentir segura de novo.

A comemoração vai ser na casa do Spencer. Talvez "casa" seja um eufemismo para descrever a propriedade enorme que os pais dele possuem em Clyde Hill. Se contar a quadra de tênis, a piscina, o anexo para hóspedes e o gazebo nos fundos, eles poderiam ter um código postal próprio. Eu nunca tinha sido convidada para ir à casa dele, então estava imaginando uma festa discreta igual à que o pessoal do Santo Horror costumava fazer na casa da Cara, no Halloween, com os pais dela na sala de jantar a noite toda. Mas há dezenas de carros já estacionados na rotatória particular em frente à mansão quando chego, e o barulho da música faz as janelas do meu carro vibrarem.

Entro na casa escura com o buquê na mão, a batida latejando mais do que minha dor de cabeça. A sala de estar e a cozinha estão lotadas. Eu nunca imaginaria que os alunos de teatro fariam uma festa tão animada, mas acho que musicais reúnem todo o tipo de gente. O ar está carregado de suor, hálito e álcool.

— Mitra! — grita Max, e eu sigo o movimento das mãos delu até a copa emoldurada por uma janela na cozinha. — Você veio!

Max, Ellie e Jessica estão se espremendo em um banco em formato de L perto da janela, com alguns membros da equipe técnica e coristas. Max está de braço dado com Jessica, e os dois estão sorrindo. Nada de Bea.

— Onde você estava? — pergunta Ellie.

Olho ao redor, mas não vejo Bea em lugar algum.

— Ela tá brava? — questiono, engolindo em seco.

— Você perdeu a noite de estreia.

O som sai arrastado, e aperto os olhos para identificar o raio vermelho que pintaram no rosto de Ellie. Ela deve estar muito bêbada para se maquiar de Ziggy Stardust. Então percebo que *todo mundo* está com o rosto pintado. Tem muitos e muitos pênis na bochecha do aderecista.

— A Cara falou que ela estava arrasada nos bastidores. Mas conseguiu se recompor antes de entrar no palco. Ah, você trouxe flores pra ela! — balbucia Ellie, voltando os olhos para o buquê na minha mão.

As palavras arrastadas dela soam iguais às da minha mãe. Prometi à Bea que estaria presente para apoiá-la e não consegui. Minha barriga se revira com o jantar.

— Flores consertam tudo. Ela vai te perdoar — garante Ellie.

— Cadê ela?

Está muito quente aqui. A batida da música me sufoca, e tudo cheira à bebida forte. Todo mundo está com os olhos vidrados e meio cambaleante. Tudo que consigo ver são as pupilas brilhantes de Jaleh se vagando sem rumo.

— Você tá bem, Mitra? — Max talvez seja a única pessoa que não está bêbada. Suas bochechas têm um brilho rosado e há raios feitos com maquiagem amarela saindo de seus olhos. — Onde você estava?

Seguro as flores com tanta força que sinto os nós dos dedos doerem. Talvez ter vindo aqui tenha sido uma má ideia.

— Tive um imprevisto — digo. — Só quero encontrar a Bea.

Pela janela, o gazebo brilha com milhares de luzinhas brancas ao redor da cúpula. Acho que consigo distinguir os cachos de Bea sob a iluminação.

— Já volto.

— Espera.

Max se levanta, mas já estou prestes a atravessar a porta de vidro.

Alguns casais vieram para o quintal e estão se beijando no sofá do pátio ou rindo sob as lâmpadas amarelas do terraço. Eu abro caminho entre eles até o gazebo, tentando não estragar o momento romântico.

A música e o ar quente se dispersam aqui fora, e o alívio da pressão deixa minha respiração trêmula. Ainda nem cheguei perto de Bea e já sinto meus olhos se encherem de lágrimas. Ela vai me abraçar e me ajudar a suportar a dor. Estou vendo todas as luzes e estrelas embaçadas. Mesmo com a distorção, chego no gazebo. Bea está radiante sob a luz, deslumbrante em seu vestido curtinho azul, com a cabeça jogada para trás em uma risada. Ela não está sozinha.

Cara, de macacão verde e salto alto, segura a mão dela.

— ... você faria *mesmo* — comenta Bea, rindo.

— Vem cá — chama Cara, puxando Bea para seus braços.

Elas dão um abraço apertado. Com os olhos cheios de lágrimas, eu as observo balançarem um pouco, sem se soltarem, sob a luz do gazebo.

Bea se afasta do abraço, vira de frente para a casa, e seus olhos pousam diretamente em mim.

Sinto a bile queimar minha garganta. Quero ter palavras para o que acabei de testemunhar, mas a única que sai de mim é "Bea". A emoção sufoca minha voz.

Espero que ela se mostre arrependida, surpresa ou *qualquer coisa*, mas Bea apenas me encara com um olhar vazio. Ela abre a boca e cerra as mãos em punhos. Não diz nada.

Ficamos assim, em um silêncio atônito. Então ela dá as costas para mim e vai até o jardim, me deixando para trás.

Os olhos de Cara disparam de mim para Bea, e depois para mim de novo. Quando não me mexo, ela segue Bea até escuridão do quintal enorme.

Eu me viro e corro para a casa, deixando os girassóis caírem no caminho. Quando chego ao carro, meu corpo inteiro é sacudido pelo choro e meus soluços são abafados pelas ondas de comemoração e música dentro da casa. A verdade me atinge uma vez atrás da outra.

Perdi minha mãe e minha namorada na mesma noite.

O que você acumulou e guardou com cuidado

Eu sabia, eu sabia, eu sabia.
É melhor não acumular nada, não guardar
nada, não perder nada, do que sentir
este vazio imenso, como se algo tivesse sido
arrancado de você, quando tudo se for.

ELA FOI EMBORA

Eu entro na garagem escura e apago os faróis, enterrando meus dedos nas pálpebras.

Ela se foi.

Eu nem sei por quem estou chorando, mas não importa. As palavras ressoam em minha mente repetidas vezes. *Ela se foi. Ela se foi.*

É uma dor profunda demais para que eu me permita sentir, como se eu estivesse deixando alguém enfiar os dedos nos recônditos do meu coração.

Quando saio, tranco toda aquela dor devastadora no carro e me afasto. Agora, apenas a raiva me consome. Ela ganha potência à medida que subo a escada até a porta. A casa está vazia e escura, com exceção de uma luz no corredor que projeta sombras dos móveis. Estou sozinha e tremendo. A raiva é o músculo mais forte do meu corpo.

Como ela teve coragem? Fez com que eu me sentisse segura com ela, e todas as minhas defesas caíram. Eu acreditei que podia confiar nela por completo. Eu me esforcei *tanto* para confiar nela. Ela me conhece melhor do que ninguém e, por isso, sabe o jeito exato de me machucar. E eu dei esse poder a ela. Eu a deixei entrar. Entreguei tudo que ela precisaria para me destruir, e fiz de bom grado.

Eu deveria saber. Já tinha passado por isso antes.

A parte sombria de mim se sente satisfeita. Eu *sabia*. Desde o começo, sabia que Cara afetava Bea. Todas as noites que passei acordada com Bea enquanto ela chorava pelo término, era óbvio que ainda amava Cara. E talvez ela sempre vá amar Cara de algum jeito. Meu erro foi imaginar que o amor que eu sinto por Bea poderia mudar isso.

Assim como imaginei que o amor que minha mãe sente por mim poderia mudar a dependência dela.

Eu permiti que as duas me machucassem. Abri meu coração e abri a mim mesma para essa dor.

O músculo da raiva fica cada vez mais forte, apertando cada centímetro de mim até parecer que vou explodir.

Pego o exemplar do *Divān* de Hafez do meu pai na estante e o folheio. *Só me dá uma resposta*, grito por dentro. *Só me diz o que fazer*. Mas ele permanece em silêncio esta noite. Seus poemas passam batido diante dos meus olhos, como se estivessem escritos no original em fársi. A esta altura, estou muito longe de ouvir qualquer sabedoria que contenham. Deixo o livro de lado.

Na próxima prateleira da estante, todos os catorze volumes do Livro estão alinhados lado a lado. Pego o atual e folheio depressa as páginas, furiosa.

Todas as promessas que Bea me fez. Todas as esperanças em que eu, idiota, acreditei. Tudo isso está documentado aqui.

Cada verso crava suas pontas afiadas em mim, me inundando com nosso amor. Posso virar as páginas do poema sem fim até a época em que eu não conhecia o que era ser amada por ela, mas não posso reescrever todas as páginas da nossa história de amor.

Nós fizemos um acordo anos atrás: nada de reescrever. Nada de arrancar páginas. Nada de pedir desculpa.

Mas Bea já quebrou as regras. Quando fecho os olhos para conter a raiva, a silhueta dela nos braços de Cara se projeta na escuridão.

Então talvez as regras tenham perdido o sentido.

Eu paro no trecho do poema sem fim que escrevi no ano passado, depois do Sadeh. Minha raiva faísca.

Cortar a esperança em lenha.
Encontrar as falhas nos planos mais bem elaborados.
Como madeira perfeita para jogar no fogo.

As palavras me incendiam.

Como combustível perfeito

Queime: a primeira página, o primeiro
livro, o primeiro sorriso — observe tudo
ser consumido por uma chama
ligeira. Cascas, galhos secos
e páginas de falsas promessas
criam as mesmas faíscas, exalando
alta fumaça como orações
carbonizadas. Se eu colocar fogo nas suas
palavras, será que elas de fato existiram? Talvez
fossem fagulhas de fumaça negra
e amarga desde o momento em que você
as escreveu. Nós duas sabemos
como destruir as coisas que
amávamos, apagar todos os sonhos da
nossa juventude de uma só vez —
estalos, faíscas e brasas disparam longe
como sinalizadores de socorro após nossa colisão. Cada palavra.
Cada promessa. Cada "eu te amo"
agora se transforma em cinzas,
como carvão que perdeu
o brilho. Eis os últimos
lampejos do nosso sem fim.

DEPOIS

Observo as brasas se apagarem. Todo o caos vermelho intenso se transforma em algo preto e cinza, sem brilho. Minha raiva diminui com o calor e a cor. Espero sentir alguma satisfação... alguma onda de alívio. Mas nada acontece. Depois que toda a raiva se esvaiu do meu corpo, restou apenas o vazio.

Deixo as cinzas para trás, marcho escada acima e vou para o quarto, com as mãos ainda sujas de fuligem.

Passo a noite em um estado entre o sono e a vigília, com a mente alardeando tudo que perdi. *Minha mãe teve uma recaída. Bea está com Cara. Você destruiu o lugar seguro que passou anos construindo.* Acordo mais vazia do que estava na noite anterior.

Tudo neste quarto abriga pedaços de Bea: fotos nossas na baía e fantasiadas no Halloween, o pedaço do telhado onde líamos e tomávamos sol no verão, a pulseira da amizade que ela fez para mim no nono ano que usei até quebrar e depois transformei em um marcador de página. Ela está em toda parte. Minha vida é irreconhecível sem ela. Como já foi irreconhecível sem Jaleh.

EM CHAMAS

— Mitra? — Azar bate na porta do meu quarto. Não falo com ela desde que choramos até a exaustão no sofá ontem à noite.

— Só um minutinho.

— Tudo bem. Mas... a Bea tá aqui. — Azar faz uma pausa. — Eu mandei uma mensagem pra ela. São onze horas e você nem saiu do quarto. Eu queria saber se você está bem. — Eu a ouço suspirando através da porta fechada. — Não contei nada pra ela — explica Azar, baixinho.

Não estou pronta para contar a Azar o que aconteceu entre mim e Bea na noite passada.

— Não quero ver ninguém agora — digo.

— Mitra — chama Azar, como se torcendo para que eu ceda. — Por favor.

Inspiro pelo nariz e mantenho o ar no peito até arder.

— Tá bom. Fala pra ela entrar.

Bea entra e fecha a porta. Enrolo os lençóis nos punhos e os puxo por cima da camisola, como se de alguma forma fossem me proteger da faca que essa conversa vai cravar em mim.

Bea fica parada na ponta da cama, de legging e camiseta de manga comprida, com o rosto limpo, exceto pelos óculos e um vestígio de delineado da maquiagem de palco feita na noite passada. Seus cachos estão duas vezes mais volumosos, o que significa que ela provavelmente não dormiu também. Bea não se senta na cama comigo.

— O que aconteceu com você ontem à noite? — A voz dela sai baixa e rouca. — Por que você não foi à peça?

Conheço Bea há tempo o suficiente para saber distinguir os vários tons que ela usa quando está com raiva. E, neste momento, ela está furiosa. O que só aumenta minha própria fúria.

— Bom, pelo que vi você e a Cara se divertiram bastante sem mim — alfineto. Cada palavra que sai da minha boca está tão carregada de tensão que pode pegar fogo a qualquer momento.

— O que você quer dizer?

Normalmente, não consigo olhar para ela quando preciso verbalizar coisas difíceis, mas esta manhã meus olhos se fixam nos de Bea.

— Para. Chega de mentir pra mim. Não acredito que você fez isso comigo. — A traição se insinua na minha voz, pesando minhas palavras. — Você nem sequer reconheceu minha presença. Por que não disse isso na minha cara quando cheguei? Você deixou que cinco *anos* terminassem em chamas uma só noite. Acabou com tudo... simples assim. Mas você não é a única que pode queimar coisas.

Bea fica tensa.

— Do que você tá falando?

— Eu queimei o Livro ontem à noite. — O rancor escorre da minha voz até que nem mesmo eu a reconheça. — Todos os volumes.

Bea se mexe, por fim. A mandíbula dela afrouxa e seus olhos saltam.

— Você fez *o quê?* Mas que porra é essa, Mitra? — Seus olhos ficam marejados, e a voz, embargada. — Por que você fez isso?

A dor na voz dela me faz recuar, e meus punhos se abrem. Achei que ela se sentiria culpada. Achei que esse golpe seria tão forte quanto o que senti ao vê-la nos braços de Cara na noite passada. Mas ela parece apenas traída e furiosa.

— Porque eu vi vocês. Juntas.

Lágrimas escorrem pelos olhos dela.

— Eu não beijei a Cara! — retruca ela, aos gritos. — A gente *conversou*. Ela se desculpou pela forma como terminou comigo no Halloween. Meu Deus, ela ainda falou que estava *feliz* pela gente. E estava tentando me animar porque sabia que eu estava triste por você não ter aparecido! Pelo menos *ela* estava lá pra me apoiar.

O sangue troveja nos meus ouvidos.

— Vocês estavam uma nos braços da outra.

— Era um *abraço*.

— Mas você me viu e foi embora.

— É. Eu estava chateada por você não ter ido na peça e não queria falar com você. Nem tudo é sobre você, Mitra! Cara e eu estávamos conversando sobre *a gente*. Era, tipo, uma conversa para deixar tudo em pratos limpos. Um adeus ao tempo que passamos juntas, à peça, ao último ano. A gente estava deixando pra trás tudo que aconteceu. Só isso. Eu nunca trairia você.

Bea desaba no canto da cama e baixa o olhar para as próprias mãos.

— É sério que é isso que você pensa de mim? — Ela tira os óculos e pressiona a manga da camiseta nos olhos. — Você acha que eu faria isso com você? Você disse que confiava em mim.

Sinto a adrenalina disparar por minhas veias. Meu corpo ainda está respondendo à ameaça que pensei ter visto. Mas não importa se ela e Cara não se beijaram ontem à noite. Eu vi como elas estavam agindo... é só uma questão de tempo. Em algum momento, as pessoas que você ama vão te decepcionar.

— Eu menti — confesso.

— Meu Deus, Mitra. Que merda. — Bea balança a cabeça. — Nos últimos cinco anos, eu tenho sido paciente com você e com suas inseguranças. E você não conseguiu me apoiar nem por *uma noite* porque se sentiu ameaçada pela ideia de me ver com a Cara.

Cerro o maxilar com mais força a cada palavra dela.

O rosto de Bea fica vermelho enquanto ela chora e fala:

— Você me prometeu que estaria lá ontem à noite. Sabia o quanto era importante pra mim. E depois você queima cinco anos da nossa poesia... da nossa *história*... só porque me viu abraçando a Cara? Como você teve coragem? — Ela limpa as lágrimas quentes do rosto com as mãos. — O Livro era importante para mim — sussurra Bea. — Achei que fosse importante pra você também.

A lembrança dos livros queimando na noite passada se impregna em mim como fumaça. Eu sabia, assim que acendi o fósforo, que não teria volta, mas achei que me sentiria melhor — ou que sentiria *alguma coisa* — depois de queimar o Livro.

Bea agarra os joelhos.

— Você precisa lidar com seus problemas, porque isso vai acabar com a gente. — Ela desdobra as hastes dos óculos e os desliza de volta no rosto. — Você vive tão dentro da sua cabeça o tempo todo que nem me *vê* mais. Só projeta todos os seus medos em mim e espera que eu corresponda a eles. — Ela passa a manga da camisa na bochecha. — Você fica se segurando. Se nunca se permitir confiar em alguém de verdade, vai continuar estragando todas as coisas boas que tem.

Sinto as bochechas esquentarem. Minha barriga vazia se revira. É isso que Bea sempre pensou de mim?

— Não perdi a peça porque estava com ciúme. — Minha voz falha. — Perdi a peça porque minha mãe teve uma recaída.

Toda a fúria some do rosto de Bea, substituída pelo choque. Ela se aproxima de mim e coloca as mãos nos meus joelhos.

— Meu Deus, Mitra. Eu não fazia ideia.

Eu me afasto das suas mãos e abraço as pernas no peito.

— Você saberia se tivesse se dado ao trabalho de conversar comigo quando te vi na casa do Spencer. Eu tentei te apoiar. Não te dei um voto de confiança com a Cara ontem à noite, mas você também não me deu um. Eu sempre te apoiei.

— Sinto muito mesmo pela sua mãe.

Ela está tentando ser gentil e compreensiva, mas o impacto do que acabou de dizer ainda ricocheteia nas minhas veias como veneno. Bea acha que sou uma criança covarde e assustada, correndo e estragando tudo com minha ansiedade.

Ela consegue enxergar todas as coisas vergonhosas que sempre tentei esconder dentro de mim. Mas o pior de tudo é Bea achar que eu nem mesmo consigo enxergá-la com clareza em meio a isso tudo.

— É. — Encosto o queixo nos joelhos e mantenho os olhos baixos. Chega de olhar para ela. — E desculpa por ter sido um fardo pra você durante tantos anos. Se você acredita mesmo que sou tão zoada, acho que deveria ir embora.

Eu a ouço se mexer no edredom.

— Mitra.

A sombra do braço dela projetada nos cobertores passa pelo meu campo de visão, estendendo-se para mim, mas Bea não me toca de novo. Eu permaneço firme. Aprendi há muito tempo a me voltar para dentro de mim mesma, como um origami. É uma habilidade que passei quase cinco anos aperfeiçoando na Santa Trindade, tornando todos os meus ângulos pequenos, nítidos e silenciosos. Mas agora é como se eu tivesse me compactado em bordas de metal afiadas. Perigoso demais para Bea tocar.

Ela hesita mais um pouco e, quando exala, sinto seu corpo levantar da cama. Seu mocassim velho com sola de Pégaso se afasta. Não vou erguer o olhar. A porta do quarto faz um clique quando ela a abre, e Bea a fecha tão suavemente que mal capto o som.

Ela se foi. Desta vez, para sempre.

CONFISSÃO

A ausência de Bea desencanta algo dentro de mim. Algo que me mantinha contida e quieta. Meus braços e pernas se desdobram e eu pulo da cama, e então estou destruindo tudo ao redor. Derrubo a foto emoldurada de nós duas sobre a cômoda, destruo a pulseira da amizade, rasgo uma foto que imprimi da minha mãe no Cânion. Meus braços se mexem e minha voz vem à tona em soluços.

Ela se foi. Para além da raiva, uma perda imensurável arde em mim. Bea partiu meu coração, assim como minha mãe.

Mas eu também parti meu próprio coração.

Pensei que queimar o Livro provaria que eu não precisava de Bea. Ou que assim eu poderia machucá-la tanto quanto ela tinha me machucado. Eu queria vingança e um ponto-final em um só golpe.

E consegui.

VAZIO SILENCIOSO

Nas ruínas do meu quarto, o *Divān* repousa imperturbável na mesa de cabeceira. Não recorri a ele. Hafez responde a perguntas; é destinado a pessoas esperançosas e otimistas. Pessoas que querem alguma coisa. Não mereço respostas e queimei toda a esperança.

Em vez disso, ouço a voz do padre Mitchell. Eu sempre tentei prestar atenção às missas, torcendo que houvesse poemas à espera nos hinos, e porque as leituras da Bíblia me pareciam a versão católica da adivinhação: várias leituras de passagens obscuras e a esperança de ser comovido por um espírito divino e adquirir alguma sabedoria. Eu achava que poderia sobreviver a escola católica assim — como uma visitante ou uma antropóloga, ouvindo tudo sem absorver nada a respeito da culpa, do medo e do pecado. Mas aqui, no vazio silencioso, uma das passagens das liturgias do padre Mitchell se enterra no fundo da minha vergonha:

> **Romanos 9: 20-22**
> Mas quem é você, meu amigo, para discutir com Deus? Será que um pote de barro pode perguntar a quem o fez: "Por que você me fez assim?".
> Pois o homem que faz o pote tem o direito de usar o barro como quer. Do mesmo barro ele pode fazer dois potes: um pote para uso especial e outro para uso comum.
> E foi isso o que Deus fez. Ele quis mostrar a sua ira e tornar bem-conhecido o seu poder. Assim suportou com muita paciência os que mereciam o castigo e que iam ser destruídos.

Se sou feita de poeira estelar, um redemoinho cósmico de cinzas, então por que o universo faria uma pessoa tão imperfeita como eu?

Por que sou assim? Será que Deus sabe?

E se alguns potes de barro foram feitos mesmo apenas para o castigo e a destruição?

É isso que minha mãe é?

É isso que eu sou?

QUARTA-FEIRA

Jaleh: Mitra *joon*, acabaram de permitir meu acesso ao celular de novo.

Jaleh: Sei que palavras não bastam, mas sinto muito. Sei que magoei você e sua irmã outra vez.

Jaleh: Eu amo vocês.

Jaleh: Estou me esforçando muito para melhorar. Não espero que você me visite, mas, se quiser, os dias da família são aos sábados.

IRMÃ

Na segunda-feira de manhã, finjo que estou doente. Meu pai não acredita muito na minha tosse fraca nem nos meus gemidos vagos, mas me deixa faltar na escola e ficar em casa mesmo assim. Azar está desconfiada. Cutuca meu pescoço com o dedo e coloca a mão na minha testa.

— Pra mim, você tá parecendo normal — sentencia ela. Quando dou de ombros, Azar me segura e olha nos meus olhos. — Mitra, você não pode faltar na escola sempre que tiver um sentimento.

Não tenho mais muros para manter minha irmã afastada. E depois do que passamos com nossa mãe na sexta à noite, não quero ficar longe dela mesmo.

— Aconteceu uma coisa com a Bea.

"Uma coisa." Eu me lembro de quando essa palavra criou toda aquela magia inominável entre mim e Bea.

Depois que conto a Azar o que aconteceu, ela para de me pressionar para ir à escola. Em vez disso, minha irmã me abraça forte.

Quando volto para a Santa Trindade na terça-feira, reaprendo a ser invisível. Passo o dia no piloto automático, como se um gerador tivesse sido acionado dentro de mim, preservando apenas as funções básicas. Caminhar, respirar, me sentar em silêncio na sala de aula. Almoçar. Manter os olhos no chão. Passo mais tempo decorando o padrão da minha saia xadrez do que qualquer outra coisa.

Bea não olha para mim, muito menos fala comigo, então desisto de encontrar seu olhar. Ela não está usando o mocassim de Pégaso. Os sapatos novos são pretos e brilhantes, e não foram maculados pela minha arte.

A oficina de poesia é a pior parte. A sala é muito pequena para que eu me isole. Bea parece inquieta durante toda a aula, sentada ao lado de Max e Cara. Max tenta se aproximar durante as atividades de escrita, perguntando se quero ser sua dupla e fazendo comentários sobre as leituras. Mas eu permaneço em silêncio e, por fim, Max desiste.

Às vezes, eu me entrego ao sofrimento imaginando o que Bea diria para mim se ainda estivéssemos nos falando. Mas, mesmo na minha imaginação, não consigo escapar do que fiz. Quando ela abre a boca, é para recitar todas as palavras que eu queimei.

Então eu revisito as lembranças de antes. Da época em que eu não havia estragado tudo. Da época em que o poema sem fim era nossa válvula de escape mais preciosa. Lembro de quando comprávamos picolés e íamos ao lago Sammamish no último dia de aula, manchando algumas páginas do Livro com gotas vermelhas de gelo derretido. Lembro da noite de verão em que fomos ao parquinho Inspiration depois que todo mundo já tinha ido embora e corremos debaixo das fontes de água até ficarmos encharcadas. Lembro da gargalhada da Bea toda vez que eu gritava e pegava a mão dela durante nossa maratona de filmes de terror católicos. Lembro de ficar deitada ao lado dela, acordada, durante a noite inteira.

Nessa névoa, não consigo mais me enxergar direito. Mas sei que as coisas devem estar muito ruins para Azar decidir almoçar comigo na capela. Na terça-feira, a primeira vez que come sob o olhar dos santos e das estátuas, ela parece inquieta e desconfortável, mas no dia seguinte já está mais relaxada, sentada no banco comigo e mastigando o sanduíche com a boca aberta enquanto fala:

— Você estava certa. A gente meio que sente uma paz aqui.

Não tenho muitos comentários a fazer ultimamente, mas Azar é boa em preencher o silêncio.

— Seria um ótimo lugar pra uma festa do pijama. Tem bastante espaço pros sacos de dormir, e a gente poderia projetar filmes naquela parede gigante atrás do altar. Além disso, a acústica é perfeita pra uma noite de karaokê.

Abro a embalagem de salgadinho e o ofereço a ela, que a remexe até encontrar a batatinha perfeita lá dentro. As mordidas dela ecoam pela igreja. Quando termina, ela me olha de canto de olho.

— Quando vocês duas vão voltar a se falar? — pergunta ela baixinho, como se achasse que eu fosse explodir com o tom errado.

Azar sabe que Bea e eu tivemos um colapso nuclear, mas eu não contei os detalhes. Não que eu não confie na minha irmã. Só estou com muita vergonha de revelar tudo. Como vou explicar o que fiz? Eu acabei com todos os poemas-presentes que Bea me deu. Azedei cada palavra de amor que ela escreveu. Nós habitávamos aquele mundo lindo que criamos juntas no Livro, eu o incendiei.

Eu mordo o lábio.

— Você anda falando com a Bea?

Não acredito que cheguei ao nível de tentar pescar informações da minha irmã mais nova com iscas de salgadinho, mas aqui estamos nós.

— Não.

Ela lambe o sal dos dedos.

Eu a observo com atenção, sem acreditar. Ela e Bea conversavam por mensagem quase todo dia. Não acredito que elas não tenham nem ao menos compartilhado impressões sobre alguma série de mistério não resolvido ou trocado memes de astrologia.

— É sério! — diz ela. — A gente não se fala desde, tipo, o dia em que vocês duas brigaram. — Azar puxa o prendedor vermelho de seu cabelo e amassa os cachos escuros. — Por que você acha que estou nesta igreja tenebrosa almoçando com você? Eu escolhi meu lado.

Meu coração dá sinal de vida pela primeira vez em dias.

— Mas você me conhece. Falou que as brigas costumam ser culpa minha.

— E daí? — Ela dá um tapinha no meu braço. — Você ainda é minha irmã.

Encosto a cabeça no ombro dela, tentando congelar o tempo neste exato momento, ao ouvir essas palavras.

Depois de um minuto, a respiração de Azar muda e ela começa a cutucar as unhas.

— Ei, tenho que te perguntar uma coisa.

Levanto a cabeça e observo os olhos dela perscrutarem o vitral acima do altar.

— Eu quero ir visitar a mãe no sábado. E quero que você vá comigo.

Sinto a adrenalina disparar no meu peito, me preparando para a catástrofe oculta nas palavras de Azar. Preciso segurar o *não, não, não* na ponta da minha língua. Ela me observa hesitar.

— Você tá brava com ela. Eu entendo. Também estou.

— Não é só sobre estar brava com ela. — Cravo as unhas na borda do banco. — Não quero continuar dando a ela o poder de nos machucar.

Azar se recosta no banco, e seu cabelo preto cai sobre a madeira.

— Sei que tem algumas coisas que eu não me lembro... E que você lembra. — Fico em silêncio. Eu encosto ao lado dela, olhando para o teto abobadado da capela. — Eu não queria pensar no que aconteceu antes. Só queria recomeçar com ela. Perdoá-la. Mas talvez seja importante que a gente não se esqueça. — Aziz se vira para mim. — E preciso de você pra isso.

Respiro fundo e assimilo todas as pequenas expressões que perpassam o rosto de Azar. De alguma forma, ela consegue coexistir com a esperança e a decepção ao mesmo tempo.

— Você acreditava que ela poderia mudar — reconheço. — Você sempre foi boa em ter esperança. Preciso de você pra isso. — O rosto de Azar se ilumina com um pequeno sorriso. Ela me quer a seu lado. E, nos últimos dias, tem estado presente quando eu mais preciso. Neste momento, há muitos desastres que não posso consertar, mas consigo fazer isso por ela. — Tudo bem. Eu vou com você.

A OUTRA COISA MAIS PROFUNDA

Na quinta-feira, a sra. Acosta me pede para ficar depois da oficina de poesia. Ela pode até estar chegando nos 80, mas ainda consegue enxergar bem o suficiente a ponto de perceber que virei basicamente um fantasma. Meu cabelo está solto e despenteado, e meus olhos estão marcados com olheiras profundas. Não levantei a mão na aula a semana toda.

— Mitra — diz ela, dando um tapinha na poltrona a seu lado. Eu afundo no assento e fico olhando para a baía. — Tem alguma coisa incomodando você?

Não sei como responder.

E a sra. Acosta me acompanha no silêncio.

— Eu sei que está quase na hora de tomar a decisão sobre a faculdade — diz ela.

Mordo a unha do polegar e tento pensar em algo para falar.

— Não é isso. São só coisas pessoais.

Ela assente e espera. Por um momento, os únicos sons são a exalação da sra. Acosta e o tique-taque do relógio da sala de aula.

— Só... uma coisa de relacionamento. — Já consigo sentir o nó se formar na garganta. — E de família.

— Entendo.

Quero perguntar à sra. Acosta se ela sabe por que sou como eu sou, mas digo apenas:

— A senhora era freira.

— Era.

— Então deve ter lido muito a Bíblia.

Ela dá uma risadinha e cruza as mãos sobre o colo da calça preta.

— Durante boa parte da vida.

— A senhora se lembra da leitura do padre Mitchell no outro dia, sobre alguns potes de barro terem sido feitos por Deus para o bem e outros para a ira?

Olho para ela.

— Romanos, capítulo nove, versículo 22 — declara ela, com os olhos fechados.

— Isso. A senhora acha que é verdade?

As sobrancelhas da sra. Acosta se erguem acima dos óculos de leitura.

— Como assim?

As lágrimas se acumulam no canto dos meus olhos. Será que eu sequer posso perguntar a ela o que quero perguntar? Por que minha mãe teve uma recaída e por que eu achei que ela não teria dessa vez? Por que estraguei todas as coisas boas que já tive com Bea?

— Você acha que algumas pessoas foram feitas só pra destruição?

A sra. Acosta franze os lábios.

— Os seres humanos podem ser destrutivos. Mas, mesmo assim, Deus é paciente conosco. — Ela fixa os olhos em mim. — Você é paciente consigo mesma?

Não consigo responder a isso.

A sra. Acosta percebe o brilho das lágrimas embaçando meus olhos.

— Mitra, estou certa em presumir que você não é católica?

Deixo escapar uma risadinha baixa.

— O que me entregou?

Ela sorri e parece pensar por um momento, e nós duas observamos um veleiro cruzando a baía.

— Eu poderia falar mais sobre o significado dessa passagem específica para você. Mas não sei se é isso que está procurando. — Ela coloca as mãos sobre os joelhos. — A Bíblia é uma das fontes de sabedoria à qual os católicos recorrem. Você é uma poeta. Há outras fontes que podemos consultar. — A sra. Acosta se levanta e tira da estante um livro de capa fina. — Você se lembra do poema que li no início da oficina?

— Foi um da Naomi Shihab Nye — respondo. — Ela é a minha poeta favorita.

— Então acho que ela pode ser uma professora importante a quem você pode recorrer neste momento. — A sra. Acosta lambe a ponta do dedo e folheia o livro à procura de uma página específica, que está dobrada. — Aqui. — Ela me entrega o livro. — Leve-o para casa e leia o poema de novo. Veja o que consegue extrair dele.

* * *

Depois da escola, pego o livro e vou para o meu quarto, então me sento no meio de todos os cobertores revirados sobre a cama e abro a página do poema "Bondade".

Antes de saber o que é mesmo a bondade,
é preciso perder,
sentir o futuro se dissolver em um segundo,
como sal em um caldo ralo.
Aquilo que você tinha em mãos,
aquilo que acumulou e guardou com cuidado,
tudo isso precisa desaparecer para que você saiba
como a paisagem pode ser desoladora
entre as terras da bondade.

Já li esse poema algumas vezes antes. Já o sei de cor, e, mesmo assim, o final atravessa minhas costas para constringir meus pulmões e apertar meu coração.

Antes de conhecer a bondade como o que há de mais profundo,
é preciso conhecer a tristeza como a outra coisa mais profunda.
É preciso acordar com a tristeza.
É preciso conversar com ela até que sua voz
pegue o fio de todas as tristezas
e você compreenda a extensão do tecido.
É a partir disso que só a bondade faz sentido,
só a bondade que amarra seus cadarços
e o envia ao dia para contemplar as coisas simples,
só a bondade que levanta a cabeça
acima da multidão do mundo para dizer
é a mim que você procurava,
e depois o acompanha aonde quer que você vá,
como uma sombra ou uma amiga.

As lágrimas respingam nas páginas do livro da sra. Acosta.

Passei grande parte da vida tentando evitar a dor e a tristeza. Pensei que, se não acumulasse nem guardasse nada, poderia me proteger da devastação da perda. A perda era a pior coisa que eu poderia imaginar.

E agora ela aconteceu. Assim como aconteceu anos atrás.

A EXTENSÃO DO TECIDO

Depois de cumprir a tarefa da sra. Acosta e consultar Naomi Shihab Nye para obter conselhos, pego outros livros da Estante dos Ancestrais. Releio o décimo terceiro poema de Hafez e a passagem de Rumi favorita da minha mãe, depois revisito a orientação de *O profeta* sobre a dor:

> *A dor é a quebra da concha que aprisiona a compreensão.*
> *Assim como a semente da fruta precisa rachar para que o núcleo seja exposto ao sol, você também precisa conhecer a dor.*
> *Se mantiver o coração aberto para os milagres diários da vida, a dor não vai lhe parecer menos maravilhosa que a alegria;*
> *E se aceitar as fases do coração como sempre aceitou a passagem das estações que acometem os campos.*
> *Vai contemplar com serenidade os invernos do luto.*

Minha concha virou pó. Eu sei disso. Aqui fora, sem nenhuma proteção, as emoções açoitam minha pele com a força de uma tempestade de areia. Mas talvez a dor tenha me aberto. Talvez eu esteja, por fim, pronta para uma nova compreensão.

Na sexta-feira, entro na sala de poesia com os olhos livres da névoa que os envolveu durante toda a semana. Quero fazer o que Gibran disse: aceitar as fases do meu coração.

Há um assento vazio entre Lilith e Max, e eu me acomodo para a aula.

— Oi — sussurro para Max enquanto a sra. Acosta puxa a tela de projeção. Hoje, ela vai exibir vídeos da Batalha Nacional de Rima.

Max se anima com meu cumprimento e eu seguro sua mão, apertando-a.

— Você voltou — comenta elu, encostando a lateral da cabeça na minha.

Quando todo mundo presta atenção nos artistas da batalha, eu olho ao redor. Sempre pensei que Bea e eu estivéssemos sozinhas na Santa Trindade, duas pessoas obviamente deslocadas em uma multidão de católicos. Mas nunca estivemos sozinhas. E a oficina é a prova disso. Se eu tivesse parado para olhar com atenção, talvez tivesse notado antes: Lilith e sua doutrina gótica de não julgamento; Rashad, campeão das Olimpíadas de Conhecimento Geral, com seu amor nerd pelo pentâmetro iâmbico; Tala, minha antiga parceira de vôlei, que escreve poemas safados e fantásticos sobre elfos. Eu poderia ter tido mais aliados aqui se tivesse aberto os olhos.

Talvez Bea tivesse razão. Eu me segurei *mesmo* em alguns aspectos. Se não consigo me abrir com as pessoas daqui nem baixar a guarda e confiar em alguém como Bea, o que me faz pensar que na faculdade vai ser diferente? Minhas preocupações vão me acompanhar em qualquer futuro que eu escolher.

Olho para Bea, sentada em uma poltrona verde do outro lado de Max. Eu fiquei com raiva quando ela me disse que eu não a enxergava mais — que eu só projetava meus medos e minhas expectativas nela. Nessa manhã, tento olhar para ela como se fosse a primeira vez. Não como minha namorada, nem melhor amiga, nem algum tipo de prêmio em um pedestal, mas como uma garota com meias brancas até o joelho e uma saia vermelha amarrotada, com um suspensório deslizando pelo ombro da blusa branca com gola Peter Pan. Ela está usando um batom vermelho mate e não passou maquiagem nos olhos, mas sombras escuras delineiam seus olhos. Ela presta atenção nos poetas da batalha enquanto morde a ponta do lápis.

Ao lado dela, Cara faz anotações em um papel. Quando um novo artista sobe ao palco, ela toca o ombro de Bea, depois aponta para a tela de projeção e comenta alguma coisa.

Antes, em momentos assim, eu me permitia ser levada pela montanha-russa de emoções que Max descreveu no fliperama. *Cara está flertando com Bea. Está tentando voltar com ela. Talvez a Bea ainda a ame.*

Hoje, minha mente toma um rumo diferente. Talvez Cara não seja nenhuma *femme fatale* querendo acabar com meu relacionamento. Talvez ela seja apenas uma pessoa vivendo a própria vida bagunçada, como eu.

Quando olho de volta para Bea, seus olhos encontram os meus por um segundo. Antes que ela possa desviá-los para a tela, registro um lampejo de tristeza ali. Vislumbrar a dor dela é como pôr o dedo em uma ferida aberta no meu coração partido.

Quando vi Bea e Cara se abraçando na noite da estreia, senti como se um anzol tivesse perfurado meu coração, arrastando-o pelo meu corpo em uma linha invisível. Achei que seria impossível conter mais dor naquela noite. Não depois de encontrar minha mãe na porta da minha casa, chapada e fora de si. As duas me machucaram. Mas eu também machuquei Bea. E me machuquei.

Eu me lembro das palavras de Naomi Shihab Nye em "Bondade":

> *Antes de conhecer a bondade como o que há de mais profundo,*
> *é preciso conhecer a tristeza como a outra coisa mais profunda.*

Eu sei o que é a tristeza agora. Eu acordo com a tristeza. Acordo após ter perdido minha mãe, minha melhor amiga, minha namorada e a poesia que me fez ganhar vida. O futuro que eu vislumbrava, o passado que eu conhecia.

Mas também acordo com a tristeza da minha mãe. Sinto a vergonha dolorosa nas mensagens hesitantes que ela envia da reabilitação. E acordo com a tristeza de Bea. Seus sorrisos na escola se tornaram raros e nunca chegam aos olhos.

Por fim, consigo ver a extensão do tecido.

Se Bea e minha mãe sentirem uma gota da tristeza que estou sentindo agora, então sei que elas merecem toda a bondade que sou capaz de dar.

E talvez eu também seja digna do mesmo.

DIA DA FAMÍLIA

No sábado de manhã, meu pai leva Azar e eu para a clínica de reabilitação.

— Não vou participar hoje — diz ele, dando um beijo na nossa testa. — Mas vou esperar aqui, caso vocês precisem de mim.

O prédio é grande, como uma escola ou um centro comunitário, mas é adornado com samambaias e tem um jardim de pedras. A água da chuva se acumula nas pedras e escorre por um caminho de plantas nativas. Uma família com três crianças está sentada em um banco sob um bordo japonês, bebendo ponche em copos de plástico. Azar segura minha mão antes mesmo de chegarmos à porta da frente.

— A gente pode ir embora quando você quiser — lembro a ela.

— Eu sei.

Há uma placa de boas-vindas na recepção, e nós seguimos até uma sala de recreação que parece uma espécie de sala de estar construída para acomodar pelo menos cinco famílias. Com sofás, mesas e cadeiras espalhados pelo piso de linóleo e alguns jogos de tabuleiro dispostos sobre as mesas. Pequenos grupos familiares se reúnem ao redor dos móveis. A sala enorme reverbera com conversas — algumas animadas e outras silenciosas.

Jaleh está sentada, ao lado de uma lareira a gás, em uma poltrona que parece uma versão desbotada da que existe no apartamento dela. Seu cabelo está solto hoje, e os cachos emolduram o rosto. Ela passou *kajal* escuro nos olhos, mas, fora isso, está sem maquiagem, como naquele sábado de manhã que passamos fazendo waffles em seu apartamento. Quando nos vê de braços dados do outro lado da sala, ela se levanta, e um sorriso transforma o rosto cansado.

O sorriso dela me quebra. A expressão não se restringe aos lábios, mas se espalha por toda parte. Brilha nos cachos dela, sobe pelas sobrancelhas e desce até a ponta dos dedos. Mas o que mais me impressiona é o fato de que os olhos ficam mais focados. Eles não estão mais vagueando, embaçados e estranhos. São os olhos dela. É minha mãe olhando para mim.

Começo a chorar antes mesmo de nos aproximarmos dela. Eu deveria estar com vergonha por deixar as lágrimas escorrerem na frente de dezenas de desconhecidos, mas estou vulnerável demais para me importar com isso.

— Eu não sabia se vocês viriam mesmo — comenta minha mãe.

Azar e eu soltamos as mãos e nos encaixamos nos braços abertos de Jaleh. Mesmo neste lugar esterilizado, ela ainda tem aquele perfume de jasmim e mel, característico de *mãe*. Ela encosta a palma da mão na nossa cabeça e nos abraça.

Nós nos acomodamos nas cadeiras estofadas ao lado dela. Minha mãe se senta com as mãos sobre os joelhos e o rosto cheio de tristeza e gratidão ao mesmo tempo.

— Como vocês estão, meninas? — pergunta ela.

Azar não está no clima de conversa fiada.

— O que aconteceu? — questiona ela, com a voz embargada. — Por que você voltou a usar?

Jaleh assente e começa a falar:

— Gostaria que seu *baba* e eu tivéssemos conversado mais com vocês sobre o que estava acontecendo quando eram mais novas — diz ela. — Talvez vocês tivessem entendido. Mas, às vezes, não existe um *motivo* quando se trata de dependência. É uma doença que faz com que o cérebro acredite que não tem nada mais importante do que as drogas. — Os olhos da nossa mãe se enchem de lágrimas. — Nem as pessoas que você mais ama no mundo todo. Parece que é impossível sobreviver sem usar. Fazia tempo que eu estava bem, mas, às vezes, eventos estressantes ou grandes mudanças, tipo se mudar para Washington e ter problemas no trabalho, podem desencadear a dependência de novo.

— Foi muita pressão? — Azar enxuga as lágrimas do rosto. — A gente voltar a participar da sua vida?

Lembro daquela conversa que ouvi entre meus pais na clínica de reabilitação anos atrás. "Não posso ser mãe agora", tinha sussurrado ela para meu pai. "É demais." Nos oito anos que se passaram desde que ouvi aquelas palavras, acreditei que ela havia escolhido, naquele momento, deixar de ser nossa mãe. Eu não tinha percebido que a doença era o motivo para que ela não pudesse mais ser.

Minha mãe se inclina para a frente e pega a mão de Azar.

— Não foi culpa de vocês — garante ela para nós duas. — Aqui eles têm um ditado para os filhos dos dependentes: "Você não causou, você não pode curar e você não pode controlar". Não tem nada a ver com vocês. Mas... acho que coloquei muita pressão em mim mesma quando me mudei para cá. Queria que as coisas fossem perfeitas quando eu voltasse para a vida de vocês. Queria que vocês vissem que eu tinha tudo sob controle, que eu tinha melhorado por completo. — Ela solta uma risadinha. — Mas sabem de uma coisa? Eu não sou perfeita. Eu deveria ter pedido ajuda. Deveria ter dito ao *baba* de vocês que estava com dificuldade. A verdade é que eu decepcionei vocês e me decepcionei também.

A admissão dela mexe comigo. Conheço a sensação de me perder e de decepcionar as pessoas que mais amo.

Desde que Jaleh começou a usar drogas, eu a dividi em duas: em todas as lembranças boas e amorosas, ela era a *mãe*, e em todas as lembranças da dependência e da estranha que invadiu nossa vida como um ciclone, ela era a *não mãe*. Não sei como unir essas mães tão diferentes na minha cabeça. É difícil aceitar o fato de que ela é apenas uma pessoa, profundamente falha e profundamente amorosa. Como eu.

Eu não queria amar minha mãe porque não queria que ela me machucasse outra vez. Mas a simples existência dessa possibilidade significa que eu a amo desde sempre. É como Bea disse naquela tarde, quando me ajudou a desvendar as respostas de Hafez: minha mãe não entrou no meu coração; ela já estava lá. Passei cinco anos me convencendo de que não a amava e não precisava dela, mas eu a amo e eu preciso dela. Estou exausta de fingir o contrário.

Aceitar que amo minha mãe e aceitar que ela me magoou significa que também tenho que vê-la de verdade. Ela não é perfeita. Ela pode ter outra recaída, e eu não posso mudar isso.

— Desculpa por ter esperado que você fosse perfeita — digo. — Eu não sou.

Não consigo verbalizar o restante das palavras em voz alta: *Magoei alguém que amo e fiz isso de propósito. Estou longe de ser a pessoa que quero ser agora.*

Minha respiração se torna irregular, como a água agitada durante uma tempestade, e meus ombros tremem. Azar e nossa mãe me observam com olhos cheios de afeição.

— *Joon*, qual é o problema? — pergunta a minha mãe.

— Eu estraguei tudo. — Minha voz não parece a minha. Está aguda e entrecortada por causa do choro. — Estraguei tudo com a Bea.

Minha mãe segura meu rosto.

— O que aconteceu?

— Eu vi a Bea abraçando a ex e achei que estava me traindo. Ela não estava. Mas fiquei com muita raiva e ciúme, e pensei que ela fosse terminar comigo. Então queimei todos os nossos livros. Todos os poemas que a gente escreveu nos últimos cinco anos. Eu destruí tudo.

Azar respira fundo, e a minha mãe estala a língua.

— Eu tenho algum problema. — Espalho as lágrimas pelo rosto. — Toda vez que as coisas entre a gente estão boas, eu fico insegura e estrago tudo. Bea faz tudo certo, mas eu ainda não consigo confiar nela. Não sei como ser a namorada dela. Eu não sou uma boa pessoa.

Eu me encolho na cadeira e deixo as lágrimas saturarem os joelhos da minha calça. Eu me transformo em uma pequena caverna, um lugar preenchido apenas por hálito quente e fungadas.

Um braço me envolve, e depois outro, e eu levanto a cabeça dos joelhos.

— Você é uma boa pessoa, Mitra — afirma minha mãe. — Sinto muito. — Ela encosta o queixo no peito e fecha os olhos, beijando o topo da minha cabeça. — Era meu dever ter ensinado outra coisa a você. Você deveria ter aprendido que o mundo é um lugar seguro. Que você pode confiar nas pessoas que gostam de você. — Ela passa o polegar pelo meu queixo e pela têmpora de Azar. — Quebrei a confiança de vocês. E sinto muito por ter ensinado vocês a ter medo. A não confiar nem mesmo nas pessoas que amam muito vocês. — Minha mãe passa um dedo sob os olhos, encarando o chão da sala. — Vocês sabem que estou aqui para me recuperar, para me curar. É uma tarefa difícil, e tenho que me esforçar muito, mas vale a pena. Talvez você também tenha algum trabalho de cura pela frente, não? — Ela aperta minha mão. — É difícil, mas você precisa aprender a confiar nas pessoas de novo. Você sabe que vale a pena por Bea.

Azar pega um lenço de papel em uma das mesinhas e eu limpo todas as lágrimas e o ranho do rosto. Tento me consolar com as palavras da minha mãe. Se ela as tivesse dito no Nowruz, eu teria jogado um punhado de *sabzi* nela e saído furiosa daquela casa. Eu não queria nenhum conselho da minha mãe. Mas, a esta altura, não tenho forças para ficar com raiva nem na defensiva. Não há mais pontas afiadas dentro de mim. Sou apenas poeira, cinzas e vento uivante por dentro.

Ela tem razão. E eu não tenho mais nada a perder.

Talvez eu seja como minha mãe. Mas não estamos destinados apenas à destruição. Minha mãe é só um ser humano imperfeito que machucou as pessoas que amava. Eu sei como é fazer coisas imperdoáveis. Se minha mãe consegue erguer a cabeça, seguir em frente e se esforçar todos os dias para mostrar a Azar e a mim que está tentando mudar, então eu posso fazer o mesmo.

Sou mais do que as coisas que destruí.

Eu me encosto no ombro da minha mãe, e ela passa os dedos pelo meu cabelo até ser impossível distinguir qual mecha é de quem.

Talvez eu nunca mais volte a confiar totalmente que minha mãe pode ficar sóbria. Mas posso amá-la.

Azar dá um tapinha no meu joelho, e nós três ficamos sentadas assim por um tempo, quietas na presença uma da outra. Então Azar pergunta a nossa mãe sobre a reabilitação — "A comida é boa? Em que peça de artesanato você tá trabalhando?" —, e Jaleh nos mostra seu último projeto, um conjunto de pulseiras para Azar e para mim. Aziz tira uma pequena vasilha da bolsa e a entrega à nossa mãe.

— É de uma semana atrás — explica ela. — Devem estar meio velhas e nojentas.

Minha mãe abre a vasilha e desembrulha duas rosas de *zoolbia* grudentas. Se estão estragadas, Jaleh não diz nada. Ela saboreia cada mordida com um sorriso, lambendo os dedos sujos de xarope de açafrão quando termina.

No final do Dia da Família, Azar e eu prometemos voltar para visitar nossa mãe no fim de semana seguinte. Na recepção, pegamos panfletos de um grupo de apoio para adolescentes que lidam com a dependência dos pais, e há uma reunião que começa em vinte minutos. Azar pira com a promessa de pizza e donuts serem oferecidos em todos os encontros.

— A gente pode ir agora? Jura? — pergunta Azar, quando eu faço uma piada sobre a obsessão dela por pizza.

— Você quer? — Examino o folheto novamente. O design dele é meio brega.

— Quero.

Olho para nossa mãe, que está verificando sua agenda para o resto do dia. Ela nos contou que faz terapia *todo dia*, tipo horas e horas falando. Terapia individual, terapia em grupo, arteterapia, terapia ocupacional. Tem até terapia familiar, se quisermos participar. Ela não estava exagerando quando disse que está dando duro.

— Tá bom. Vou mandar uma mensagem pro pai avisando que vamos demorar um pouco mais — concordo.

Azar preenche a ficha de inscrição com nossas informações.

Se minha mãe está fazendo tudo isso para melhorar, posso participar do grupo de apoio. Ela tem razão. Preciso fazer meu próprio trabalho de cura.

Ao nos despedirmos da nossa mãe, lembro que eu também trouxe uma coisa para ela.

— Espera.

Vasculho minha bolsa tiracolo e encontro o bilhete dela, ainda mais esfarrapado do que quando ela o deu para mim.

— Obrigada por me emprestar isso, mãe — digo. — Achei que você ia gostar de colocar no seu quarto.

O papel pode estar amassado, mas a letra dela não desbotou nem um pouco. As palavras de Rumi brilham.

> O amor nutre e conserta
> O amor abre o corpo fechado
> e permite que a alma respire

Esperança

É um remédio forte, o perdão
que se infiltra no rio de todas as coisas vergonhosas
que eu fiz — deixo que se dissolva dentro de mim,
que crie alguém pronta para amá-la

PREFÁCIO

Na terça-feira, meu pai me empresta o carro para eu ir à escola e pede um carro por aplicativo para ir ao trabalho. No final do dia, Azar e eu viramos na Oitava Avenida, em direção a Crossroads, mas ainda não estou pronta para voltar para casa. Em um semáforo vermelho, eu procuro os olhos de Azar.

— Quer continuar passeando por aí? — pergunto para ela, que assente e se recosta no banco.

Não sei para onde estou indo. Dirigimos do lago Sammamish até o lago Washington, subindo pelo bairro Bridle Trails e descendo ao longo do parque Cougar Mountain Wildland. O nosso mundo inteiro aqui em Washington. Eu nos levo de um lago para o outro e volto ao início, mas o trajeto não me parece sem sentido. Estamos tecendo algo juntas à medida que avançamos.

Azar permanece em silêncio durante a maior parte da primeira hora. Mas, no segundo circuito abraçando a costa do lago Sammamish, ela se vira para mim e apoia um pé no assento.

— Vai ser estranho não ter você aqui no ano que vem.

— Vai ser estranho pra mim também. Ainda não tenho ideia do que vou fazer — digo.

Continuo seguindo a avenida e, dessa vez, me antecipo o que vem a seguir: as trilhas à direita, depois o resort e, em seguida, a rodovia.

— Achei que você já tivesse planejado tudo. Como *sempre*.

— Não mais. — Observo as árvores formarem um borrão pela janela. — Mas talvez isso não seja uma coisa ruim. Acho eu posso começar a ser um pouco mais parecida com você.

Ela me encara quando passamos por baixo da rodovia.

— Como assim?

Eu flexiono os dedos no volante conforme a estrada se transforma, deixando de lado os semáforos à medida que faz uma curva pela floresta.

— Mais aberta — respondo.

De canto de olho, vejo Azar sorrir.

Quando voltamos para o norte em direção ao centro da cidade, Azar nos faz parar em um drive-thru para pegar café.

— Então — ela ajeita o copo com a bebida gelada nas mãos —, o que você vai fazer pra reconquistá-la?

Não sei se um dia Bea vai voltar a me ver do mesmo jeito. Parece impossível voltar ao que éramos antes. Mas sei o que tenho que fazer se quisermos seguir em frente.

Azar e eu paramos na loja de materiais artísticos e ela me deixa sozinha na seção de papéis. Percorro as lombadas de todos os cadernos e agendas que consigo alcançar até encontrá-lo: um livro em branco encadernado em couro cor de café. Ele é feito à mão e pesado, e a capa é macia sob meus dedos. As páginas grossas preenchem o interior. O livro tem cheiro de cola, de barbante queimado e da jaqueta de Bea com a palavra "Royal".

Não é igual aos volumes antigos do poema sem fim, e eu não quero que seja. Queria que fosse algo robusto dessa vez. Duradouro. Algo que não cedesse às chamas. Quando chegamos em casa, abro o livro na primeira página e começo a escrever.

Querida Bea,

Você se lembra como o poema sem fim começou? Você me perguntou um milhão de vezes, e eu sempre dava a mesma resposta. Foi com aquela bolinha de papel. Foi com seu tédio selvagem de 13 anos na sala de aula, e suas travessuras, e meu medo e meu desconhecimento de tudo, e alguma conexão que vimos acontecer, mas que ainda não conseguíamos nomear. E tudo isso é verdade. Mas também não é a história completa. Você se lembra de como tudo começou, *mesmo*?

Começou com sua confiança. Você me tirou daquele mar de crianças comportadas e católicas. Confiou em mim com suas palavras. E eu confiei em você com as minhas.

Criamos um mundo e estabelecemos regras para esse mundo. Sinceridade, sempre. Dizer a verdade, mesmo quando for difícil. Mesmo quando parecer impossível.

Eu quebrei essa regra durante anos. Mas estou pronta para ser sincera com você.

Quando saímos de Sacramento — quando deixamos minha mãe —, eu pensei que também tinha deixado a dor e a mágoa para trás. Pensei que tirar minha mãe da nossa vida significava que eu a tinha apagado por completo: as boas lembranças e o medo, os momentos que ainda queimam ao toque, aqueles que me fazem voltar a ser uma menina de 12 anos. Como era ter uma mãe, como era perder uma. Eu queria apagar tudo isso.

Em algum momento, em meio à bagunça de tudo que aconteceu com minha mãe, aprendi a parar de contar com outras pessoas. Aprendi a me proteger confiando apenas em mim mesma. Eu amei você de uma distância segura; nunca nem sonhei que você pudesse me amar da maneira como cu a amava. Mas aí você amou. Só que, quanto mais você me amava, mais assustada eu me sentia.

Você e eu passamos anos juntas, arrancando a costura das palavras, encontrando novos jeitos de fazer o peso das nossas experiências caber dentro delas. E nós sabemos que, às vezes, as palavras simplesmente não conseguem conter tudo. Eu sinto muito, muito mesmo. E sei que estas palavras não são nem de longe suficientes.

Mas meu amor por você é a coisa mais verdadeira e confiável da minha vida. Eu tenho certeza disso, mesmo em meio à instabilidade de todo o resto. Vou fazer tudo o que for preciso para reconquistar sua confiança, pouco a pouco, se você me permitir.

Eu lembro de como o poema começou. Eu lembro direitinho. Se você também lembra, me encontre amanhã na capela antes da aula.

Com amor,

Mitra

CORAÇÃO

Na terça-feira à noite, pego o carro emprestado para ir até a casa de Bea. O Tesla da mãe dela está estacionado na entrada da garagem, então paro atrás dele e faço uma pausa de um minuto, ouvindo minha respiração. Que péssimo dia para os pais dela estarem em casa. Só espero que Bea esteja no andar de baixo e que decida atender à porta.

Quando me acalmo, vou até a varanda e coloco o livro encadernado em couro em cima do tapete, com um bilhete endereçado a Bea.

Deixar o livro ali é uma das coisas mais difíceis que já fiz. É como colocar meu coração na soleira fria da porta e virar as costas, torcendo para que não seja pisoteado.

Eu toco a campainha e volto para o carro. A porta se abre assim que dou partida e saio, mas não espero para ver quem aparece.

ESPERA

Na quarta-feira, pego o ônibus para a Santa Trindade uma hora antes da aula começar e já estou pronta, na porta da capela, quando uma freira aparece para abrir. Ela tem cabelo grisalho e está vestida com uma saia longa e uma blusa de gola alta vermelha. A mulher sorri para mim, um pouco surpresa por me ver fazendo fila na entrada da igreja como se estivesse esperando por uma promoção de fim de ano na Target. Ela me deixa entrar, supostamente para orar, e depois desaparece nos escritórios dos fundos.

Eu me acomodo no primeiro banco e observo a luz da manhã avançar pelos vitrais acima. Do lado de fora, os passos e as vozes dos alunos se elevam e depois somem. Pego a mochila e procuro pelo único conforto que trouxe: o *Divān*, de Hafez.

Não estou à procura de respostas divinas hoje. Bea já deve ter tomado uma decisão, seja qual for. Só quero que o amor, o desespero e a alegria de Hafez fluam por mim. Se eu quiser de verdade que a luz entre, tenho que abrir espaço para tudo: os pontos altos, e baixos também. Estou tentando me apegar ao que Khalil Gibran disse: minha dor não é menos maravilhosa do que minha alegria.

Começo com o primeiro poema do *Divān* e abro caminho pelo livro. É difícil não ouvir as batidas do meu coração implorando a cada página virada por uma resposta para as perguntas: Bea vai vir me encontrar? Será que ela ainda acredita que sou mais do que a destruição que causei? Engulo as perguntas e continuo lendo.

O sinal da manhã toca, e nada de Bea. Ela fez sua escolha, mas não estou pronta para deixá-la ir. A primeira aula começa e acaba. E algumas pessoas do clero vem e vão, o padre Mitchell também. Ele sorri e assente para mim, mas não diz nada. Embora esteja claro que não estou rezando o rosário, lendo a Bíblia nem parecendo devota de forma alguma. Fico esperando que ele me expulse ou me obrigue a ir para a aula. Mas ele só me deixa ler em paz. Eu não imaginava que o padre Mitchell fosse tão tranquilo. Acho que ele percebeu que estou lidando com algo importante.

Quando termino de ler o último gazel, recomeço do início.

Perco a conta de quantos sinais interrompem minha leitura. Devo ter perdido várias aulas. Mas então o sinal do almoço toca, seguido pelo barulho das vozes dos alunos que se deslocam em direção à praça e ao refeitório.

O rangido da porta da capela faz meu coração disparar, e tenho que lembrar a meu corpo que não vai ser Bea. Azar sabia que eu tentaria fazer as pazes com Bea nessa manhã. Se tem alguém aqui, significa que Azar sabe que eu falhei.

Os passos avançam pela nave, interrompidos pelo barulho da porta que se fecha. Inspiro e prendo o ar nos pulmões, deixando que a dor me percorra. Encarar Azar significa admitir para mim mesma que Bea desistiu de mim.

Coloco o *Divān* virado para baixo no banco e me volto na direção dos passos. Não são os passos da minha irmã.

A adrenalina dispara pelas minhas veias, acabando com a sensação de quietude. *Ela veio.*

Bea se aproxima pela nave, com o mocassim de Pégaso e o livro encadernado em couro abraçado na dobra do blazer. Pela primeira vez em uma semana, seus olhos cor de terra se fixam nos meus.

Eu pulo do banco, derrubando o *Divān*.

— Eu sinto muito — começo.

É absurdo. A carta que escrevi é toda sobre como essas palavras não têm o poder de agir da forma que eu preciso que ajam. É como minha mãe disse. Apenas minhas ações podem fazer o papel de um pedido de desculpa — preciso apoiar Bea, ser presente no nosso relacionamento, todos os dias daqui para a frente. Mesmo assim, minha voz desesperada grita as palavras para Bea, do outro lado da igreja. Elas ecoam quando ricocheteiam no teto alto.

Bea levanta a mão para me impedir. Eu mordo a língua até que ela chegue no banco da frente, onde estou, e nós duas nos sentemos com as pernas cruzadas, uma de frente para a outra. Chega de me esconder.

Senti saudade das sardas e dos cachos rebeldes de Bea. Do modo como seus óculos filtram a luz que ilumina os olhos dela. Da curva que a boca faz quando ela está pensando. Senti saudade de olhar para ela.

Ouço Bea inspirar e expirar. Sinto meus próprios batimentos cardíacos nos ouvidos, na garganta e na ponta dos dedos.

— Obrigada por compartilhar isso comigo. — Ela levanta o livro. — Eu sabia que você e sua mãe tinham um relacionamento difícil, mas não... acho que não entendia antes.

— Você não tinha como saber se nem mesmo *eu* entendia — digo.

Um vinco se forma no espaço entre as sobrancelhas de Bea. Ela abre a mão e a estende para mim, hesitante. Depois de mais de uma semana sem seu toque, este único ponto de contato ribomba dentro de mim.

— Você passou por muita coisa — afirma ela. — Talvez mais do que eu possa entender um dia. Mas tudo que eu preciso é que você me deixe entrar, e você deixou.

Meus olhos se enchem de lágrimas de novo. "Deus é paciente", falou a sra. Acosta.

— Então você pode me perdoar? — indago, e aperto a mão dela mais forte.

Um pequeno sorriso levanta os cantos de sua boca, e ela assente.

Bea leva as mãos aos meus ombros, passa-as pela minha nuca e as deixa adormecer na escuridão do meu cabelo. Ela encosta o nariz no meu e depois os lábios. Seu beijo ilumina um vitral atrás das minhas pálpebras. Deposito tudo — as partes escondidas de mim, tudo o que perdi, tudo o que quero — neste beijo. É a coisa mais sincera e crédula que posso oferecer.

Beijar Bea é como voltar para casa. O calor e o conforto da boca dela me envolvem. Eu aprofundo o contato, desafiando os limites do que um beijo pode ser e transformando-o em algo sem fim. As mãos dela ganham vida no meu cabelo.

Aqui, penso. Aqui está o que Rumi me prometeu. O amor nos nutre e conserta. O amor nos abre, ouro puro.

NÃO ESCRITO

Quando nos separamos, mantenho os dedos entrelaçados aos dela. Não quero soltá-la uma vez que Bea está nos meus braços de novo.

— Trouxe uma coisa pra você — diz Bea, beijando a curva salgada da minha bochecha. — Era pra ser seu presente de formatura, mas acho que esse é o momento certo.

Ela pega a mochila e tira um pacote quadrado embrulhado em papel arco-íris do jornal *Seattle Gay News*. Eu o abro com cuidado e dobro o papel, escondendo-o na prateleira de hinos para que algum futuro calouro o encontre. Dentro da embalagem, há um porta-retratos azul com um pedaço de papel velho amassado.

Disseram que você é a garota nova
Mas eles não sabem de nada...

— Não dá pra recuperar os livros originais — explica ela. Nós duas respiramos fundo, assimilando a ideia, e eu aperto a mão dela. — Mas a gente vai sempre ter isso, pra lembrar como tudo começou.

Não sabíamos disso naquele dia, há quase cinco anos, quando escondemos aquele bilhete nas pregas da saia e rabiscamos rimas quando a sra. Byrne não estava olhando. Essas palavras foram as sementes que deram origem a um universo inteiro.

— Nunca vamos perder o que temos — promete Bea. — Você não é uma substituta nem um prêmio de consolação, Mitra. Você é *tudo* pra mim. — Ela dá uma risadinha ao expirar, como se estivesse impressionada com a magnitude das próprias palavras. — Não existe ninguém como você. Sei que a gente tem muitas mudanças pela frente. As coisas podem parecer diferentes, e nós vamos nos tornar pessoas diferentes com o tempo, mas estou falando sério sobre o que dissemos quando começamos isso: o poema sem fim é para sempre. Isso nunca vai mudar.

Beijo Bea mais uma vez, nós duas fazendo orações silenciosas pelas crianças que éramos quando escrevemos essas primeiras palavras juntas e pelas pessoas que estamos nos tornando.

E é impossível não sorrir. Porque pode até ser que parte do poema sem fim tenha se perdido para sempre, mas ainda há muito dele a ser escrito.

AGOSTO

Mitra: ainda fazendo as malas

Mitra: você tá com minha caneta chique?

Bea: gosto que já até sei do que você tá falando

Bea: você anda falando tanto da sua "caneta chique" que ela merece até um nome próprio

Mitra: é especial

Mitra: é chique

Mitra: talvez eu compre uma camisa social com bolso só pra essa caneta

Bea: tão prático da sua parte!

Bea: você vai virar uma daquelas garotas queers rústicas na Reed, né?

Bea: vai começar a guardar folhas de samambaia, pinhas e coisas assim nesse bolso!

Mitra: não foge do assunto da caneta

Mitra: a Caneta Chique

Mitra: você tá com ela?

Bea: ah, agora é um substantivo próprio?

Bea: Mitra Caneta-Chique Esfahani

Mitra: sei que você queria ficar com algo meu de lembrança para quando estivesse na UW

Mitra: mas pensei em trocarmos nossas camisetas favoritas ou algo assim

Mitra: não a caneta

Mitra: qualquer coisa, menos a caneta!!

Bea: não estou dizendo que está comigo

Bea: mas, se estivesse, você estaria recebendo cartas escritas à mão E poemas sem fim com a tinta da sua caneta chique

Bea: só estou dizendo

Mitra: tá bom

Mitra: pode ficar com ela

Mitra: eu te amo a esse ponto

Bea: !!!

SETEMBRO

— Fiz uma coisa pra você — diz Azar, enquanto damos garfadas na omelete de tomate fumegante do nosso pai.

Toda a família Esfahani está presente no brunch de hoje: minha mãe saiu da casa dela assim que acordei e bateu à porta com um recipiente de plástico cheia de melancia embebida em água de rosas. Meu pai reclamou que eu e Azar ainda estávamos de pijama, mas minha mãe não quis saber. Falou que não queria perder nem um minuto comigo até que eu fosse embora.

— Você fez uma coisa *pra mim?*

— Pro seu dormitório. — Azar tira um papel-cartão de debaixo de um livro na mesa de jantar. — Pra você não esquecer da gente.

Impresso no papel-cartão estão quatro quadrados dispostos lado a lado como vidros de janela; em cada um há um dos nossos rostos pintados digitalmente em recortes grossos de cores. Atrás de nós, formas geométricas se encaixam no estilo dos antigos azulejos persas: pequenas lascas de azul real, amarelo e verde, formando flores e estrelas complexas. Acima dos quatro retratos, Azar fez com que azulejos turquesa brilhantes sangrassem até formar o nome Esfahani.

— Aziz.

Seguro a obra dela nas mãos. Os retratos da minha mãe e de mim são pinturas digitais das fotos que ela tirou de nós no parque Highland, no primeiro sábado inteiro que passamos juntas.

Não suporto a ideia de deixar Azar aqui em Bellevue e ir para a Reed. Tudo pode acontecer com minha mãe ou na Santa Trindade, e quero estar sempre ao lado da minha irmã. Mas estou tentando fazer o que meu pai me disse na noite em que Jaleh teve a recaída: estou tentando enfim ser um adolescente. Azar é mais forte do que eu poderia imaginar. Sempre vamos precisar uma da outra, mas ela não precisa mais que eu aja como sua protetora. Ela só precisa de uma irmã.

— Fala pra sua colega de quarto que vou te visitar nos fins de semana — avisa ela. — Vou levar meu próprio saco de dormir. Tem chuveiros na Reed, certo? Não é um lugar *tão* tilelê assim, né?

— E como você vai chegar em Portland para fazer essas visitas? — Minha mãe levanta as sobrancelhas para Azar.

— Não faz nem um mês que tirou a carteira de motorista e já está planejando pegar estrada — resmunga meu pai.

Eu devoro a última mordida na minha torrada com geleia de ginja e me levanto da mesa.

— Temos que ir pra eu conseguir me despedir da Bea.

Bea e eu criamos um ritual para comemorar todos os nossos *últimos* momentos neste verão — última viagem ao lago Sammamish, último filme no Crossroads e até uma última ida ao fliperama com Max, Ellie e Cara —, mas este é nosso último adeus.

— Você terminou de colocar as coisas no carro, pai?

Ele me leva até o porta-malas para mostrar o trabalho de encaixe perfeito que fez ao pôr todas as minhas coisas no espaço. Deposito a arte de Azar bem em cima e, quando fecho o bagageiro, sou envolvida por três pares de braços.

Há cinco anos, quando nos mudamos para Crossroads, achei que nunca mais experimentaria outro abraço em família dos Esfahani. Quando eles acontecem agora, me deixam sem fôlego da melhor maneira possível.

No caminho até sairmos de Bellevue, meu pai me leva à casa de Bea e estaciona o carro bem perto da entrada da garagem.

— Não precisa correr — diz ele.

Passei os últimos dias funcionando à base de muita adrenalina, indo para lá e para cá em meio a um tornado de roupas, malas e e-mails de boas-vindas da Reed, mas toda essa energia é drenada quando chego à varanda da casa da Bea. Meu coração cria raízes na garganta e meus olhos se enchem de lágrimas antes mesmo de ela abrir a porta.

Bea está usando um pijama engraçado com estampa de gatinhos e um par de óculos antigo de aro dourado, seus olhos estão sonolentos e o rosto, sem maquiagem. Ela abre a boca para falar, mas eu mergulho em seus braços antes.

— Eu te amo. — Minha voz abre caminho em meio a toda a emoção. — Você é minha garota.

— Nada de despedidas, ok? — lembra Bea. — Seria tipo colocar um ponto-final no poema sem fim. E você me prometeu que não colocaria nenhuma pontuação de caráter final.

— Sacrilégio — rebato. — Eu nunca faria isso.

Bea se afasta do abraço e encosta a testa na minha.

— Então o que vamos dizer em vez disso?

Beijo a ponta de seu nariz, e ela coloca uma mecha ondulada do meu cabelo atrás da orelha.

— Te vejo em breve — digo.

Provavelmente vou vê-la daqui a duas horas: sei que vamos nos falar por mensagem, conversar por vídeo e ligar uma para a outra o tempo todo.

Não vai ser a mesma coisa, e isso é assustador. Mas estou tentando me lembrar do que aprendi no grupo de apoio com Azar: às vezes, confiar é abrir mão do controle. Posso ser quem sou e ficar bem na minha própria pele, e Bea ainda vai estar lá quando nos encontrarmos de novo. Sei que ela vai estar presente quando eu precisar dela. Sei que ela vai me amar, mesmo quando estivermos separadas.

Bea tira os óculos e encosta o rosto na gola da minha camisa, enxugando as lágrimas.

— Aqui. — Ela pega algo em uma mesinha ao lado da porta e me entrega: o novo livro com capa de couro. — É sua vez. Mas é bom que ele esteja na minha caixa de correio dentro de cinco a dez dias úteis.

Nós duas rimos enquanto eu abraço o Livro.

— Eu prometo. Vou enviar com urgência.

Ela me abraça apertado mais uma vez, e eu lhe dou um beijo para que ela se lembre de mim.

— Aproveita na UW — falo. — Faça coisas incríveis.

— Eu te amo — declara ela. — Não esquece.

Minhas lágrimas caem na capa do livro enquanto volto ao carro, pronta para tudo que está por vir. Dá para ouvir as fungadas de Bea atrás de mim. Fico com o coração apertado por deixá-la. Mas também há uma leveza dentro de mim. Sei que nossa história é do tipo mais real: do tipo que ainda está se desenrolando. Uma história sem fim.

Mitra & Bea

amor tão constante, firme
e verdadeiro, que desafia até mesmo
a estrutura que construímos: palavras

como melhor amiga/namorada/pessoa não servem,
então me acomodo e consolo com a ideia de que o universo tem
uma linguagem para um amor indefinível

como o nosso, que transforma os desafios
em ouro e nos acompanha em meio
às mudanças, mudando-nos também

nosso amor é isso, vasto demais para ser contido nestas
palavras, mas vamos achar uma maneira de elevá-lo acima
do tempo, das incógnitas e até mesmo das fronteiras estaduais

nunca reconstruí um veleiro
antes, mas aqui estamos nós
restaurando a alegria em tudo que tocamos,

guiando nosso navio e viajando com novos olhos
para alguma terra deslumbrante ainda sem nome, segure
minha mão, e vamos descobrir do que somos feitas

AGRADECIMENTOS

Mais ou menos um mês do início da pandemia, ume amigue me enviou um cartum da *New Yorker* de uma pessoa dentro de uma canoa navegando por águas traiçoeiras, sob um céu chuvoso e repleto de raios, com navios naufragando ao longe, o que imaginei que fossem piranhas ao redor. A legenda dizia: "Veio aí… é hora de terminar seu romance". "É literalmente você!", dizia a mensagem.

Na verdade, escrever este livro foi um alívio durante a incerteza da pandemia. Em uma época de isolamento, testemunhei uma equipe dedicada e criativa se unir para me ajudar a colocar a história de Mitra e Bea neste livro. Sou grata a eles — e a você — por engajarem nesta história. Pessoas que amam livros são as melhores pessoas.

Toda a minha gratidão a Quressa Robinson, minha agente literária, por acreditar no poder das histórias de garotas queer e por acreditar em mim durante anos, antes mesmo que este livro ganhasse vida.

Muito obrigada à minha editora, Lanie Davis, sem a qual esta história não existiria, por ter o entusiasmo, a paciência e a perspicácia para acompanhar Mitra e Bea até o (sem) fim.

Um obrigada épico a Ellen Cormier, uma editora extraordinária, por sua sabedoria e orientação superinteligentes e por acreditar que esta era uma história que valia a pena ser compartilhada.

Obrigada aos escritores que emprestaram seus vastos mundos de palavras a Mitra e Bea (e a mim), influenciando a escrita deste livro de várias maneiras. Meu sincero agradecimento a Naomi Shihab Nye por sua generosidade: eu não poderia ter contado a história de Mitra sem você. Você é a personificação da bondade.

Obrigada às potências da Penguin Random House e ao selo Dial Books for Young Readers: a publisher, Jen Klonsky; a diretora editorial, Nancy Mercado;

a assistente-editorial, Squish Pruitt; a preparadora de texto, Regina Castillo; a editora-chefe, Tabitha Dulla; a diagramadora, Cerise Steel; a capista, Kelley Brady; e a diretora-adjunta de publicidade, Liz Montoya Vaughan. Agradeço também à equipe de marketing da Penguin: Christina Colangelo, Bri Lockhart, Amber Reichert, Felicity Vallence, James Akinaka e Shannon Spann.

Muito obrigada à equipe da Alloy Entertainment, em especial à Sara Shandler e Josh Bank, por sua magia mental coletiva. Aos magos jurídicos, Romy Golan e Matthew Bloomgarden, por sua experiência e dedicação. À Kat Jagai, Laura Barbiea e a todos da Alloy que ajudaram a organizar minha primeira viagem a Nova York. A visita que fiz ao escritório de vocês ainda é uma das minhas lembranças favoritas relacionadas à escrita.

A Dana Kaye, Jordan Brown, Angela Melamud, Eleanor Imbody e toda a equipe da Kaye Publicity, por defenderem este livro e pela doação generosa do Equity in Publishing Fund.

Obrigada à talentosa Beatriz Ramo, cuja ilustração encantadora de capa coloriu Mitra e Bea.

Às equipes da Folio Literary Management e da Nelson Literary Agency pelo apoio.

Aos poetas da Prateleira dos Ancestrais de Mitra e de muitos altares Haft-Sin que montei ao longo dos anos: Hafez, Rumi e Gibran. Obrigada por oferecerem intervenção divina nos momentos em que mais preciso.

Aos meus pais e padrastos, Behrooz, Heidi, Anne e Walt, por incentivarem minha criatividade (mesmo quando eram apenas livros ilustrados sobre caracóis), comemorarem minhas pequenas vitórias e me mostrarem que o que tenho a dizer é importante.

Um agradecimento especial à minha irmã mais velha, Taraneh, por ser uma leitora e irmã que me apoia ferozmente. Agradeço também à minha sestra, Emily, por todo o incentivo.

À minha esposa, Indhira: escrevi boa parte deste livro com você dormindo a meu lado no sofá. Obrigada por ter um sono adorável (e profundo!). Não consigo acreditar que posso compartilhar meus dias com você. Obrigada por acreditar em mim, por me amar e por ser meu maior motivo de agradecimento todos os dias.

E a nossos cachorros: obrigada por me deixarem usar minhas mãos (brevemente) para fazer algo que não fosse carinho em vocês. Sei que odiaram a interrupção.

Obrigada a Jess, por seu eterno olhar positivo e mente sábia: você é a melhor amiga que eu poderia desejar e minha família do coração. Seu apoio em todas as fases da escrita e publicação deste livro me fez seguir em frente.

A Emily: o universo conspirou para que nos tornássemos amigas quando nos fez morar em casas com o mesmo número, quando nos colocou na mesma turma de matemática do ensino médio e, depois, quando fez com que ambas fôssemos queer. O poema sem fim de Mitra e Bea foi inspirado, em parte, no diário que começamos a passar de uma para a outra depois da formatura. Obrigada pela amizade de uma vida inteira.

Obrigada ao meu *bibi jaan*, Behjat, que me ensinou a ler as entrelinhas de Hafez e que me mostrou que a poesia está no nosso sangue e é um ato revolucionário.

Aos professores que fizeram toda a diferença na minha vida, sobretudo Kris Johnson, que me obrigou a ler um poema autoral na frente da sala inteira (fiquei apavorada, mas aprendi que minha voz merecia ser ouvida!); e à falecida Jody Desclos, que me ensinou que eu não precisava ser católica para nutrir minha espiritualidade.

Por fim, aos muitos jovens resilientes que tive o prazer de conhecer durante minha atuação como psicóloga: que vocês acreditem que vale a pena contar suas histórias.

MINHAS IMPRESSÕES

Início da leitura: ____ /____ /____

Término da leitura: ____ /____ /____

Citação (ou página) favorita:

Personagem favorito: ______________________________________

Nota:

O que achei do livro?

Este livro, impresso em 2025 pela Vozes, e publicado pela Editora Pitaya, deixou o editorial com uma vontade sem fim de provar a culinária iraniana, jogar fliperama e achar poemas em lugares inesperados.